조재훈 문학선집

일러두기

- 제1·2권은 시선집이다. 제1권은 미발표 시들 가운데서 최근순으로 가려내고 이를 여섯 권 시집의 형식을 빌려 엮었다. 제2권은 그동안 간행된 네 권의 시집을 발간순으로 모았다.

- 제3권은 1부 동학가요연구, 2부 검가연구, 3부 동학 관련 논문으로 구성되었다.

- 제4권은 1부 백제가요연구, 2부 백제 시기의 문학, 3부 굿과 그 중층적 배면으로 구성되었다.

조재훈 문학선집 3

———

동학가요연구

차례

1부
동학가요연구東學歌謠研究

2부

3부

동학가요연구東學歌謠硏究

궁을弓乙사상을 중심으로

| 차례 |

제1부 동학가요연구 東學歌謠研究
궁을 ㄹ乙 사상을 중심으로

Ⅰ. 서론

1. 연구의 의의

우리의 시급한 과제는 민족 주체사상의 확립이다. 주체사상이 결여되었을 때 민족의 올바른 발전을 기대할 수 없다. 확고한 자아 확립을 바탕으로 하여 그 위에 모든 것을 쌓아야 한다. 만약 빈약한 사상 위에 역사를 쌓으려 할 때 그것은 사상누각이 된다. 이것은 외면할 수 없는 역사의 교훈이다.

이 논문은 동학가요를 통하여 엄숙한 역사의 교훈을 찾고 우리 민족혼의 근원이 어디에 있는가를 탐색하려는 데에 목표를 둔다. 더 구체적으로 말하면 동학가요에 나타난 궁을弓乙사상을 조명하여 그 궁극적 의미가 무엇이며 그것이 오늘의 우리에게 어떠한 의미가 있는가를 모색하자는 데에 있다.

외세의 격랑 속에서 우리 선인들이 대처해 온 근대사는 우리에게 많은 생각을 하게 한다. 특히 동학도들의 정성스러운 신앙심과 피나는 싸움은 자아를 상실해 가는 우리에게 거울이 될 수 있다. 신앙심의 영탄적 발로이건, 포교를 위한 수단이건 적지 않은 동학가요에는 주로 시달림을 받아온 동학교도 곧 서민 계층의 혼이 투사

되어 있고 또한 바람이 투영되어 있다. 그것의 궁극적인 표상이 무엇인가, 이러한 문제를 이 논문은 핵으로 한다. 그리하여 작으나마 주체적인 삶이 무엇인가에 대한 답을 얻었으면 하는 게 필자의 소망이다.

2. 연구사 개관

기왕의 동학에 관한 연구는 대부분이 정치적 측면이나 사상적 측면에서 시도되었다. 그것도 대부분 갑오농민전쟁을 중심으로 한 것들이다. 김용덕 교수는 지금까지 학계가 보여 준 동학에의 연구를, 교리 이해에 역점을 둔 천도교 측의 포교적인 연구, 치안 대책상 불가피했던 일본 관헌 측의 조사연구 그리고 역사가들에 의한 사상연구 등 세 계통이라고 요약하고, 천도교 측 연구는 종교적인 것을 강조한 나머지 혁명주의적 행동면, 샤머니즘, 『정감록』적 요소가 부정 또는 경시됨으로써 포괄적인 파악을 하지 못하고 있으며, 일본 관헌 측 연구는 치안의 필요에 의한 것이기 때문에 근대 사상으로서 동학의 진가를 이해하는 데에 미흡하다고 말했다.[1] 또한, 역사가들의 사상적 연구도 셋으로 집약하였는데, 하나는 동학의 종교적 요소와 평등주의가 가진 의의를 경시, 다만 혁명운동이었다고 보는 견해이며 다른 하나는 단순히 종교였다는 설, 그리고 끝으로 화랑도에서 그 연원을 찾으려는 민족주의라는 주장이 그

---

1   김용덕, 『조선 후기 사상사 연구』, 을유문화사, 1977, pp.229~231.

것이라 하였다.[2] 이러한 견해는 동학연구의 성과를 거시적으로 집약한 것이라 할 수 있다. 물론 이 가운데에는 아시아의 제국주의적 수탈이라는 입장에서 접근한 것도 있으며 농촌의 경제구조를 분석하는 데에서 해결의 실마리를 찾으려는 연구도 있다. 그러나 동학 연구의 양적인 면으로 보아서는 아무래도 사상적 접근이 대종을 이룬다고 할 것이다.

　사상적 측면이나 역사적 측면에서는 적지 않은 업적을 보여주고 있으나 문학작품을 통한 문학적인 조명은 거의 없어서 처녀지에 가깝다고 해도 지나친 말이 아니다. 설화가 없는 것이 아니며[3] 민요가 없는 것이 아니지만[4] 거의 간과되기 일쑤였는데 아마 그것은 갑오농민전쟁과 같은 커다란 역사적 사건에 가려졌기 때문일

2　위의 책, 같은 곳.
　　"역사가의 입장에서 한 연구에서는 그 관점은 대략 세 계열로 나누어진다. 하나는 동학사상이 갖는 종교적 요소 또는 평등주의가 갖는 의의를 경시하고, 동학에서의 종교적 요소는 교도를 모으는 수단이며 그것은 『정감록鄭鑑錄』류의 혁명 운동이었다고 보는 견해이다. 또 하나는 동학 교리에 있어서의 인내천 사상이 갖는 민주성, 근대성에 대한 강조 또는 동학사상이 화랑도에서 연원한 것이며, 그것은 민족주의였다는 설이다. 이는 우리의 고유하고 귀중한 사상적 전통에 눈을 돌리려는 계몽적 의의는 있을지언정 동학사상이 갖는 토속신앙적 혁명주의적 면에는 논급이 없는 전자와 대조적인 견해인 것이다."
　　이상의 인용에서 보는 바와 같이, 세 계열이 분명하게 파악되지 않는다. 역시 같은 저자의 『한국사의 탐구』, pp.152~160의 「동학사상에 관한 제설의 검토」도 마찬가지다.
3　조동일의 『동학 성립과 이야기』(홍성사, 1981)는 이야기판을 통해 현장에서 수집한 이야기를 분석한 것으로 아직 많은 설화가 남아 전하고 있음을 알려 준다.
4　「파랑새」 요謠라든가, "가보세 가보세/을미적 을미적/병신되면 못 가보리" 등등의 노래(민요)가 있다.

것이다.

　동학가요 주로 동학 가사에 관한 연구가 영성하기는 하지만 얼마간 있어 매우 주목되는바, 그것들을 들어보면 다음과 같다.

[가] 정재호,「동학 가사에 대한 소고」,『아세아연구』통권 38호, 1970.
[나] 상동,「용담유사의 국문학적 고찰」,『한국사상』제10집(최수운 연구), 1974.
[다] 조동일,「개화기의 우국가사」,『개화기의 우국문학』, 1974.
[라] 류탁일,「찾아진 동학가사 100여 편과 그 책판」,『부대신문』, 제603호, 1974.
[마] 하성래,「새로 찾은 동학노래의 사상적 맥락」,『문학사상』통권 32호, 1975.
[바] 류탁일,「동학교와 그 가사」,『한국어문논총』, 1976.
[사] 김인환,「용담유사의 내용 분석」,『문학과 문학사상』, 1978.
[아] 상동,「동경대전의 통사 분석」,『최제우 작품집』, 1978.
[자] 정재호,「용담유사고」,『가사문학 연구』, 1979.
[차] 김학동,「개화사상과 저항의 한계성」,『한국개화기시가연구』, 1981.

　이상을 보건대, 우리 학계가 동학가사에 대한 관심을 보이기 시작한 것은 불과 10여 년 전밖에 되지 않으며 10여 년간에 걸쳐 씌어진 논문도 10편 내외의 양에 불과할 따름으로서, 사실상 동학 가요에 관한 연구는 그냥 방치된 상태에 있다 해도 과언이 아니다.

위의 논문을 통관하더라도 거의 서지적인 소개에 머물 뿐, 본격적인 연구를 보여준 것은 수 편에 지나지 않는다.

[가]의 연구는 이쪽 연구의 효시로 보이는데, 수운水雲의『용담유사龍潭遺詞』를 대상으로 하여 밀도 있게 접근하고 있다. "우리의 주체의식을 찾는 오늘 독창적 한국사상의 하나인 동학사상-천도교사상-을 살펴본다는 것은 사상적으로 의의 있는 일로 생각"[5]된다고 전제하고서 가사의 각 편 내용을 개관한 다음, 가사를 통해 본 수운의 생애 그리고 각 가사의 창작 연대를 밝히고 가사를 통한 가르침과 가사에 나타난 하느님을 서술하고 있다. 이 논문은 '창작 연대, 가르침, 하느님'에 역점이 놓이는데, 창작 연대의 경우는『천도교경전天道教經典』,『천도교사天道教史』,『천도교서天道教書』들의 기록들을 대조하여 비정하였으며, 가르침은 수운水雲의 생애에 따라 제3기로 각각 나누어 살펴보고 있다. 하느님의 경우는 '조물주, 하늘, 운명, 진리, 기타, 근본' 등 어휘의 빈도에 따라 통계를 내어 그중 하늘이 가장 많이 나타나 있음을 밝혀 준다. 개척적인 연구라는 점에서 높이 평가될 수 있겠지만, 동학사상의 심층 탐색으로는 미흡하게 느껴진다.

동일한 논자에 의한 [나]는 전자의 일반론적 접근을 버리고 문학적인 고찰을 시도하고 있다. 맨 먼저 창작 및 간행 시기에 관하여 언급하고 있는데,『수운행록水雲行錄』,『천도교서天道教書』,『천도교창건사天道教創建史』,『천도교사天道教史』,『천도교경전天道教經典』등을 대조한 뒤에 논자의 견해를 밝힘으로써 전자의 논문에서 훨씬 진일보한 모습을 보여준다. 다음에 여러 이본에 따라 차이를

---

5   정재호,「동학가사에 대한 소고」,『아세아연구』통권 제38호, p.49.

보여주고 있는 현존 가사의 문제점을 서지학적으로 고찰하였으며 이어서 내용과 형식을 각각 살피고 있다. 특히 형식의 경우는 평서문, 의문문, 감탄문, 명령문 등의 문장 유형에 따라 그리고 1에서 24에 이르는 구절 수에 따라 각각 분석하고 있다. 끝으로, 국문학 상의 가치로서, 첫째 일반 서민에게 널리 애송 되었다는 점을 지적하고 『용담유사』를 통해 현실을 바라보는 눈과 비판 정신, 서민의 각성과 만민평등사상의 고취, 여성 지위의 향상, 외세에 대한 저항, 개벽에 대한 암시를 찾아내고 있으며, 둘째 수사의 우수성을 들고 있다. [가]의 연구보다 극히 정밀하고 포괄성 있는 연구로서 시사하는 바가 크다. 그러나 포괄성 때문에 어느 한 분야의 심층 분석은 되고 있지 않다.

[다]는 외세의 침략에 대응한 개화기 사회의 양상을 살피고 그 역사적 문맥 속에서 동학과 수운의 『용담유사』를 조명하고 있다. 그는 개화기의 각 계층과 의식을 다음과 같이 설명하고 있다.

오랫동안 나라를 다스려 온 봉건 지배층은 계속 지배적인 위치를 고수하고자 하면서도 외세 앞에서 일찍 그 한계를 노출했고, 정권 형성에 직접 참가하지 않고 있던 지배층, 특히 유생들은 전통적인 가치관으로 무장하여 적극적인 항거의 자세를 보였으며, 시민사회로의 개혁이 지상의 과제라고 보는 이른바 개화파는 개화 교육으로 국민을 각성시키지 않고서는 우리에게 무력無力이 있을 따름이라는 입장을 내세웠다. 지배층에 대한 오랜 항거의 전통을 지니고 있는 민중은 지배층이 외세 앞에서 한계를 노출하자, 지배층에 대한 새로

운 차원의 항쟁을 벌이고 이를 외세에 대한 투쟁과 동일시하
는 입장을 취했다.[6] (윗점 필자)

　말하자면, 지배 계층과 외세를 동일시하고 그것에 대한 항거를
벌이는 피지배 계층의 문학으로서 동학가사를 파악한다. 그러면
서 "개화기 가사의 첫 작품이며 개화기 문학의 시발로서 크게 중요
시할 필요가 있다."[7]고 강조한다.
　이 논문은 역사적인 배경에 따라 『용담유사』의 외세에 대한 저
항성에 초점을 맞추고 있어서 사상에 대한 천착과 분석이 제외되
어 있다.
　[라]는 남접을 표방한 김주희의 동학가사 발굴 경위와 그 책판
에 대한 소개이며 [마], [바]의 경우도 여기에서 크게 벗어나지 않
는다. 다만, [바]의 경우 동학교의 연혁과 교리, 아자亞字의 뜻, 동학
교리 등을 밝히고 그 경전과 가사를 소개하고 있다. 따라서 [라],
[마], [바]는 형태서지적 연구의 범주에 들 것이다.
　[사]는 제명題名대로 『용담유사』의 내용을 분석한 것으로서, 유
교의 바탕에 불교적인 것이 가미되었을 뿐 선교仙教, 무격巫覡의 내
용이 없다는 견해를 보여준다. 유불선儒佛仙의 복합체로서 새로
운 사상을 포함하고 있다거나, 파천황破天荒의 독창을 함축하고 있
다는 등의 견해들을 부정하며, 『용담유사』의 탁월성은 반침략과
반봉건의 정신에까지 확대되어 전개되는 데에 있다고 주장한다.
[사]가 주로 사상적인 분석이라고 한다면, 같은 필자의 [아]는 한

6　조동일 외, 『개화기의 우국문학』, 신구문화사, 1974, pp.62~63.
7　위의 책, p.68

자로 표기된 『동경대전東經大典』의 구문론적 분석으로서 사상적 접근이 의도적으로 배제되고 있다. 이 연구들도 몇 가지 주어진 사상의 틀에 따라 개략적으로 살펴본 데에 머물고 있을 따름이다.

[자]는 [나]와 동일인의 같은 논문이며, [차]는 한 서술 가운데의 한 장으로서 『용담유사』와 『동국대전』을 분석, 시천주侍天主 사상과 개아個我의 존엄성 그리고 변혁과 저항적 주제를 서술하고 있다. 저서가 가지고 있는 성격 때문이겠지만 일반론의 범주를 벗어나지 못하고 있다.

이상에서 연구 경향을 추출해 보면,

첫째, 서지적 소개
둘째, 사회적 배경을 통한 저항성
셋째, 창작 시기 및 형식의 개략적 분석

등이 된다. 그리고 발굴·소개를 제외한 연구들은 거의 모두 수운의 『용담유사』에 국한되어 있다. 어느 한 요소를 통한 심층의 조명이 아니라 개략적인 일반론의 한계를 보여준다.

3. 연구의 방법

본 논문에서 동학가요라 함은 동학사상을 바탕으로 하여, 동학교도에 의하여 지어졌거나 동학교도 간에 종교적 목적으로 전파된 노래를 가리킨다. 그러한 가요에는 교리의 확립과 포교를 위하여 교주敎主 자신이 지은 『용담유사』를 비롯한 얼마간의 민요[8]와 상당수의 가사가 포함된다. 장르로 보아 교술적인 성격을 지니는 가사가 전부라 해도 틀린 말이 아닌데, 굳이 가사歌辭라고 하지 않고 가요歌謠라고 한 것은 서민층의 신도 사이에서 애송되었기 때문이며 또한 현재에도 단조로운 곡이기는 하지만 곡에 맞춰 암송하고 있기 때문이다.

동학가요에 해당하는 노래들은 많은 편이나 아직 제대로 수집·정리되고 있지 못한 형편이다. 수년 전에 발굴·조사하여 소개[9] 및 간행[10]한 바도 있지만 만족할 만한 성과라고 하기는 어렵다. 왜냐하면, 동학을 표방하는 많은 동학 분파가 있는바, 거기에서 쓰이는 가요들이 적지 않기 때문이다.[11]

동학가요의 연구에 있어서 초미의 과제는 동학가요의 완벽한 수집과 그것의 서지학적 정리이다. 그러나 앞서 말한 대로 동학을 표방하는 많은 종파 가운데에 어떠한 것은 동학의 근본 사상에서 매우 일탈되어 있어 그들 간에 전수되는 가요들을 통틀어 동학가요의 범주에 포함해야 하느냐 하는 그런 문제에 부딪히게 된다. 이러한 작업은 동학사상의 정립과 교맥敎脈의 흐름을 정확히 규명한 뒤에야 비로소 가능한 일인데 현재로 보아서는 지극히 어려운 일

---

8   각주 4 참조.
9   '연구사 개관' 항에서 이야기한 바 있다. 류탁일, 하성래의 글이 그 대표적 예다.
10 한국정신문화연구원 간 『동학가사東學歌辭』 I·II에는 주로 류柳·하河 두 분이 소개한 것을 담고 있다.
11 필자가 소장하고 있는 것만도 여러 편에 달하며, 홍범초 소장도 적지 않다. 홍 교수는 「증산종단각교단의 가사 목록」, 유인물, 1977이라 하여 ㄱ 나름으로 정리한 바 있다. 부록을 참고할 것.

이 아닐 수 없다.

본 논문에서는 천도교중앙총부에서 간행한 바 있는 『천도교경전天道敎經典』(1961)과 한국정신문화연구원 간 『동학가요東學歌辭』 I·II(1979)에 한정시켜 살피고자 한다.

그런데, 앞의 항에서도 언급한 바와 같이 동학에 관한 연구는 역사적 측면, 사상적 측면이 다수를 점할 뿐, 문학적 측면에서의 접근은 매우 희소하다. 그 근본 이유는 지나치게 교술적이어서 문학적 여운이 적은 것이 그 하나요, 쉽게 용해되지 않는 종교사상의 벽이 다른 하나이다. 포교를 목적으로 하여 주로 가사의 장르를 택하고 있어서 예술적 단순성과 건조성을 배제할 수 없다.

이 글에서는 동학가요를 통하여 민족혼의 원류라고 할까, 그런 것을 찾으려 한다. 그러니까, 분석 비평류의 클로즈 리딩close reading을 통한 접근은 자연히 제외될 수밖에 없다. 이것은 문학적 구조의 해명을 요구할 만큼 동학가요가 문학성을 획득하고 있지 못하다는 판단 때문이기도 하지만 난세에 처한 민중의 의식을 규명함으로써 참다운 한국사상의 연원을 찾으려는 목적 때문이기도 하다.

먼저 동학가요가 형성된 시대적 배경과 종교적 배경을 규명하여 동학가요의 성격을 살핀 다음, 동학가요에 나타난 궁을弓乙과 그것들에 대한 여러 견해들을 될 수 있는 대로 광범위하게 들어보고, 그것들이 과연 궁극적으로 무엇을 뜻하는가를 검출하려고 한다.

Ⅱ. 동학가요의 배경

동학가요의 배경 곧 형성된 시대적 여건과 종교적 특수성을 이해한다는 것은 가요의 성격을 이해하는 데에 있어서 지름길이 될 수 있다. 특히 동학가요는 동학사상을 기반으로 하여 이루어졌으므로 배경의 해명이 선결되어야 할 과제이다. 이 과제는 『용담유사龍潭遺詞』에 국한해 살펴보기로 한다. 이것 하나만으로도 일반성이 있는 해답을 얻을 만하다고 믿기 때문이다.

1. 시대적 배경

동학사상은 어떠한 시대적 산물인가? 국내와 국외 곧 국내의 사회적 상황과 국제적 상황으로 양분하여 동학사상이 형성되고 또 동학가요가 지어져 전수된 시대적 배경을 알아보기로 한다.

1) 국내의 양상

동학이 생겨나고 또한 동학의 가요가 창작·전수된 데에는 국내의 여러 가지 복합적인 요인이 작용하였는바, 그 요인으로 첫째 국정의 문란과 탐관오리의 발호, 둘째 수년에 걸친 급성전염병의 유행, 셋째 서민의 각성 등을 들 수 있다.

성호星湖의 말대로, 조선기 후기에 오면 사회적 모순에 따른 필연적 현상으로 취인取人이 많아져서[12] 대부분의 양반들이 과거에 응시하게 되는 과거제도도 실은 부패하기 이를 데 없었다. 오지영吳知泳의 다음과 같은 증언은 저간의 사정을 극명하게 드러내 준다.

所謂 科擧場이라고 하는 곳에 들어가 보면 外面으로는 科擧 글제를 公公然히 내여 걸어 놓았다. 여러 萬名의 지은 글장을 거두어 試所로 들어갔다. 그다음 날 榜目이라는 것을 보면 所謂 글자나 한다는 사람의 姓名은 볼 수 없고 다만 돈 많은 富者의 자식이나 勢力 있는 집 子孫의 姓名만이 걸려 있는 것이요, 武科라고 하는 것도 또한 그와 같이 활손이나 쏘는 者의 姓名은 볼 수 없고 돈 있는 놈, 勢力 있는 놈의 姓名만이 걸리는 것이며 科擧 以外에 모든 仕官이라는 것도 相當한 人材를 뽑아다 하지 아니하고 모두가 私情으로 하여 請囑으로 하여 官職 選擇하는 것은 마치 市場에서 物件賣買하듯이 하였다.[13]

이렇듯이 부패한 방법에 따라 과거에 합격할 뿐 아니라 대소의

---

12 我國取人 尤專科擧始也 其數亦少 宣廟以來漸見增多(萑憂錄 朋黨論)
    김의환, 『한국근대사연구론집』, 성진문화사, 1972, p.30 재인용.
13 오지영, 『동학사東學史』(영창서관, 1940, 『동학사상 자료집』 I, 아세아문화사, 1979), pp.97~98.

관직에 오른 관리들은 온갖 방법을 다 동원하여 치부에 여념이 없었다.

　無辜한 良民을 잡아다 가두어 놓고 不孝罪니, 不睦罪니, 相避罪니 兩班에게 말버릇 잘못한 罪니 하는 등으로 몰아대어 돈을 빼앗는 일이며 또한 山訟이니, 債訟이니 가지가지 各色의 訟事를 利用하여 돈 바친 놈은 이겨주고 돈 안 바친 놈은 落訟을 시키는 일이며 심지어 孝子忠臣烈女 등 旌閭表彰 같은 것에나 學行發薦에까지라도 모다 돈 바치라고 하였다. 또는 農村 百姓들에게 加結錢이니 加戶錢이니 萬般의 無名雜稅 等을 任意로 懲索하였고 委員이나 派員 같은 것들은 이와 가까운 일을 行하였다. 山稅니, 海稅니, 魚稅니, 酒稅니, 煙草稅니, 塩稅니, 甘藿稅니, 苧田稅니, 楮田稅니, 蘆田稅니, 芹田稅니, 薑田稅니, 竹田稅니, 蔘田稅니, 金店稅니, 牛皮稅니 하는 등의 稅錢을 모다 거두어가는 바람에 百姓들은 이루 精神을 차릴 수가 없었다.[14]

　대소 관원들의 이러한 단말마적 탐색으로 말미암아 발생하는 것은 필연적으로 민란이다. 주로 농토가 넓으며 부재지주가 착취를 일삼는 남도의 도처에서 자연발생적인 민란이 빈번하게 일어났으니 서민 대중의 입에서 말끝마다 "이 나라는 망한다. 꼭 망하여야 옳다. 어찌 얼른 망하지 않는고."[15]는 그런 탄식의 집단적 표현이었다.

14　위의 책, p.99.
15　같은 책, p.100.

우병사右兵使 백낙신白樂莘의 탐학에 저항하기 위하여 일어난 진주민란을 비롯하여 연달아 익산과 개령, 함평 그리고 회덕, 공주, 은진, 연산 등지에서 민중들이 봉기하였으며 또 청주, 회인, 문의, 순천, 장흥, 선산, 상주, 거창 등지에서 민란이 일어나 삼남三南은 거의 혼돈의 소용돌이 속에 있었다.[16] 참고로 고종 때에 일어난 민란을 시대 순에 의거하여 들어 보기로 한다.[17]

울산민란(1875), 장연민란(1880), 동래민요(1883), 성주민요(1883), 가리포민란(1884), 토산민란(1885), 여주민란(1885), 원주민란(1885), 고산민요(1888), 영흥민요(1888), 북청민란(1888), 길주민요(1888), 전주노령배작갑(1889), 정선민란(1889), 통천민란(1889), 인제민요(1889), 광양민란(1889), 고성흡곡현민요(1889), 수원민요(1889), 안성민란(1890), 함창민란(1890), 제주민요(1891), 수원융원원군작요(1891), 고성민요(1892), 함흥민요(1892), 덕원민요(1892), 낭천민란(1892), 예천민란(1892), 회령민란(1892), 종성민란(1892), 성천민란(1892), 강계민란(1892), 서울과예배작요(1892), 청풍민란(1892), 황간민란(1892), 함종민란(1893), 재령민란(1893), 인천민요(1893), 중화민요(1893), 개성민란(1893), 선도민란(1893), 황주민란(1893), 금성민란(1893) 등등[18]

16 철종 때 더욱 사회의 혼란상이 노정되어 철종 13년(1862) 진주농민의 봉기를 필두로 40여건의 농민봉기가 주로 남도 각처에서 일어났다.
17 한우근,『동학란 기인에 관한 연구』, 한국문화연구소, 1971, pp.74~77.
18 그런데 이것은 영조 31년(1755) 나주민란, 순조 11년(1811) 홍경래란, 헌종 7년(1841) 경주부민과 철종 12년(1861) 민소民訴의 연속이다.

이러한 현상은 앞에서도 살펴보았지만 양반 귀족들의 착취와 학정에 말미암은 것인데 이것들은 모두 삼정三政의 문란에서 온 것이라 할 수 있다. 삼정이란 전정, 군정, 환곡을 말하는데, 이 중에서 가장 문란하여 백성들에게 괴로움을 준 것은 환곡이었다. 환곡이란 원래 가난한 백성들을 구제하기 위하여 만들어진 것이었으나 나중에는 영리화되어 반작, 가분, 허류, 입본, 증고, 가집, 암류, 반백, 분석, 집신, 탄정, 세전, 요합, 사혼, 채륵 등등 무수한 이름으로 지방관원의 중간 착취가 파생하여 농민의 고혈을 빨았던 것이다. 이러한 비참한 정상을 한 기록은 다음과 같이 전해 준다.

公家之稅 所收不滿百石 於是悍吏猾校 縱于民間 名之曰檢督 徵鄰徵里 徵族徵姻 搜房握地 懸首縛臂 摘其鐘釜 攘其犢豚 一村騷然 哭聲振天 傷天地之和氣 慘人煙之蕭瑟 此行所過 十室九空 崩檐破壁[19](윗점 필자)

솥은 물론 돼지까지도 빼앗아가는 등 가혹한 착취로 말미암아 우는 소리가 하늘을 울리고. 열 집에 아홉은 비었으며 그나마도 다 무너진 집이었다니 그 참상은 이루 말할 수 없었던 듯하다.

기본적인 삶의 생존권마저 박탈당하는 판국에 설상가상으로 무서운 전염병이 유행하여 많은 백성이 죽어갔던 것이다. 유행병 가운데에는 발진티푸스와 콜레라가 가장 심했다. 콜레라는 기록에 의하건대 순조 때에 처음으로 우리나라에 들어왔는데,[20] 그 뒤 철

19 정약용,『경세유표』권1 경전사經田司.
20 頃刻之間, 十無一二生者 家家傳染, 疾於爆火, 古方所無, 醫莫能執症(순조실록 21

종 10년부터 유행하여[21] 13년까지 계속, 무수한 인명을 앗아갔다.

이러한 현상은 비단 우리나라뿐만이 아니고 인접한 중국이나 일본의 경우도 마찬가지였다. 삼목三木의『조선질병사朝鮮疾病史』에 의하면 1858년 중국과 일본에서 콜레라가 부분적으로 유행하였고 그 이듬해인 1859년에는 일본과 우리나라에서 유행하였으며 1862년에는 세 나라 모두 크게 유행하였다.[22] 수운水雲의「권학가勸學歌」가운데 보이는 "한울님을 공경하면/我東方 三年怪疾/죽을 念慮 있을쏘냐."의 '삼년괴질三年怪疾'이 바로 그것을 가리키며, "十二諸國怪疾運數/다시 개벽 아닐런가."의 '십이괴질十二怪疾' 운운도 역시 그런 상황 속에서 나온 말이다.

귀족 양반계층 착취에 따른 기근과 속수무책의 병고로 인하여 사회는 자연히 근본부터 동요하게 되어 급속도로 봉건적 신분체제의 파탄을 초래하였다. 앞에서 잠깐 살핀 바 있는 민란도 봉건 신분체제의 붕괴와 무관하지 않다. 양반 지배의 신분사회질서가 붕괴하기 시작한 것은 학자에 따라 다소 견해의 차이를 보여주지만 대체로 17, 18세기라는 것이 일반적 통설이다. 18세기에 와서는 붕괴 현상이 두드러지게 나타났는데 그 원인을 대강 두 측면에서 생각할 수 있다. 하나는 양반의 몰락이 가장 큰 이유가 된다. 양반이 천신만고로 과거에 급제한다손 치더라도 배정된 관원의 수는 적어서[23] 관직을 탈취하기 위한 온갖 방법이 동원되며 만약 거기에서

년 8월조)

21 近日乖沴益熾, 死亡甚多(철종실록 10년 9월조)

22 김용덕, 앞의 책, p.285 재인용.

23 挽近以來 官員少而應調多也 一經瓜遞 牽得無路 挈眷還家 屈指凍餒 随夷之淸 無賴 於捄死(『성호사설』권9,「대발철시大鉢鐵匙」)

탈락하면 몰락양반으로서의 비참한 사양길에 들어선다. 말하자면, 특수층의 일부 양반에게만 관직이 주어짐으로써 양반 내에서의 계층의 분화가 생기게 된 것이다. 따라서 몰락양반 곧 궁반窮班은 그 처지가 거의 천민과 다름이 없어서 호포 징수의 대상[24]이 되었다.

다른 또 하나는 노비제의 분해와 상민들의 신분적 상승을 들 수 있다. 몰락양반의 경우에 있어서 경제적인 이유로 사노비를 둘 수 없어서 노비안을 소각하는 등 시민이 되는 길을 터놓을 수밖에 없었다. 이것은 공노비의 경우에서도 거의 마찬가지였다. 한편 농민들도,

軍簽旣苦 擧國喪性 換父易祖 僞冒官爵 假稱忠孝 以圖免役 數十
年之後 遂成古籍 而造僞之人 不以僞冒 告于其子 其子其孫 遂以僞冒
認爲眞封官 或發之哀 號稱冤亦難乎 其解惑矣[25]

라, 하여 양반 귀족의 착취로부터 보호를 받기 위해서 양반행세를 하는 경우가 많았다. 매관매직이 제도적으로 공공연히 횡행함에 따라 서민 중에 경제적 부유층은 양반을 매입함으로써 신분의 상승을 기하기도 하였다. 이리하여 양반의 수는 격증하고 이와 반대로 상민의 수는 격감되어 신분제의 의미가 와해될 수밖에 없었다. 신분 체제의 동요는 시간의 흐름에 따라 더욱 두드러지게 나타났다.

24 한우근, 앞의 책, p.47.
25 정약용, 『목민심서』, 호전戶典 호적조戶籍條.

2) 국제적 상황

다 아는 바와 같이 척왜척양斥倭斥洋은 동학혁명 당시에 있어서 중요한 슬로건의 하나였다. 보은 집회에서 공식적으로 채택되었다고 하지만, 그 이전부터 백성의 가슴 속에 뭉쳐진 하나의 절박한 요구였다. 외국 자본주의 제국들이 아시아를 지배하려는 각축전의 와중에서 자신을 지키기 위한 선언이요, 몸부림이었다고 볼 수 있다.

> 개같은 왜적 놈아 너의 신명 돌아보라
> 너희역시 하륙해서 무슨 은덕 있었던고
> (……)
> 개같은 왜적 놈이 전세임진 왔다 가서
> 술싼일 못했다고 쇠술로 안 먹는 줄
> 세상 사람 누가 알고 그 역시 원수로다.
> (……)
> 개같은 왜적 놈들을 한울님께 조화 받아
> 일야 간에 멸하고서 전지 무궁하여 놓고
> (……)
> 大報壇에 맹세하고 漢夷怨讐 갚아보세
> 重修한 漢夷碑閣 헐고 나니 草芥 같고
> 붓고 나니 박살일세.

이것은 수운이 지은 「안심가安心歌」의 한 부분인데 여기에서는 왜倭와 한漢(청淸)에 대한 격렬한 적개심을 보여준다.

> 洋人이 中國에 먼저 나오고 그다음 我國으로 나오는데
> (……) 一日은 天神이 降教하여 日 近日 海洋에 船舶往來하는 者
> ㅣ 洋人이 많다 하며 그것을 制禦코저 하는 데는 劍舞가 아니
> 면 되지 못한다 하며……[26]

이것은 수운水雲의 재초再招 시 답변으로서 서양에 대한 위구심을 보여준다.

당시 우리나라를 둘러싸고 있던 국제정세는 극히 불안한 것이었고 그러한 폭풍전야의 암운은 국내의 서민층에까지 풍문으로 퍼져 극도의 불안감을 조성하였다. 불안의 대상은 주로 이양선의 소유자인 서양이었다.

먼저 서양이 아시아에 준 충격을 시대별로 나누어 살피면,[27]

제1기: 16세기~18세기 – 포르투갈의 동점, 상업과 선교가 목적
제2기: 19세기 초~말 – 서구제국의 동점, 정치적·영토적 팽창
정책
제3기: 19세기 말~제1차 세계대전 – 서구제국의 동점과 각축,
정치적 경제적 지배에 대한 투쟁 본격화

26　오지영, 같은 책, p.23.
　　『일성록日省錄』고종 갑자 조에도 "洋寇出則 呪文劍舞 以禦敵 將獲天神之助 焉
　　用準備云"(윗점 필자)이라 하여 같은 내용을 담고 있다.
27　신복룡, 『동학사상과 한국민족주의』, 평민사, 1978, p.32.

이렇게 요약할 수 있는바, 우리나라도 그대로 적용된다. 대체로 서양과의 접촉이 이루어지는 경로로 웜스Weems는 세 가지를 들었는데[28] 첫째 한국 해안을 항해하던 외국 선박의 난파와 그에 따른 표착자, 둘째 상업 또는 외교상의 관계를 체결하기 위하여 오는 일종의 탐험대, 셋째 1835년에 비롯된 주한 프랑스 선교사들의 활동이 그것이다.

우리나라는 중종 대와 선조 대 등 16세기 전반부터 서구와의 접촉이 시작되었으며 처음으로 포르투갈 사람 프레네스티노Padre Antonio Prenestino가 표착, 그 기록을 남겼다.[29] 인조 5년(1627)에 네덜란드 사람 벨테브레John Weltevree 등 세 명이 호남의 해안에 표착한 일이 있고 또 효종 4년(1653)에 같은 나라 사람 하멜Hendrik Hamel 등 36명이 제주에 표착한 적이 있다. 그러나 이러한 외항선의 표착은 우연한 사실로서 역사에 큰 충격을 주지 않았다.

어느 면에서 육로를 통한 서구문물 및 그 사상의 유입은 당시 이양선[30]의 출몰보다 더 큰 충격을 주었다. 정치적 목적에 의하여 전통적으로 시행되던 조천사·부연사 곧 부경사행赴京使行에 의하여 상당량의 서구문물과 천주교가 들어오게 되었다. 중국에서 왕실의 허가를 받아 북경에 예수회가 생긴 것은 명, 신종 때(1601)다.

마태오리치Matteo Rici 신부가 명말의 왕실에 봉사한 뒤 청나라 왕조에 이르기까지 약 200여 년에 걸쳐서 북경에는 천주교를 통한

---

28 Benjamin B. Weems, *Reform, Rebellion and The Heavenly way*(홍정식 역), p.23.
29 진단학회, 『한국사(근세후기편)』, 을유문화사, 1965, p.127.
30 당시 한국해안에 출몰하던 선박을 이양선 또는 황당선이라 불렀다.

서구 문명이 퍼져 이른바 청구문명淸歐文明이 형성되었다. 그런 청
구문명의 핵을 이루는 야소회의 천주당을 통해서 우리나라의 사
신들은 새로운 지식과 천주교를 받아드렸다. 물론 조선왕조의 철
저한 쇄국정책 속에서 은밀히 이루어진 것이었다. 그것은 조선 후
기의 사회악과 사회적 모순 그리고 낡은 주자학적 사회규범의 무
력 때문에 하나의 새로운 생활의 이념으로서 받아들여졌다. 드디
어 이승훈을 영수로 하는 천주교회가 만들어졌고 한편으로 유림
의 격렬한 반발과 정부의 혹독한 탄압 정책이 따르게 되었다. 정조
조의 신해박해, 을묘박해, 순조 조의 신유대박해, 헌종기의 기해박
해[31] 등이 그 대표적 예가 될 것이다.

　서구 문명의 도입 및 천주교의 수용에 따른 내적인 충격과 함께
서구 자본주의 제국들의 선박들이 빈번하게 나타나 통상과 국교
를 강요하였다. 1842년 남경조약 이후 중국의 거대한 대륙이 영국
의 손아귀에 들어가게 되었으며 또한 프랑스와 미국 그밖에 서구
제국에 특혜를 갖게 함으로써 드디어 자본주의의 식민지화가 이
루어졌다. 이와는 달리 일본은 지리적인 고립성 때문에, 유럽제국
과의 통상이 오랫동안 지속하였음에도 불구하고 강압적인 개국이
늦어지다가 결국 미국의 강요에 의하여 1858년 개항이 되었다.

　이러한 주변 제국의 와중에서 한국은 격변기를 맞게 되었다. 당
시(19세기) 서세동점西勢東漸의 한 양상으로서 해로를 통한 외국인
들의 접근을 간추려 보면 다음과 같다.[32]

31　한우근, 「이조李朝 후기의 실학사조와 천주교」, 『사목司牧』 34호, pp.44~47.
32　국사편찬위원회, 『한국사』 16, 탐구당, 1975, pp.35~52.

헌종 12년 6월   홍주(현 홍성) 외연도에 불의 동양함대 사령관 Jean
(1846)   Baptist Thomas Cecil 제독이 3척의 군함을 이끌고
                출동, 세 선교사의 살해에 대한 문책

13년 6월   전라도 고군산열도 해협에서 좌초, 신치도에 결막,
(1847)   두 척의 불국 군함을 해군 대령 Lapierre가 지휘, 600
                여 명의 군인 탑승

14년(1848)   경상, 전라, 황해, 강원, 함경 5도 해역에 빈번히 출몰

철종 1년(1850)   울진에 출몰, 우리 문정선에 발포 2명 사망, 3명 부상

3년(1852)   불佛 Lapierre 대령이 고군산도에 내항
                미국 포경선의 동래 용당포에 표착

5년(1854)   소蘇의 Pallado호가 덕원부 용성진에 나타나 포민浦
                民 살상

6년(1855)   강원 통천에 미국 포경선 난파, 영국의 Honet호가
                동해에 출동
                불佛의 군함 Virginie호가 동해안 일대를 측량

7년(1866)   상기上記 불佛의 군함이 홍주목 장고도에서 난파

10년(1859)   영선英船 애서아말호 동래부 용당포에 표착
                영선英船 2쌍 동래부 신초양에 표도

11년(1860)   영英 상선 영암 추자도에 표착 영英 상선 남백로 호
                동래부 신초양에 표착

고종 3년(1866)   영선英船 Rona호, 공충도 평신진 이도면 오도 전양
                前洋에 나타났다가 곧 해미현 조금진 후양에 표박

영선英船 The Empero호, 해미현 조금진 전양에 나타남, 그 뒤에 교동부 서면 두산리 전양 등지에 표박 (Rona, The Empero호에 탑승했던 Oppert는 고종 5년 덕산의 남연군묘를 도굴하다가 미수)

미선美船 Surprize호가 철산부 선천포 선암리 연안에 표착

미선美船 General Sherman호가 대동강 통항 중 화공火攻을 당함

　이상으로, 동학이 형성되던 전후에 있어서 우리나라를 둘러싼 서구 자본주의 제국들이 통상을 목적으로 했든, 포교를 목적으로 했든 무수하게 자극을 가해 왔음을 알 수 있다.[33]

33 18세기 말엽에서 19세기 중엽까지 이양선의 출몰을 지도로 보면 이렇다. 진단학회, 『한국사(근세후기편)』, p.414.

내·외적으로 미증유의 국난 속에서 무엇인가 어리석은 개개인은 공포와 불안에 시달려야 했고 뜻있는 자들은 말기적 증상을 극복하고 살길을 찾지 않을 수 없었다. 이때 공포와 불안에서 벗어나 참다운 삶의 빛을 던져 준 것이 바로 동학이었고 이런 극한적인 시대 상황이 만든 종교 엘리트가 바로 수운水雲이었던 것이다.

2. 종교적 배경

동학의 종교적 배경은 무엇일까? 이 물음에 대한 답은 동학의 종교적 성격에 직결된다.

흔히 동학을 일러 유불선 삼교三敎의 종합적 성격을 갖고 있다고 말한다. 동학이 형성되기 훨씬 이전에 유교와 불교 및 도교가 외국으로부터 들어와서 신앙의 뿌리를 확고하게 내리고 있었기 때문에 세 종교의 영향을 받지 않을 수 없었다. 지배 계층이 지배권을 강화하기 위해 받아들인 유교는 종교라기보다 지배·피지배 계층 막론하고 일상생활의 윤리 규범이었고 불교도 비록 정책상 척불숭유로 인하여 위축되었다고 하지만 기복적 종교로서 광범위한 신도를 가지고 있었으며 도교도 재래의 샤머니즘에 밀착하여 소외계층에 널리 퍼져 있었다. 이 모든 종교의 기반적인 자리에 놓이는 것이 샤머니즘임은 재론의 여지가 없다.

따라서 이러한 신앙들과 전혀 무관하게 동학이 솟아난 것은 아니다. 유儒·불佛·선仙과 샤머니즘의 직접 또는 간접적인 영향을 받고 시대의 요청에 따라 탄생하였다고 보아야 옳다. 말하자면, 당시 새로운 구제의 원리로서 등장한 서학(천주교)의 전파와 그 충격 그리고 이와 반대로 동남아와 중국을 비롯한 서구의 무력적 침략이라는 서로 상충하는 아이러니한 사태 속에서 새로운 구제 원리의 주체적 탐색의 노력으로 태어난 것이다. 하지만 유불선 그리고 샤머니즘 심지어 천주교 등을 분리해 동학의 종교적 성격을 설명할 수는 없다. 교조敎祖 자신의 말을 통해서도 이러한 사실을 확인할 수 있다.

> 吾道는 元來ㅣ 儒도 아니며 佛도 아니며 仙도 아니다. 그러나 吾道는 儒佛仙合一이니라. 卽 天道는 儒佛仙이 아니로되 儒佛仙은 天道의 한 부분이니라. 儒의 倫理와 佛의 覺性과 仙의 養氣는 사람性의 自然한 品賦이며 天道의 固有한 部分이니 吾道는 그 無極大源을 잡은 자이라. 後에 道를 用하는 者ㅣ 이를 誤解하지 말도록 하라.[34] (윗점 필자)

이것은 교조가 40세의 탄생일을 맞아 그 기념식을 마친 자리에서, 뒷사람들이 자기를 일러 천황씨라고 부를 것이라 한 다음 도통을 이을 해월海月에게 한 말이다. 위의 말을 요약해서 나타내면 이렇게 된다.

---

34 이돈화, 『천도교창건사』, 천도교중앙종리원, 1933, 『동학사상 자료집』 I, 아세아문화사, 1979, p.47.

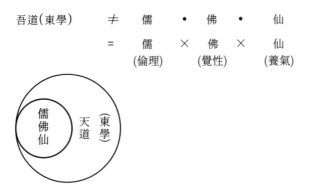

吾道(東學)　　≠　儒　·　佛　·　仙

　　　　　　　　=　儒　×　佛　×　仙

　　　　　　　　　(倫理)　　(覺性)　　(養氣)

천도[東學]의 큰 것 속에 유儒·불佛·선仙은 한 부분을 차지한다는 것이다. 노승 송월당松月堂과의 대화 속에서도 이러한 교조의 생각이 잘 나타난다.

　　무슨 眞理든지 그 時代 사람에게 生魂을 넣어 줄 수 없게 되고 그 시대의 精神을 살릴 수 없게 되면 그는 죽은 송장의 道德이지요. 이 時代는 佛法이나 儒法이나 其他 모든 묵은 것으로는 到底히 새 人生을 거느려 나갈 수 없는 時代이지요. 다만 要할 것은 죽은 송장의 속에서 새로 산 魂을 불러일으킬 만한 無極之道를 把持하고 新天新地新人을 開闢하여야 하지요.[35]

　이러한 이야기를 통하여 기왕의 유·불·선은 죽어 있어 그 시대를 구제할 수 있는 생혼生魂이 없으므로 모두 부정하고 있음을 알게 된다. 유·불·선의 합일이라기보다는 그것들의 거부 속에서 새로운 구제의 원리로 '무극지도無極之道'를 내세우고 있다.

35 위의 책, pp.33~34.

儒道 佛道 累 千年에 運이 역시 다 했던가[36]

교조教祖 자신도 그러한 사실을 위와 같이 노래했다. 또한,

내가 받은 도는 지금도 들어보지 못하고 옛날에도 들어보
지 못한 일이며, 지금도 비할 것이 없고 옛날에도 비할 것이
없던 가르침이다.[37]

라, 하여 그 독창성을 강조했다든가,

萬古 없는 無極大道 如夢如覺 받아내어[38]

萬古 없는 無極大道 이 세상에 創建하니[39]

萬古 없는 無極大道 이 세상에 날 것이니[40]

등등의 노래에서 전혀 새로운 종교임을 갈파하고 있다.

하지만, 실제로 기왕의 유교, 불교 또는 선교와 전혀 성질을 달
리하고 있는 것일까? 이에 대한 답은 교조의 위와 같은 역설에도
불구하고 부정적일 수밖에 없다. 이미 존재한 사상이나 신앙의 영

---

36 「교훈가教訓歌」
37 「논학문論學文」, 日吾道 今不聞 古不聞之事 今不比 古不比之法也
38 「수도사修道詞」
39 「권학가勸學歌」
40 「몽중노소문답가夢中老少問答歌」

향을 받지 않고 갑자기 창시된 종교는 없기 때문이다. 불교도 그러하며 기독교도 또한 그러하다. 동학도 예외일 수 없다.

이러한 사실은 교조 자신이 지은『동경대전東經大典』과『용담유사龍潭遺詞』에서 얼마든지 찾아낼 수 있다. 유·불·선 또는 천주교의 영향을 받아 그것들의 취사선택을 통해 특이한 종교를 창시하였다고 말할 수 있다. 김경탁 교수는『동경대전』의 요소를 분석하되 십분의 오가 유교, 십분의 삼이 도교 그 나머지 곧 십분의 이가 샤머니즘이라고 하여,[41] 불교를 제외한 유교, 도교, 샤머니즘의 셋을 들고 있으며, 김인환 교수는 비록『용담유사』에 국한한 것이기는 하지만 유불선무儒佛仙巫의 복합체로서 새로운 사상을 포함하고 있지 못하다 하고 특히 선교와 무격의 내용이 없다고 하였다.[42] 그러나, 필자가 보기에는 유불선무儒佛仙巫뿐 아니라 천주교의 영향도 투영되어 있다. 교조 자신도 말한 바 있거니와[43] 유교에서는 근본적인 윤리를, 불교에서는 견성見性을, 도교에서는 양성養成을, 무교巫敎에서는 산제山祭와 같은 제천의식 등을 그리고 천주교에서는 순교 등에서 보인 공고한 결사를 각각 받아들인 것으로 보인다.

---

41 김경탁,「동학의『동경대전』에 관한 연구」,『아세아연구』통권 제41호, p.1.
42 김인환,「용담유사의 내용분석」,『문학과 문학사상』, p.6.
43 주 34 참조.

1) 유교의 수용

먼저 유교의 경우를 살펴보기로 한다.

> 내가 받은 도를 닦고 잘 익혀 보니 그것은 자연스러운 도리
> 다. 공자의 도를 깨닫고 보니 내 도와 같은 이치로 되어 있다.
> 나만이 받은 도에 대하여 그 특성을 말한다면 공자의 도와 대
> 체로 같으나 조금은 다르다.[44]

이러한 교조 자신의 말과 같이 동학은 유교와 대동소이한 듯도
하다. 내세를 설정하지 않을 뿐 아니라 실제적인 현실에 투철하기
때문이다.

> 君不君 臣不臣과 父不父 子不子를
> 주소간 탄식하니 우울한 그 회포는
> 흉중에 가득하되[45]

당시 질서 규범이 혼란한 것을 탄식한 것인데 소위 정명사상의
문란으로 나타내고 있다. 정명사상은 유교의 중요한 사상으로서,
『논어論語』에 보인다.

---

44 「수덕문修德文」
　　修而煉之 莫非自然 覺來夫子之道 則一理之所定也 論其惟我之道 則大同而小異也
45 「몽중노소문답가夢中老少問答歌」

子路가 묻되, 衛君이 선생님(공자를 가리킴. ―필자)을 모
셔 정치를 한다면 선생님께서는 장차 무엇을 먼저 하시겠습
니까?

夫子께서 대답하되 반드시 正名할진저

(······)

名이 不正하면 言이 不順하고 言이 不順하면 事가 不成하고
事가 不成하면 禮樂이 不興하고 禮樂이 不興하면 刑罰이 不中하
고 刑罰이 不中하면 백성이 수족을 놓을 곳이 없이 不安할 것
이니 그런 고로 군자는 名하면 반드시 言하고 言하면 반드시
행하는 것이라 군자는 그 言에 苟假하는 바가 없을 따름이다.[46]

어떻게 보면 이러한 사상은 현상의 고착을 바라는 지배 계층의
윤리로도 생각되지만, 특히 상위층의 명의에 상부하는 행위를 하
지 않을 때 오는 그 무질서를 경계함으로써 민생의 안정을 바란 것
이라 할 수 있다. 그러므로 제齊 경공景公이 공자께 정사를 물었을
때, '君君臣臣子子(군군신신자자)'라고 대답한 것이다.[47] 이러한 정
사政事의 가장 기반이 되는 대도大道의 혼란을 들어 교조 수운水雲
은 한탄하였던 것이다.

46 『논어論語』 자로편子路篇
　　子路曰 衛君 待子而爲政 子將奚先 子曰 必也 正名乎 (······) 名不正 則言不順 言不
　　順則事不順 事不成則禮樂不興 禮樂不興則刑罰不中 刑罰不中則民無所措手足
47 『논어』 안연편顔淵篇
　　齊景公 問政於孔子 孔子 對曰 君君臣臣父父子子 公曰 善哉 信如君不君 臣不臣 父不
　　父 子不子 雖有粟 吾得而食諸

大學에 이른 道는 明明德하여 내어

止於至善 아닐런가 中庸에 이른 말은

天命之謂性이오 率先之謂道요

修道之謂敎라 하여 誠敬二字 밝혀두고

我東方 賢人達士 도덕군자 이름하나

무지한 세상 사람 아는바 천지라도

敬畏之心 없었으니 아는 것이 무엇이며[48]

　

『대학大學』과『중용中庸』의 핵심사상을 들었으되 그 특유의 비판
을 가하고 있다. 『대학大學』에서는 밝은 덕을 밝히어 지극한 선에
이른다고 하였으나 그 덕德이 무엇임을 궁극적으로 규명하지 못했
으며, 『중용中庸』에서도 하늘의 타고난 것을 '천성天性'이라 이르고
그 천성을 그대로 거느리는 것을 '도道'라고 이르며 '도道'를 닦는
것을 '교敎'라 하여 '성誠·경敬'를 밝혔지만, 근본적으로 '하늘'의
성격을 밝히지 못했다는[49] 데에 비판의 초점이 놓인다. 몰락양반이
라는 출신 성분도 묘한 콤플렉스로 작용하였겠지만 대체로 보아
유교 윤리를 그는 긍정적으로 받아들인다. 그러나

　

우습다 저 사람은 지벌이 무엇이게

군자를 비유하며 문필이 무엇이게

도덕을 의논하노[50]

48 「도덕가道德歌」
49 백세명, 『동학경전해의』, 한국사상연구회, 1963, p.291.
50 「도덕가道德歌」

라, 하여 당시 부유腐儒들의 행태인 지벌地閥은 말할 나위 없고 심지어는 문필까지 거부함으로써 군자와 도덕의 높은 차원을 드러내려고 한다. 이러한 사실은 그의 글 도처에서 산견된다.

2) 불교의 영향

유교의 경우에 비교하여 불교는 그 영향이 많지 않아 보인다. 교조가 사寺·암庵에서 많이 수행하였으나 불교사상의 관념적 노출이나 불교에 대한 비판이 보이지 않는다. 언뜻 보아 불교와는 전혀 무관한 것처럼 보인다. 그러나 소위 '득도得道'를 어떻게 이해해야 할 것인가? '도통道通'을 불교 특히 선종의 '각覺'과 같은 범주의 것이라고 간주해서 무리가 없다면 불교와는 중요한 점에서 밀착되어 있다고 보아야 옳다.

> 書冊은 아주 폐코 수도하기 힘쓰기는
> 그도 또한 道德이라 문장이고 道德이고
> 歸於虛事 될 가보다 열석자 지극하면
> 萬卷詩書 무엇하며 心學이라 하였으니
> 不忘其意 하여서라.[51]

'서책'과 '만권시서'의 거부는 선종의 태도와도 같다. 서책을 통한 인지人智의 계발과 수양은 문치주의적 유교 이념의 산물이라고 할 수 있다. 서책은 신분의 상승이나 그 유지에 필수적인데도 불구

---

51 「교훈가敎訓歌」

하고 그것을 거부하는 데에는 몇 가지 저의가 도사리고 있다. 첫째로는 썩은 유자儒者들의 실천이 따르지 않는 위선에의 도전이요, 둘째로는 서책과 거리가 먼 피지배 계층 곧 민중의 옹호요, 셋째로는 마음에 역점을 두어 도덕을 강조하려는 것이다. 당시의 현실적인 면에서 볼 때, 첫째와 둘째의 해석은 그의 혁명 의지와 직결된다. 그러나 셋째의 해석은 종교의 특성을 바탕으로 한 것으로서 불교에 가깝다. 이러한 사실은 다음의 노래에서도 확인된다.

> 십 년을 공부해서 도덕성립되게 하면
> 속성이라 하지마는 무극한 이내 도는
> 삼년불성 되게되면 그 아니 헛말인가[52]

여타의 종교는 10년 이상을 수도해야 목표에 도달할 수 있지만, 동학은 3년 이내에 '득도'할 수 있다는 것은 선禪의 돈오頓悟와 매우 흡사하다. 그리고 마음을 모든 것의 기반으로 보는 것도 역시 불교와 같다. 불교가 불법을 믿고 부처를 공경한다면 동학은 '한울님'을 모신다는 점에서 차이를 드러낸다.

불교의 영향이 비교적 두드러지게 나타나지 않은 것은 당시 척불 숭유의 사회이념과 무관하지 않을 것이며 또한 조선조 후기불교가 보여주는 은둔사상이나 기복적祈福的 요소와도 무관하지 않을 것이다. 다시 말하면, 당시의 그러한 불교적 성향으로서는 현실 구제의 힘을 발휘할 수 없었기 때문이다.

---

52 「도수사道修詞」

3) 도교의 변형

이러한 불교에 비교하여 도교는 적극적으로 수용되고 있다. 양생, 신선, 조화 등에서 극명하게 나타난다. 양생은 인간의 영생하고자 하는 근본적인 욕망과 긴밀한 연관이 있지만, 그보다 당시 콜레라 등 무서운 괴질의 만연과 더 긴밀한 관계를 갖는다. 민중들의 육체적인 질병, 한 걸음 나아가 정신적인 병을 고쳐준다는 것은 동학의 핵을 이루는 모티브다. 이것은 도가의 양생, 양기의 영향임에 틀림이 없다.

> 그렇지 않다. 나는 靈符를 가지고 있는데, 그 이름은 仙藥이오. 그 모양은 태극과 같기도 하고 궁궁과 같기도 하다. 나로부터 이 영부를 받아 사람들을 이 질병으로부터 구해주고, 나로부터 주문을 받아 사람들을 가르쳐서 나를 위하게 하면 너도 또한 장생하여 덕을 천하에 펴리라.[53](윗점 필자)

수운의 득도 당시(1860, 음력 4월), 상제上帝가 수운에게 한 말로서, 영부靈符 곧 선약仙藥이 장생長生과 포덕布德의 무기가 되는데 이것은 도가사상의 산물임이 분명하다. 잘 알려진 바와 같이, 양생은 천인天人, 지인至人, 신인神人의 경지에 들어가려는 것인바, 이것에 역점을 두어 장생長生이 나왔으며 이러한 장생은 이미 남화경南華

---

53 「포덕문布德文」
　日 不然 吾有靈符 其名仙藥 其形太極 又形弓弓 受我此符 濟人疾病 受我呪文 教人爲我 則汝亦長生 布德天下矣

42

經 속에 있는 사상인 것이다.

> 법을 정코 글을 지어 입도한 세상 사람
> 그날부터 군자 되어 지상신선 네 아니냐[54] (윗점 필자)

　양생과 표리의 관계에 놓이는 선사상仙思想은 남화경에 풍부하고 생동감 있게 나타난다.[55] 남화경의 천하편에 "不離於眞 謂之至人 (불리어진 위지지인)"이라 하여 지인은 신선으로서 무소불능한 신인이다. 양생을 통하여 불로불사하며 환풍호우하는 환화幻化의 술術 곧 도술이 있게 마련이다. 말하자면, 초세超世 초인超人의 이상적 인격신人格神이라 이를 만하다.

　당시의 현실을 타개함으로써 개벽 곧 구원을 갈망했던 민중들의 초월적인 이상에다가 재래의 신선 사상이 상승작용을 일으켜 동학 신앙의 근저를 형성하고 있다. 그뿐만 아니라 동학사상에 있어 우주관의 핵을 이룬다고 볼 수 있는 '무위이화無爲而化' 또는 '조화造化'의 사상은 도교 사상의 한 영향에 의하여 형성된 것임이 분명하다. 물론 운수運數의 윤회는 역학에 뿌리를 두고 있지만, 세태의 전변과 흥망성쇠의 원리는 도교에서 온 것처럼 보인다. 그러나

---

54 「교훈가」
55 仙은 漢書 藝文志에 "神仙者 所以保性命之眞 而游求於其外者也 聊以盪意平心 同死生之域 而無怵惕於胸中"이라 했으며 釋名 釋長 幼에 "老而不死曰仙 仙遷也 遷入山也 故其字入旁 仙山"이라 하였다. 그리고 선인仙人의 묘술은 『장자莊子』의 소요유逍遙遊, 대종사大宗師, 날생達生과 열자列子의 황제 편, 『회남자淮南子』의 정신훈精神訓, 『포박자抱朴子』의 대속편待俗篇에 잘 나타난다.

부하고 귀한 사람   이전 시절 빈천이오
빈하고 천한 사람   오는 시절 부귀로세
천운이 순환하사   무왕불복하시나니[56]

와, 같이 천운이 순환하되 타락한 지배 계층의 몰락과 억압 받는 피지배 계층의 발복이라는 다분히 메시아적 정치이념에 바탕을 둔다.

4) 천주교에의 비판

위에 든 유·불·선 등에 비하여 천주교의 사상적 영향은 크지 않은 듯하다.

'시대적 배경'항에서 이미 서술한 바와 같이 천주교가 급속도로 전파되었는데, 그 신앙형태에 대하여 수운은 크게 충격을 받았던 듯하다. 그것은 순교 등에서 보인 확고한 신앙심에도 있었겠지만 과학 문명이 앞선 서구의 위력이 크게 작용하였을 것이다. 수운 자신의 다음과 같은 글이 그런 점을 잘 드러내 준다.

서양 사람들이 도와 덕을 잘 체득하여 그들이 조화를 부릴 때는 무슨 일이건 못 하는 것이 없고 그들이 공격하여 싸우는 무기 앞에는 맞설 사람이 없다고 한다.[57]

---

56 「교훈가教訓歌」
57 「논학문論學文」
西洋之人 道成立德及其造化 無事不成 攻鬪干戈 無人在前

오로지 수운만의 생각이 아니라 당시에 들끓던 '괴설'이 기도하다. 그러나 모든 현상의 근원을 추구할 경우, 궁극적으로 만나게 되는 창조주(조물주)인 '한울님'은 천주교의 '하느님'과 흡사하다.[58]

'한울님'은 전래적인 애니미즘으로서의 다신적 성격을 벗어나 유일신의 성격을 획득하고 있기 때문이다. 하지만, 서세동점의 광폭한 외세로서의 서학에 항거하는 점에서 새 종교 탄생의 의미를 간과해서는 안 된다. 수운이 득도한 뒤에 "소위 서학하는 사람 암만 봐도 명인 없네"[59]라고 멸시하는가 하면, "요망한 서양적이 중국을 침범해서 천주당 높이 세워 소위 하늘 도를 천하에 편만하니 가소절장 아닐런가"[60]라 하여 비웃음으로 배척하고 있다. 그리고 유교를 근간으로 하는 농본사회에서 가장 중요시하는 제사 문제를 놓고,

> 우습다 저 사람은　　저의 부모 죽은 후에
> 신도 없다 이름하고　　제사조차 안 지내며
> 오륜에 벗어나서　　유원속사 무슨일고[61]

라, 하여 천주교를 혹독하게 배척한다. 이러한 비난은 유교적인 전통사회에 있어 설득력이 강할 수밖에 없으나 한편 선봉적이요 피

58　수운은, 내세우는 도道와 타고난 시대의 운수는 같다고 하였으나 그 교리는 같지 않다고 다음처럼 말했다.
　　何道以名之乎 曰天道也 曰與洋道 無異者乎 曰洋學 如斯而有異 如呪而無實 然而運則一也 道則同也 理則非也
59　「안심가安心歌」
60　「권학가勸學歌」
61　위와 같음.

상적 이해라는 결함을 면하기 어렵다. 수운의 서학에 대한 이해의 한계가 여기에서 발견된다. 그렇지만 식자를 대상으로 한 글에서는[62] 말에 올바른 차례가 없음, 뚜렷한 수리修理가 없음, 하느님을 위하는 실속이 없고 제 몸을 위하는 방도만 빌 뿐임, 몸과 영기가 합일하는 영험의 없음, 형식만 있고 실적이 없음 등등을 들어 논리적인 비판을 가함으로써 보다 이해의 한계를 극복하고 있다. 하지만 교리의 치밀한 천착은 찾을 수 없다. 아마 서구제국의 침략과 서구 종교의 전파에 대한 의구심 때문에[63] 더 새로운 종교의 창도에 박차를 가한 듯싶다.

5) 샤머니즘, 기타

샤머니즘은 현재까지도 우리 한국 문화의 저층을 이룬다고 해도 지나친 말이 아니다. 알게 또는 모르게 우리는 샤머니즘의 지배를 받는 경우가 많다. 한국인의 사고나 신앙의 저변에 샤머니즘이 도사리고 있음을 부인할 수 없다. 따라서 우리나라에 들어온 여하한 종교도 샤머니즘의 영향을 받지 않은 것은 없다. 샤머니즘은 친화력이 매우 커서 쉽게 각종 문화 및 신앙 등에 접촉결합 된다. 그러므로 샤머니즘의 올바른 이해 없이 한국의 문화나 종교를 이야기한다는 것은 위험한 일이다. 하물며 현대 과학 문명의 영향을 별로 받

---

62 「논학문論學文」
　　西人 言無次第 書無皁白 而頓無爲天主之端 只祝自爲身之謀 身無氣化之神 學無天主之敎 有形無迹 如思無呪 道近虛無 學非天主 豈可謂無異者乎
63 「포덕문布德文」에 보이는 "西洋戰勝攻取 嫁事不成 而天下盡滅 亦不無脣亡之歎 輔國安民計 將安出"에서 그런 사실을 십분 엿볼 수 있다.

지 않은 동학 창도 당시는 더 말할 나위가 없다. 당시의 시대가 갖는 보편적 신앙이 그대로 투영된다는 것은 극히 자연스러운 일이다. 유교가 당시의 지배적인 종교였음을 다 아는 일이지만, 샤머니즘 과 습합된 유교 또는 샤머니즘 독자의 위력을 간과해서는 안 된다. 유교는 현세종교요, 덕치를 표방하는 정치의 덕목이기도 하다. 질 병이나 각종 공포로부터 구원해주는 데에 무력하며 사후의 문제에 대해서도 냉담하다. 이러한 유교가 미치지 못하는 곳에 샤머니즘 의 힘이 있었기 때문에 광범한 신앙을 획득할 수 있었다. 특히 동학 의 경우 그 신도는 대부분이 억눌린 피지배 계층 곧 서민들로서, 그 들의 의식에는 고급문화의 세례를 받은 계층에 비하여 강력한 원 시 신앙의 영향 아래 놓였을 것은 뻔한 일이다. 수운 자신은 비록,

> 한나라 무고사가　　아 동방 전해와서
> 집집이 위한 것이　　명색마다 귀신일세[64]

라, 하여 집마다 귀신 위하는 것을 탄식한 다음,

> 이런 지각 구경하소　천지 역시 귀신이오
> 귀신 역시 음양인 줄　이같이 몰랐으니
> 경전 살펴 무엇하며　도와 덕을 몰랐으니
> 현인 군자 어찌 알리[65]

64　「도덕가道德歌」
65　위와 같음.

와, 같이 천지=귀신=음양, 곧 천지와 귀신을 만물생성의 원리인 음양으로 파악하고 있어 결국 민간신앙으로서 귀신을 거부하고 있다. 모든 것이 '한울님'에 집중되었고, 모든 것이 '한울님'의 지배를 받는다는 견해를 전제로 할 때 그것은 당연한 귀결이다. 그러나 이러한 거부에도 불구하고 동학에는 직접·간접으로 샤머니즘의 영향권 내에서 벗어나지 못한다. 특히 의식에 있어서 청수淸水를 떠놓고 제사를 올리는 것이 그러하다. 그리고 사인여천事人如天이나 인내천人乃天의 '한울님'과 재래적인 '하느님'이 동일한 것은 결코 아니지만, 그렇다고 해서 전혀 별개의 것은 아니다. 교리적인 사변으로는 구분될 수 있으나 종교적 신앙형태로는 극히 흡사하다. 이것은 예로부터 내려오는 천신에의 제의에 그 맥이 닿아 있다.

『삼국사기三國史記』를 보면 천신에의 제의가 많이 기록되어 있는데 이것은 『삼국지三國志』가 보여주는 영고迎鼓, 동맹東盟, 무천儛天 등의 한 계승이며 그런 신앙의 흐름 위에 동학의 '한울님'은 위치한다.

천신 신앙은 지신 신앙, 가무 신앙과 함께 무교巫敎의 삼대 요소의 하나로서[66] 중요한 의미를 지닌다.

그리고 동학에 있어 가장 중요한 것의 하나는 '강신降神'인데 이것은 마치 샤머니즘의 '교령交靈'과 흡사하다. 다만 굿과 춤이 동반하지 않는다는 점에서 그 차이를 발견할 수 있을 뿐이다.

Schtschikin은, 샤먼이 치병, 예언 등의 임무를 갖는다고 했는바[67]

66 류동식, 『한국 무교의 역사와 구조』, 연대출판부, 1975, p.347.
67 G. Nioradze, *Der Schamanismus bei den Siberishen Völkern* (이홍직 역, 서울신문사), p.23.

치병과 예언이라는 점에서 교조 수운은 샤먼의 요소를 많이 가진 것처럼 보인다. 그러나 현실 개조와 미래에 대한 비전이 강하다는 점에서 샤먼과는 크게 구분된다.

이밖에 도참사상과의 관련을 그냥 지나칠 수 없다. 한국 근대 도참사상의 핵을 이루는『정감록鄭鑑錄』의 영향을 크게 받고 있기 때문이다.『정감록』은 누구에 의하여 어느 때 생긴 것인지 설이 구구하여 잘 알 수 없으나 병자·임진 양란을 거치면서 예언서로서의 위력을 발휘한 게 사실이다.

> 괴이한 동국참서   추켜들고 하는 말이
> 이거 임진왜란 때는   이재송송하여 있고
> 가산정주 서적때는   이재가가 하였더니
> 어화 세상 사람들아   이런 일을 본받아서
> 생활지계 하여 보세   진나라 녹도서는
> 망진자 호야라고   허축방호 하였다가
> 이세 망국하온 후에   세상사람 알았으니[68]

위 노래에서 '동국참서'는『정감록』을 가리키는바, 위 노래의 내용을 통하여『정감록』에 대한 상반되는 두 가지 태도를 추출할 수 있다. 하나는 '괴이한'이라는 말에서 볼 수 있는 부정적 측면이요, 다른 하나는 '어화 세상 사람들아 이런 일을 본받아서 생활지게 하여 보세'가 가리키는 긍정적 측면이다. 교조의 입장으로서, 특히 현실의 전폭적인 개혁을 위해 도덕적 각성을 가진 득도자로서, 참

68 「몽중노소문답가夢中老少問答歌」

서를 부정하는 것은 당연한 일이다. 하지만, '인걸은 지령'[69] 등의 풍수 사상을 내포하는 말이 그의 글 가운데에 자주 나타나는 것으로 미루어 보아 도참사상을 전적으로 거부하지는 않는다. 『정감록鄭鑑錄』의 긍정적 수용도 그런 면에서 이해되지만, 수운 특유의 윤리적 당위성을 견지하고 있다는 점에서 도참신봉자와는 엄격히 구분된다. 위 노래에서 그러한 사실이 분명하게 드러나 있다. 진秦나라의 참서인 『녹도서』에 진나라를 장차 망하게 할 자는 호胡라고 씌어 있어 진시황은 호胡를 미리 막기 위하여 만리장성을 쌓느라고 백성들의 온갖 고통을 강요하였는데, 나중에 보니 뜻밖에도 진시황의 아들 호해胡亥가 그 장본이었다는 것이다. 『정감록』의 뜻도 진시황처럼 엉뚱한 곳에서 찾지 말고 그 진의를 바로 알자는 뜻이 숨어 있다.

말세적 풍조 속에서 무섭게 전파되는 『정감록』의 이용이라고 볼 수도 있겠지만 그보다는 조화 운수에 따른 전변으로 말미암아 새로운 세상이 '개벽'된다는 유토피아에의 의지가 합일된 데에서 이루어진 결과라 봄이 옳을 것이다.(이런 점은 항을 달리하여 후술한다.)

69 위와 같음.

III. 동학가요에 나타난 궁을ㄹ乙

　동학의 핵심 주류라 할 수 있는 천도교와 그 밖에 동학의 한 종파이거나 또는 동학을 표방하는 신흥종교 등에서 예외 없이 내세우고 있는 것은 궁을사상ㄹ乙思想이다. 그들의 경전, 경전에 준하는 노래(가사歌辭)들에는 궁을ㄹ乙이라는 용어와 그 사상이 폭넓게 자리하고 있다. 천도교의 상징으로서 마크도 궁을ㄹ乙이며 여타의 종파에서도 궁을ㄹ乙 또는 그것의 변형으로 나타내는 경우가 허다하다.

　먼저, 이러한 궁을ㄹ乙이 어디에서 연원하는가를 문헌을 찾아 살펴보고, 이어서 동학가요에 얼마나, 어떻게 나타나 있는가를 알아보고자 한다.

1. 궁을ㄹ乙의 연원

　궁을ㄹ乙은 궁궁ㄹㄹ 또는 궁궁을을ㄹㄹ乙乙로도 쓰이는데 이 낱말을 맨 처음 보여주고 있는 문헌은 전래의 도참서인『정감록鄭鑑錄』[70]이다.『정감록』에서 이 용어가 보이는 대목을 뽑아 보면 다음

---

70 『비난 정감록 진본批難鄭鑑錄眞本』, 현병주 편, 영화사, 1923에 의거한다.

과 같다.

鄭曰 蓋人世避身 不利於山 不利於水 最好兩弓(是乃弓弓乎)

「감결鑑訣」(윗점 필자, 이하 같음)

壬辰 島夷蠢國 可依松栢 丙子 坎胡滿國 山不利 水不利 利於弓弓

「도선비결道宣(詵)秘訣」

讖曰 李氏之運 有三秘字 松家田三字 解曰 松先利於倭 家中利於
胡 田末利於凶 凶器病也 兵器曰歎也 弓弓大利於武弓 小利於土弓 經
曰 九年之歎 求穀種於三豊 十二年積血 求人種於兩白 此鄭氏黎首之
云也 雖爲養生 指示十勝 或有先亂 或有後亂 不知先後而信入則 必見
不測之禍 可不愼哉 當此之時 可利弓弓 弓弓者落盤[71] 苽四起也

「경주이선생가장결慶州李先生家藏訣」

白首無情徒己矣 蒼生何事轉淒然
欲知乙乙弓弓處 只在金鳩木兎邊

「삼도봉시三道峯詩」

호소이 하지메細井肇 편저『정감록鄭鑑錄』은 조선문제연구소간朝鮮問題研
究所刊, 1936, 조선총서 제3권 속에 들어 있는데, 부록으로 의사고본擬似稿
本이라 하여 비결집록秘訣輯錄을 덧붙이고 있다. 그 내용은 秘訣, 一行師説,
玄知先見, 鄭淳翁訣, 草庵訣, 浪仙訣, 玉龍子詩, 玉龍子靑鶴洞訣, 道詵曰, 義湘大師
曰 등이다.
71 호소이 하지메細井肇 편의『정감록』에는 '盘'으로 표기되어 있음.(p.20)

江中砲聲 魚鼈盡驚 武弓之利 自此爲始 大林木運 陰雨蔽天 糖星
垂發 弓草甘庶

識日 李氏之運 有三秘字 松家田三字也 松先利於倭 家中利於胡
田末利於凶 凶者兵器也 弓弓者大利於武弓 小利於土弓 (……) 可不
愼哉 當此之時 可利弓弓 弓弓者 落盤孤四乳[72]

「토정가장결土亭家藏訣」

夫求活之人 十勝何 黑龍利在松松 黃猴利在弓弓乙乙 (……) 弓
弓之處 在於高田口 高田口者 兩乳之間 落盤孤寺畓七斗落石井泉何
難也 或云 落盤孤田乳 且云 蓋字田田背負背點 負負大凡 弓弓乙乙
之意 專主於一片生理之地 且米與林木茂盛之處 或云 示人可憐者志
無妨 以吾遇志如斯 則後知覺者 更加深思 得志焉 二十七世乙乙之間
(……) 兵亂不利於山 不利於水 利在弓弓乙乙 (……) 欲試箇中弓弓
理 耳耳川川其土 一馬上下路 正是石井崑 牛鳴不見處 鳥棲上下枝 是
弓弓乙乙處云云 (……) 欲知弓弓乙乙處 只在金龜木兎邊 彼林此林
鳥不離 弓弓乙乙在其中 第一勝地石井崑 寺畓七斗東方地 (……) 明
哲保身 地非十勝 死中求生 莫如弓弓 弓弓兩間 不下十勝 弓弓非難
利在石井 石井非難 寺畓七斗 寺畓非難 精脱其右 山兮田兮 田兮山兮
一粒二用 三年四年 食日寺家 天何不求 避亂之本 不過數條 鳥本不離
彼林此林 弓本不行 百步二百步

「비결집록 중 비결秘訣輯錄 中 秘訣」

72 慶州 李先生家藏訣과 거의 흡사한 내용이다.

이상이 『정감록鄭鑑錄』에 나타난 弓乙(弓弓, 弓弓乙乙)의 기록이다. 위의 기록에서 보건대 궁을은 비의적인 상징문자로서 구원처를 암시하고 있다. 이러한 사실은 항項을 달리하여 상세히 고찰하겠지만 난세의 한 보명처保命處로서 또는 병란 속에서 명철보신의 한 방법으로서 궁을은 위력을 발휘한다. 그리하여, 당시 피지배계층의 간절한 원망願望과 염원이 궁을에 집약된다.

2. 궁을弓乙의 수용 양태

동학계의 가요에는 참으로 궁을(궁궁·궁궁을을)의 빈도수가 잦다. 동학의 후기라 할까, 갑오농민전쟁 뒤에 씌어진 것들에는 그 빈도가 급증하고 있다,

수운의 『동경대전東經大典』과 『용담유사龍潭遺詞』에 각각 나타난 것과 여타의 동학가요에 나타난 것을 들어 보기로 한다.

1) 수운의 『동경대전東經大典』과 『용담유사龍潭遺詞』

① 동경대전東經大典

吾有靈符 其名仙藥 其形太極 又形弓弓   「포덕문布德文」
胸藏不死之藥 弓乙其形 口誦長生之呪 三七其字   「수덕문修德文」

② 용담유사龍潭遺詞

그럭저럭 쟝등달야　　백지펴라 분부하네

창황실색 할길없어　　백지펴고 붓을드니

생전 못본 물형부[73]가　조히우에 완연터라

나 역시 정신없어　　처자 불러 뭇는 말이

이 웬일고 이 웬일고　저런 부 더러 본고

자식의 하는 말이　　아버님이 웬일고

정신 수수 하옵소서　백지펴고 붓을 드니

물형부 잇단 말슴　　그도 또한 혼미로다

애고 애고 어머님아　우리 신명 이 웬일고

아버님 거동보소　　저런 말슴 어디 잇소

모자가 마주 안자　　슬피 통곡 한창일 때

한울님 하신 말슴　　지각 없는 인생들아

삼신산 불사약을　　사람마다 볼가보냐

미련한 이 인생아　　네가 다시 그려 내어

그릇안에 살라두고　냉수일배 떠다가서

일장 탐복하엿서라　이 말슴 들은 후에

바삐 한장 그려내어　물에 타서 먹어보니

무성무취 맛이 업고　무자지미 특심이라

그럭저럭 먹은 부가　수백 장이 되엇서라

7·8 삭 지내나니　　가는 몸이 굵어지고

73　물형부物形符는 부적으로서 궁궁(궁을)형이다. 이 노래 중 '부'는 모두 궁
　　궁형으로 된 선약仙藥이다.

검던 낫이 희어지네
선풍도골 내 아닌가
이내 신명 좋을시고

어화 세상 사람들아
좋을시고 좋을시고
불로불사 하단말가

「안심가安心歌」

이세 망국하온 후에
우리도 이 세상에
매관매직 세도자도
전곡 쌓인 부첨지도
유리걸식 패가자도
풍편에 뜨인 자도
혹은 만첩청산 들어가고
각자위심 하는 말이

세상사람 알았으니
이재궁궁하였다네
일심은 궁궁이요
일심은 궁궁이요
일심은 궁궁이라
혹은 궁궁촌 찾아가고
혹은 서학에 입도해서
일일시시 그뿐일세

「몽중노소문답가夢中老少問答歌」

몽에 우이편천 일도사가
만학천봉 첩첩하고
잠자기는 무삼일고
편답강산 하단말가
가볼 것이 무엇이며
이재궁궁 찾는 말을
불우지시 한탄말고
송송가가 알았으되
천운이 둘렀으니

효유해서 하는 말이
인적이 적적한데
수신제가 아니하고
효박한 세상사람
가련한 세상사람
웃을 것이 무엇이며
세상구경 하였어라
이재궁궁 어찌알고
근심말고 돌아가서

윤회시운 구경하소   십이제국 괴질운수
대시개벽 아닐런가

(위와 같음)

이상이 수운의 글에 나타난 궁을인데, 『동경대전』의 「포덕문」
및 「수덕문」에서는 득도시 받은 영부靈符의 형상을 궁을형弓乙形 또
는 태극형太極形으로 설명하고 있으며 『용담유사』의 「안심가」에서
는 영부靈符를 받았을 때 가족(아내와 자식)의 낙담과 그리고 영부
의 효능에 관하여 체험한 바를 노래하고 있다. 둘 다 영부에 대한
것이라는 점에서 동일하다. 이와는 달리 『정감록鄭鑑錄』에 구원의
상징으로 등장한 궁을을 인용한 것은 『용담유사』 중 「몽중노소문
답가夢中老少問答歌」밖에 없는데, 같은 노래에서 그 견해가 엇갈려
있어 매우 흥미롭다. 『정감록』을 "괴이한 동국참서"라고 신랄하게
비판하는가 하면, 그 가운데 씌어 있는 '이재송송', '이재가가'를
들어 "이러한 일을 본받아서 생활지계하여 보세."라 하고 있다. 형
식논리에 따른다면 자가당착에 빠지게 된다.

'괴이한' 운운과 '본 받'자를 같은 차원에서 이해하기는 어렵기
때문이다. 그러나 『녹도서鹿圖書』의 '亡秦者 胡也(망진자는 호야)'의
참뜻을 몰랐던 것처럼 궁을弓乙의 참뜻을 모르고 엉뚱한 데에서 찾
고 있으니, 그 참뜻을 찾아 생활의 계책을 마련해야 하겠다는 것으
로, 궁을弓乙의 진정한 의미를 옹호하고 있다. "이재궁궁 찾는 말을
웃을 것이 무엇"이냐는 반문은 이런 점에서 이해된다. 말하자면 궁
을의 표면적 의미가 아니라 심층적 의미로 이해해야 마땅함을 강
조함으로써 세속적인 『정감록』 신앙을 비판하고 있는 것이다.

2) 여타의 동학가요[74]

　　교조 수운에 의하여 긍정적으로 받아들여진 궁을은 그 뒤 많은 교도 사이에 쓰이고 불린[75] 노래에 빈번히 나타난다. 매우 많은 가요 가운데에서 한국정신문화연구원 간 『동학가사』 I · II[76]만을 대상으로 하여 검출하기로 한다. 필자 소장의 모든 가요를 총망라한다면 복잡하기 이를 데 없으며 또 그런 복잡성이 아무런 의미를 가지지 못하기 때문에 『동학가사』 I · II에 국한한 것이다.

　　노래의 큰 제명을 모두 열거하고 궁을이 나타난 것을 보이면 다음과 같다.

74　동학을 표방하는 신흥종교는 꽤 많다. 따라서 서로 공통으로 쓰이는 노래도 있으나 그 특유의 것도 적지 않으며 공통의 것이라 해도 필사시 착오 때문인가 조금씩 차이를 보여준다.

75　강서降書로 된 게 많아서 흥겹고 난해하다.

76　최원식이 권두의 「동학가사 해제」에서 밝힌 바와 같이, 남접의 하나인 김주희로부터 분파된 경천교, 동학교, 청림교 계통의 노래다. 그러나 남·북접을 막론하고 동학교도 또는 동학을 표방하는 토착 신흥종교에서 그대로 또는 변형, 구전·필사되어 널리 유포되었다. 최원식은 동학의 분파를,

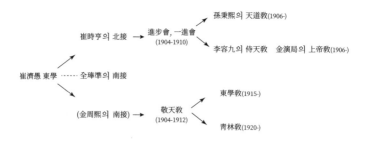

이렇게 나타내고 있는데, 동학의 다양한 분파로 보아 재고되어야 한다.

①용담유사龍潭遺詞 – 안심가[77], 몽중로쇼문답가

②임하유서林下遺書 – 지지가知止歌, 도성가道成歌

③창덕가昌德歌 – 셩심장, 경심장[78], 신심장[79], 붕우유신장[80]

④허황가虛荒歌 – 허중유실가虛中有實歌

⑤신심편信心篇 – 신심권학가信心勸學歌

⑥경운가警運歌 – 몽중운동가夢中運動家

⑦닉슈도 – (없음)

⑧창도가昌道歌 – 수시경찰가隨時警察歌, 경시가警時歌, 지시안심가知時安心歌, 지본일신가知本一身歌, 안심경세가安心警世歌, 오행찬미가五行讚美歌

⑨궁을신화가弓乙信和歌 – 신화가信和歌, 자고비금가自古比今歌

⑩창화가昌和歌 – (없음)

⑪심학가心學歌 – 심학가心學歌

⑫논학가論學歌 – 논학가論學歌

⑬시격권농가時格勸農歌 – 오행시격권농가五行時格勸農歌

⑭인선수덕가仁善修德歌 – 인선수덕가仁善修德歌

⑮어부가漁父歌 – 화류가和流歌, 경세가警世歌, 관시격물가觀時格物歌

⑯연시가年時歌 – (없음)

⑰경화가敬和歌 – (없음)

⑱상화대명가相和代明歌 – 팔괘변역가八卦變易歌, 권농가勸農歌, 몽

---

77 '궁궁'의 물형부로 나타나 있다.
78 '불ㅅ약, 션약'으로 나타나 있다.
79 '불ㅅ약, 션약'으로 나타나 있다.
80 '불ㅅ약, 션약'으로 나타나 있다.

중가夢中歌, 시호가時乎歌

⑲ 해운가解運歌 - 해운가解運歌

⑳춘수가春修歌 - (없음)

㉑도덕가道德歌 - 수시경세가隨時警世歌[81]

㉒창선가昌善歌 - 시절가時節歌, 심성화류가心性和流歌·잠심가潛心歌, 건도가健道歌

㉓안심치덕가安心致德歌 - (없음)

㉔수기직분가守氣職分歌 - 직분가職分歌

㉕명찰가明察歌 - 명찰가明察歌, 산수완경가山水玩景歌, 금강산운수동궁을선사몽중답칠두가金剛山雲水洞弓乙仙師夢中畓七斗歌

㉖몽중서夢中書 - 명운가明運歌, 해동가海東歌

㉗수덕활인경세가修德活人警世歌 - 경세가警世歌

㉘창명가昌明歌 - 창명가昌明歌

㉙택선수덕가擇善修德歌 - (없음)

㉚송구영신가送舊迎新歌 - (없음)

㉛운산시호가運算時呼歌 - (없음)

㉜신실시행가信實施行歌 - 신실시행가信實施行歌, 지시수덕가知時修德歌

㉝궁을십승가弓乙十勝歌 - 궁을십승가弓乙十勝歌

㉞지시명찰가知時明察歌 - 지시명찰가知時明察歌

㉟궁을가弓乙歌 - 궁을가弓乙歌

㊱시경가時警歌 - 슈신가

81 '亞'字로 양궁(궁을弓乙)을 나타내고 백십자白十字라 불렀다.

60

㊲불역不易 - 창가昌歌

㊳수운가사水雲歌辭[82] - 삼연가三然歌, 궁을전전가弓乙田田歌, 삼경
대명가三警大明歌, 사십구연설법가四十九年
說法歌, 초당草堂의 춘몽春夢, 칠월식고七月
食苽

㊴기타 동학가사東學歌辭[83] - 몽중문답가, 수납경성受納經成, 궁을
가弓乙歌, 임불유서林不遺書, 채지가採
芝歌 중 초당草堂의 봄꿈, 칠월식고七
月食苽

이상에서 보건대, 39편의 큰 제명 중 궁을이 나타나 있지 않은 것
은 불과 9편에 속한다. 또 어떠한 것은 제명에 궁을이 나타나 있을
뿐 아니라 노래 전체가 궁을로 된 것도 몇 편이 된다. 이러한 사실
은 동학사상상 궁을이 차지하는 중요성을 극명하게 말해 준다.

참고로『동학가사』I 중 궁을弓乙이 나타난 것을 무작위로 뽑아
몇 부분만 들어 보기로 한다.

胷藏弓乙 不死藥은   天地造化 그 아니며
口誦長生 비는글언   敬天發願 안일넌가[84]

(윗점 필자, 이하 같음)

---

82 김광순 소장 필사본으로『동학가사東學歌辭』II에 10편이 실려 있다.
83 이돈화의『천도교창건사』부록의 것으로『동학가사東學歌辭』II에 11편이
    실려 있는데 앞의 것과 중복되는 것이 많다.
84 『동학가사東學歌辭』I, p.183,「신심권학가信心勸學歌」

五性至理 平均하면　　弓弓乙乙 알셔시오

弓弓乙乙 알거되면　　生門死門 알셔시오[85]

弓弓村 차저가고　　乙乙村도 차저가고

田由村도 차저가니　　그아니 可憐흔가[86]

千變萬化 弓乙理致　　無窮造化 自然알아

任意用之 하는이라[87]

左旋右旋 弓弓乙乙　　此時成道 조흔새라

伏羲先天 지나가고　　文王後天 다힛든가

先天回復 다시되야　　弓弓乙乙 造化로셔[88]

弓弓乙乙 造化中에　　依山茅屋 是隱土라[89]

千流萬里 흘으눈물은　　弓乙體로 둘너 잇고[90]

　다음에는 필자 소장의 필사본「궁을전전가弓乙田田歌」[91]와 용호도
토龍虎道土 소작所作이라는「궁을가」의 몇 구절을 들어 둔다.

田田二字 깨달아서　　利在弓弓 살펴보소

弓弓알면 弓弓알며　　利在石井 알이로다

石井崑만 알게되면　　一六坎水 알것이요

85　위의 책, p.260,「지본일신가知本一身歌」

86　같은 책, p.286,「궁을화신가弓乙和信歌」

87　같은 책, p.406,「인선수덕가仁善修德歌」

88　같은 책, p.509,「인괘변역가人掛變易歌」

89　같은 책, p.531,「시호가時呼歌」

90　같은 책, p.533,「해운가解運歌」

91　김광순소장 수운가사의 것과 동일하다.

北斗七星 알 것이니　　寺畓七斗 이 아닌가

寺畓七斗 알야거던　　太乙弓弓 살펴보고

太乙山을 모르거던　　경신坤宮 살펴보고

　　　　　　　　「궁을전전가弓乙田田歌」의 중간 일부분

禮儀文物朝鮮國　　天命바더 잇섯도다

無極大道 工夫하여　　弓弓乙乙 成道하니

天根月屈 往來間에　　空中棲閣 놉흔 곳에

八荒天地 變覆이라　　風雲造化 임의로다

無聲無臭大上天에는　　好生之德 廣大하다

廣濟蒼生 하시라고　　弓乙歌를 노래하네

　　　　　　　　「궁을가弓乙歌」 첫머리 부분

　　이상의 개관를 통하여, 교조 수운의 노래를 기점[92]으로 하여 궁
을 또는 궁을사상이 폭넓게 자리하고 있음에 새삼 놀라지 않을 수
없게 된다. 위에 예거한 동학가사 말고도 각 종파 이를테면 수운교
등에서 불리는 가사 그리고 필자 소장의 것에서도 역시 궁을을 표
제로 하였거나 궁을을 노래하고 있는 가사는 상당수에 달한다. 심
지어는 궁을경[93]도 있으며 궁을에 관한 상세한 해설[94]도 있어 동학
의 중요 관심사임을 거듭 확인할 수 있게 된다.

92　물론 수운은 『정감록鄭鑑錄』의 것을 원용하였으니까 엄격한 의미에서 기점
　　이라 할 수 없지만, 동학가요로서는 기점이라고 할 수 있다.

93　김주희의 것으로 『동학가사東學歌辭』 II에 실려 있다.

94　시천교총부 간, 최ⓐ현 지 『깅디내진正理人典』, 1920과 권병직 편 『시의경
　　교是儀經敎』, 1914가 그 대표적 예다.

Ⅳ. 궁을弓乙의 의미망

　궁을弓乙의 뜻은 무엇이며 동학사상 또는 동학가요에 있어서 어떠한 의미를 가지고 있는 것일까? 이 점을 규명하기 위하여 여러 사람들의 견해를 들어 볼 필요가 있을 것이다. 지시적으로 의미를 전달하려는 것이 아니고 다분히 비교적秘敎的이요 상징적이기 때문에 그 해석은 구구하게 나타나서 사람에 따라 보는 바가 각양각색이다. 이 논고에서는 가급적 많은 견해들을 수렴하여 살펴보고자 한다. 따라서 널리 유포되지 않은 일부의 견해도 취급된다.

　먼저, 궁弓과 을乙의 사전적 의미를 알아보는 게 순서가 아닌가 싶다.

弓:

弓	窮也 以近 遠者 象形	『설문説文』
	弓 穹也 張之穹穹然	『석명釋名』

　가까운 것으로 먼 것을 궁구하는 것 또는 크게 펼친다는 의미로 파악하고 있다.

한 사전[95]은 설문통훈정성説文通訓定聲에 의거하여 "弓, 兵也 所以 發矢 説文曰象形"이라 하고 그 뜻을 9가지로 나누어 설명하고 있는데, 그 가운데에 중요하다고 생각되는 것만을 들어 보면 활, 궁술, 활모양, 높음(하늘) 등이다.

兩弓 곧 弓이 겹친 것,

弜	草木盛也	『주희자전康熙字典』
弜	説文 彊也 説文 弓有力也 或作 弓弓	『집운集韻』

세로로 겹친 '兩弓(양궁)'은 초목이 무성한 것을, 가로로 겹친 것은 强(강)(健壯(건장), 勝也(승야), 勉也(면야), 暴也(폭야))하다는 뜻을 각각 가리키고 있다.

乙:

乙	象春艸木冤曲而出 侌氣尙彊 其出乙乙也	『설문説文』[96]
	屈也	『경방역전京房易傳』
	益悉切 從音鳥乙 十幹名 東方木行也	
		『운회韻會 · 정운正韻』

---

95   모로바시 데쯔지諸橋 轍次, 『대한화사전大漢和辭典』 권4, 대수관서점, 1968², pp.677~678.
96   단옥재段玉裁는 "冤之語鬱曲之言詘也 乙乙難出之貌 史記曰 乙者言 萬物生乾乾也"라 주석을 붙이고 있다.

이른 봄에 아직 강하게 남아 있는 음기를 뚫고 풀과 나무들이 구불구불 자라는 모양, 굽은 것을 뜻하며, 오행으로 보아 목木방위로 동東을 가리킨다.

역시 같은 한 사전[97]에는 16가지의 뜻을 들고 있는데, 그중 중요하다고 보이는 것은 새싹이 굽어 나오는 모양, 십간十干의 두 번째, 참새[98], 물고기의 창자 등이다.

을을乙乙은 앞에서 본 "其出乙乙也(기출을을야)"라든가, "乙乙難出之貌(을을난출지모)" 등으로 미루어 초목 또는 생물이 생명을 처음 지그재그 식으로 펴는 모습의 상형이라 할 수 있다. 그리고 생각이 솟아나지 않는 것, 괴로운 생각을 뜻하기도 한다.

많은 사람의 구구한 견해들이 무엇인가를 광범위하게 수집, 분류하여 살펴보기로 한다.

1. 궁을에 대한 해석들

비의문자 궁궁弓弓(궁을弓乙, 궁궁을을弓弓乙乙)에 대한 해석은 참으로 다양하다. 단편적인 논論·저著를 통해서 저마다 피력한 견해도 많고 또 계룡산 등지의 이른바 '도꾼'의 경우에 있어서도 저마다 다양한 일가견을 가지고 있다. 많은 주장들을, 마음 또는 심자心字의 초서, 태극과 그 천심天心, 방형方形, 운동, 원만무애圓滿無碍, 활

---

97 모로바시 데쯔지諸橋 轍次, 앞의 책, 권1, p.354.
98 흔히 '새을'이라고 훈독하는 것은 乚로서 『설문說文』에 "玄鳥也 齊魯謂之乚 取其鳴自呼"라 했는데 자형이 비슷해 뒤에 와서 하나로 보게 되었다.

활, 전전田田, 약弱, 기타 등의 9가지로 나누어 상세히 고찰하고 이어 필자의 견해를 도출하고자 한다.

1) 마음[心] 또는 심心자의 초서

동경대전의 「포덕문」과 「수덕문」에 보이는 영부靈符 곧 선약仙藥으로서의 궁궁 또는 궁을을 '마음'이 라고 처음 이야기한 사람은 해월 최시형이다. "龍潭水流四海源(용담수류사해원) 劍岳人在一片心(검악인재일편심)"이라 하여 용담에 살고 있던 수운의 득도가 당시 검악에 살고 있던 최경상(해월의 본명)의 마음에 있다고 하였으니 해월의 견해는 일단 신뢰해도 될 듯하다. 40을 바라보는 나이에 입도하여 성경신을 다한 그의 행적을 볼 때 더욱 그러하다.

> 神師 又 默然하시고 曰
>
> 汝等은 庶幾로다 하시며 又言을 繼續하사 曰 弓乙은 吾道의 符圖니라. 大神師 覺道의 初에 在하사 世人이 다못 天이 有함만 知하고 天이 즉 心靈임을 不知하는 故로 心의 象을 弓乙로 표하사 一世의 人이 各其 侍天主임을 敎하였도다. 故로 我心은 곧 上帝의 宮殿이니라. 若上帝의 有無를 疑하는 者 有하다 하면 먼저 自己의 有無를 疑할 것이요 上帝의 在하신 玉京을 訪코자 하면 먼저 자기 心靈의 奧妙를 覺할 것이니 人語 即 天語이며 鳥鳴도 侍天主의 聲이니 吾道의 義는 以天食天 以天化天따름이니라. 我心不敬이 곧 天地不敬이 며 我心不安이 곧 天地不安이니 만일 人이 有하여 무엇이 不孝의 大요 問하면 吾는 반드시 我心을 不敬

不安함이 不孝의 最先이라 傳하리라.[99](윗점 필자)

이와 같이 해월은 궁궁(궁을)을 마음의 형상이라 하였으며 이것
은 구체적으로 심령心靈의 동적인 면으로 파악한 것이라 이해된다.[100]
수운은 그의 글 가운데에서나 제자들에게 한 말에서 '마음'을 강
조하였는데, "이 마음이란 원래 비인 것이어서 물物에 감응함에 자
취가 없다. 마음을 닦으면 덕을 알고 덕이 오직 밝으면 그것이 곧 도
이다. 덕에 있고 사람에 있지 않으며 믿음에 있고 공부에 있지 않다.
가까운 곳에 있고 먼 곳에 있지 않으며 정성에 있고 구하는 데에 있
지 않다. 그렇지 않은 것 같으면서 그러하고 먼 것 같으면서 멀지 않
다."[101]고 한 대목의 첫 부분에서 저간의 사정을 간파하게 된다.
그런데, 해월의 견해는 천도天道에까지 확대되지만 태극太極과
는 구분하고 있다. 궁을은 마음, 태극은 현묘한 이치로 각각 보고
있기 때문이다. 해월이 수운의 영부에 대한 주석에서 그런 사실을
확인할 수 있다.

弓乙其形即心字也 心和氣和與天同和 弓是天弓 乙是天乙 弓乙天道
之形體也 故聖人受之 以行天道 以濟蒼生也(윗점 필자, 이하 같음)

99 『천도교서天道教書』제2편 해월신사海月神師, 『아세아연구』제5권 제2호,
   1962, p.302.
100 이돈화, 『천도교 창건사』제2편 제6장, p.34.
   포덕 강서 교설 일반에는 "弓乙을 符圖로 그려내어 心靈의 躍動 不息하는 形
   容을 表象하야 侍天主의 뜻을 가르치섯도다."라 했다.
101 心兮本虛 應物無迹 心修來而知德 德惟明而是道 在德不在於人 在信不在於工 在近
   不在於遠 在誠不在於求 不然而其然 似遠而非遠「탄도유심급歎道儒心急」

68

太極 玄妙之理也 透得則是爲萬病通治之靈符矣 今人但知用藥愈
病 不知治心愈病 不治心而用藥 豈有差病之理哉[102]

　이러한 해월의 견해는 거의 전통적인 것으로 굳어져 천도교도
에 의하여 되풀이되고 있는데, 오지영의 다음과 같은 주장은 그 하
나라고 할 수 있다.

　　弓弓二字 水雲 先生 得道의 初ㅣ 降筆로써 된 靈符에 나타나
　　있는 그림이다. 그ㅣ 그림의 形像이 天然 마음 心 字의 草書 形
　　으로 되어있어 마치 활弓字와 彷佛하였다. 先生은 말삼하되 사
　　람이 그ㅣ 마음 하나만 잘 찾고 보면 世上의 모든 惡疾은 스스
　　로 다 없어진다고 하였다. 世上 사람들은 不死藥이 제 몸에 있
　　는 줄을 아지 못하고 그 살길을 산에나 물에나 弓 字만 찾고저
　　하나니 그것은 弓弓이 제 마음인 것을 깨닫지 못한 까닭이라
　　고 하겠다.[103]

　수운이 그의 「몽중노소문답가」에서 매관매직 세도가도 궁궁만
을 찾고, 유리걸식 패가자도 궁궁을 찾아 심산궁곡으로 들어가는
가 하면 서학에 입교한다고 비방하면서, 궁궁은 어떠한 공간(촌
村)이 아님을 내비친 바 있거니와 그것을 간파한 견해라 여겨진다.
이런 점은 야뢰夜雷에게 있어서도 마찬가지다.

102 『천도교경전』(1961) 중 도종법어道宗法語, pp.163~164.
103 오지영, 『동학사東學史』 서序, p.2.

靈符의 名과 形體-靈符를 仙藥이라하고 其形은 太極이오, 又形은 弓弓이라 하였으니 이제 靈符의 형체상으로 쫓아보면 「心」字가 破字됨이 明白하다. 心字가 何故로 太極의 形이며 弓弓의 形인가를 硏究하여 보면 弓弓은 弓形 둘은 겹친 것이니 其形이 「〜〜」 이렇게 된 것이다. 「〜〜」形을 圓形으로 그릴 때는 곧 太極의 形으로 되는 것이며, 그리하여 「心」字의 形이 되는 것이다.[104]

그러나, 태극太極과 弓弓(弓乙)의 형상을 그냥 마음이라고 단정하기는 석연하지 않은 점이 있다. 일상적으로 쓰이는 마음이라든가 불가에서 쓰이는 마음과는 다르기 때문이다. 일상생활에서 마음 운운할 때에는 행동의 근본적 원리로서 중요성이 강조되며, 불가에 일체유심조一切唯心造라 할 때는 자재한 불성을 전제로 한다. 수운의 독특한 득도로서 얻어진 내용이 문자의 형태를 빌어 겉으로 드러나진 것이 영부라고 한다면, 그리고 그것이 불로장생의 불사약인 선약이라고 한다면 단순히 마음 심心 자字의 초서라고 하기에는 어려울 듯하다.

교리의 건전한 확립과 그 이해를 위하여 '마음'이라고 파악한 게 아닌가 생각된다. 더구나 절대적인 민간신앙으로서의『정감록』중에 앞으로 올 무서운 재난과 공포로부터 구원해주는 비의가 숨어 있음을 상도할 때 궁을에는 여러 가지 현실적 요소가 복합되었다고 하지 않을 수 없다. 이런 사실은 항을 달리하여 고찰되겠지만, 이 영부는 동학 신도 또는 비신도 사이에 무서운 호소력을 가지고

104 이돈화,『수운심법강의水雲心法講義』, 천도교중앙총부, 1968, p.25.

침투되는 요인으로 작용하였으며 심지어 재앙을 막는 하나의 부적으로 이용, 갑오농민전쟁 때에는 적탄 속을 대창만으로 돌진할 수 있게 하였던 것이다.

2) 태극과 그 천심

『동경대전』에서 수운이 영부의 현상을 일러 태극과도 같고 궁궁과도 같다는 것에 근거를 두고 있는데 야뢰夜雷의 다음과 같은 견해는 그 대표적 예가 된다.

> 太極과 弓弓은 이름은 다르되 形狀은 같다. 이는 한울님의 心靈을 形容하여 나타낸 것이다. 太極은 宇宙의 本體로서 陰陽이 아직 갈라지지 않은 全體다. 太極에서 陰과 陽이 갈리고 陰陽에서 八卦가 갈리어 天地 萬物이 생겼다 하였은 즉 太極은 실로 萬物의 어머니다. 그러므로 靈符는 萬物의 어머니이신 한울님의 靈心이다.[105]

야뢰夜雷는 다른 글[106]에서 궁궁과 태극을 역시 동일하게 보고 이를 가리켜 창조적 천심이라 하였다. 그리고 "天良(천량)의 本心(본심) 즉 生魂(생혼)"[107]을 어찌하여 영부라 불렀을까에 대한 고찰을 상세하게 보여 준다. 곧 인심과의 구별에 그 뚜렷한 목표를 발견하

---

105 이돈화,「천도교경전석의(1)」,『아세아연구』제6권 제2호, 1963, p.242.
106 이돈화,『인내천 요의要義』
107 위의 책, p.192.

고, 첫째 욕망이라는 면에서 볼 때 사람의 경우 신성적 욕망과 소유적 욕망으로 크게 양분 되는데 전자는 천심이요 후자는 인심이라 하였다. 모든 분규는 소유욕에서 생긴다 하고, 작게는 개인에서부터 크게는 국가에 이르기까지 욕망의 쟁취를 위한 갈등으로 인하여 분쟁이 야기됨을 설명하고 있다. 무한한 욕망과 유한한 소유에서 초래되는 행복의 모순을 극복하기 위해서는 천심인 창조적 욕망을 떠나서는 안 된다고 말한다. 또 사私와 타성의 인심에 대한 지공무사와 정진으로서의 천심과 불인不仁, 불선不善, 위僞, 추醜의 인심에 대한 자연으로서의 인仁, 선善, 진眞, 미美의 천심을 강조한 것이라 주장한다.[108] 이러한 후자의 견해는 각도 당시 수운의 특수한 정신 상태를 드러내기 위한 설명이라고 볼 수 있는바, "한울님의 마음을 축소하면. 나요, 나의 마음을 확대하면 한울님."이 된다는 이른바 인내천人乃天의 요지와는 서로 상충하는 것처럼 보인다. 그러나 인성의 본연의 모습을 전제로 한다면 그 상충은 해소된다.

어쨌든, 전자의 역학적 분석에 반하여 후자의 경우는 득도의 상황 곧 마음의 상태에 역점을 두어 살피고 있다는 점에서 서로 차이를 보여주지만 근본적으로 다른 것은 결코 아니다.

3) 방형方形

이것은 태극과 궁궁(궁을)을 서로 대조적인 것으로 보고, 앞엣것을 원圓, 뒤엣것을 방方으로 보는 주장이다. 중국에서는 일찍이 우주의 공간적인 파악을 천원지방天圓地方으로 하였다. 『여씨춘추

108 같은 책, pp.193~194.

呂氏春秋』에 나타난 것이 최초의 천원지방설이 되는데, 圓=天[109], 方=地의 뜻을 가리킨다. 그러므로, 太極=圓, 弓弓=方의 천지天地는 삼라만상을 포괄하는 전체 곧 '모든' '모두'의 뜻이 들어 있다.

> '其形太極 又形弓弓'은 萬物未生前의 原型을 말씀한 것이다. 各有成, 各有形의 形形不同한 種種의 物은 靈符의 形으로 表現 아니 된 것이 없다. 太極은 圓形이요 弓弓은 方形이니 圓形과 方形에서 各種의 間形이 생기는 것이다. 그러므로 모든 物體는 太極形과 弓弓形 아님이 없으며 山太極 水太極 山弓弓 水弓弓 其他 動物, 植物 어떠한 物體를 勿論하고 圓形과 方形을 갖추지 않은 物件은 하나도 없다. 物之始生의 初에 生命力의 發動力으로 無極이 太極을 生함에 陰陽이 始分하고 陰陽이 始分함에 다시 弓乙로 變化하고 弓乙에서 또다시 最後의 現狀物의 組織이 生케 되는 것이다.[110]

위의 견해를 요약하면,

---

109 『설문해자주說文解字注』에서 단옥재는 설문해자(許愼)의 '圓 天體也'를 풀이하되, 天은 圓, 平圓은, 天體(渾圓)는 圓이라 써야 하는데, 字가 없어져 平圓도 圓이라 쓰고 있다고 했다. 그런 견해에 따르면 圓=天이라야 마땅하나 왕일王逸이 '圜與圓 天體也'라고 한 바와 같이, 동일한 자, 동일한 음으로 간주할 수 있다.

110 천도교중앙총부, 『천도교 경전』, 1956, pp.12~13.
이 책의 머리말에 보면 주로 지암 정환석 씨가 집필하였고 위원회에서는 다소 수정을 가했을 따름이라 했다. 한 신자이되 공인의 의미를 지녔다면 이 견해는 천도교의 깃이다 말 수 있다. 이런 섬에서, 천도교天道敎의 이론 정립에 공헌이 큰 야뢰의 견해와 차이를 보여 주어 흥미롭다.

(가) 모든 物體=圓形(太極)과 方形(弓弓)

(나) 無極 → 太極 → 陰陽 → 弓乙 → 최후의 현상물

이렇게 되는데, (가)에서는 모든 삼라만상의 일체를 말하고 그 것이 발생하고 변화하는 과정을 (나)로 나타냄으로써 역학적 설명을 보여주는 바, 弓弓은 태극의 산물이요, 태극은 弓弓의 모태로 파악하고 있다.

이 밖에도, 태극은 원圓이요, 弓弓(弓乙)은 방方이라 해서, 상호 대응 보완개념으로 보는 것인지 알 수 없지만, 弓弓을 방형으로 파악하는 경우가 더 있다.[111]

弓弓을 태극과의 대응으로서 방형으로 본다는 것은 납득하기 어렵다. 영부의 모습이 태극형 또는 弓弓형形이라 했을 때, 태극과 弓弓은 동일 선상에서 그 개념을 파악해야 옳을 것이기 때문이다. 태극과 弓弓은 서로 다른 차원으로서의 사물(또는 우주)의 모습이 아니라 같은 것의 다른 이름으로 보아야 할 것이다.

4) 운동 또는 변화의 원리

弓弓(弓乙)을 정지태로 파악하는 것이 아니라 동태로 보고 그 움직임의 근본 원리라는 견해인 바, 연구자에 따라 적지 않은 차이를 보여준다.

---

111 김인환, 『최제우 작품집』, 형설출판사, 1978, p.61.
「몽듕노소문답가」 주석에서 방형을 말한다 하고 궁궁을 궁궁을을의 준말로 보았으며 '弱'자의 파자로 보아 '여린 마음에 이로움이 있다'는 뜻으로 풀이한다고 했다. 후자에 대해서는 후술하겠다.

편의상 변화의 기본 원리, 무궁의 상징, 태극의 원형, 이렇게 나누어 살피고자 한다.

① 변화의 원리

야뢰는 궁을에 대한 견해의 발전을 보여 준다. 일찍이 천도교인들에게 강의한 초록 『천도교경전석의天道敎經典釋義』에서는 만물의 어머니로서 弓弓을 이해했으나 그 뒤에 낸 간 『수운심법강의水雲心法講義』에서는 심자心字의 파자로 보고 약동의 원리라 했다.

> 元來 漢字는 象形文字이다. 物體의 形을 模倣하여 字를 作한 것인 故로 其 字形이 그 意義를 模倣할 수밖에 없다. 그래서 心을 模倣코저 할 때 心의 「躍動的」 意味를 取하여 「躍動」을 形容하여 心 字를 作한 것이다. 躍動은 直線이 아니오, 曲線으로 되는 것이다. 어떠한 物件이든지 躍動이 되려면 반드시 曲線이 되는 것이다. 그리하여 曲線이 層으로 이루어질 때 躍動의 形容이 나타나는 故로 躍動을 形容코저하면 曲線 둘을 그은 것이 가장 圓滿한 형용이 될 것이다.[112] (윗점 필자)

'마음'으로 간주하는 설명의 항에서 이미 살펴본 바 있지만, 여기에서는 심心의 자형을 곡선으로 보아 약동의 원리로 파악하는 데에 주목하고자 한다. 성리학에서 말하는 원천적 요소를 '성性'이라 하고 그것을 '정靜'으로 이해하는 것과는 대조적이다. 마음은 모

---

112 이돈화, 『수운심법강의』, pp.25~26.

든 것의 바탕으로서 변화의 원리가 된다는 생각이다. 한빛 백세명
白世明의 다음과 같은, 끊임없는 변화의 원리로 보는 것도 동궤의
견해다.

> 그러면 천도의 그림인 영부의 형상이 어찌하여 태극과도
> 같고 ㄹㄹ과도 같다고 했는가? 그것은 천도의 내용이 일성일
> 쇠하는 '함이 없이 되는 이치'에 의하여 성하는 새것과 쇠하
> 는 낡은 것이 서로 갈아드는 것이기 때문에 이것은 그림으로
> 표시하려니까 자연히 한편 낡은 것은 소멸하면서 한편 새것
> 은 발생하는 ☯의 형태와 같이 될 수밖에 없으니 이것은 동양
> 철학[易]에서 만물화생의 기본원리로 되어있는 태극을 인용
> 해서 설명한 것이며 다음 ㄹㄹ과도 같다고 한 것은 만일 성쇠
> 의 원리가 그냥 제자리에서 되풀이하는 것이라면 태극의 그
> 림만이라도 족하지만 일성일쇠하는 '함이 없이 되는 이치'
> 는 낡은 것과 새것이 서로 갈아들면서 항상 새로운 계단으
> 로 발전하는 것이니만큼 제자리에서 되돌지 않고 매양 다음
> 계단을 돌게되는 고로 자연히 태극의 연속인 궁궁ㄹㄹ
> 으로 될 수밖에 없으니 이것은 예로부터 우리 민족이
> 생활 지방(살아날 수 있는 피난처)으로 믿어 오던 민간신앙
> 인 이재궁궁利在ㄹㄹ을 이용해서 설명한 것이다.[113]

일성일쇠하는 천도의 원리 곧 무위이화에 의거한 변화로 파악
하며 심心의 문제는 배제되고 있다. 심의 파자가 아니라 궁과 궁을

---

113 백세명, 『동학경전해의』, pp.33~34.

종으로 연속할 때 태극의 곡선이 되는 까닭에 ㄹㄹ이라 하였다고 말한다. 낡은 것은 사라져 없어지고 새것이 갈아드는 운수의 움직임, 바로 그러한 운동을 시각적으로 표상화한 것이 ㄹㄹ이라는 것으로서 민간신앙을 이용하였다는 것이다. 백세명은 그의 다른 글에서도[114] 이러한 견해를 보여 주고 있는바, 이러한 주장에 흔히 따르기 마련인 역학적 분석을 수반하고 있지 않음이 특징이다.

나선형적 향상 발전 법칙에 따라 항상 새로운 방향으로 나아가는 운동으로서 파악하는 사람들은 위에 인용한 논자 외에도 많다.[115]

② 무궁無窮의 상징

다함이 없음 곧 시간의 무한한 연속성의 상징으로서 ㄹㄹ을 사용했다는 견해다. 정체성으로서의 역사가 아니라 발전으로의 역사를 우주의 순환법칙에 따라 파악하고 있다.

> 이 부符[116]를 그리는 方法은 처음에 一點을 일으키고 이어서
> 둥근 나상螺狀을 만든다. 그것의 밖에 또 연궁連ㄹ의 무궁無窮
> 한 모양을 이끌고 그것의 꼬리에 連ㄹ의 머리를 복접復接하여
> 환상環狀을 만든다. 결국, 우宇는 환상環狀에 있고 주宙는 나상
> 螺狀에 있다. 그러므로 우宇와 주宙를 가지고 도道를 이루니,

114 백세명, 『하나로 가는 길』, 일신사, 1968, pp.280~281.
———, 『동학사상과 천도교』, 동학사, 1956, pp.49~50.
115 한태연, 『천도십삼강』, 영진문화사, 1967, p.127.
116 영부靈符를 가리킨다.

영부靈符의 내內에 나상螺狀과 외外에 환상環狀을 나타낸 것은 곧 우주宇宙의 자연의 도법道法을 나타냄이다.[117]

태극 곧 ㄹㄹ(弓乙)의 형상을 외外와 내內로 나누어 나상螺狀과 환상環狀으로 구분하고, 우宇와 주宙의 모습을 나타낸 것으로 보아 우주의 무궁성으로 이해하는 것이다. 이러한 무궁한 도법으로서의 견해는 앞에서 살펴본 운동으로서의 기본원리와 내용상 흡사하다. 다만 전자가 기본원리로서의 약동을 강조하고 있다면 후자는 무궁 곧 영원에 그 초점이 놓인다고 할 수 있다. 특히 후자의 견해는 수운의 영부 곧 선약과의 연결로 장생長生의 개념이 깊이 개입되어 있다.

③ 태극의 원형原型

동양철학 특히 중국철학의 핵심을 이루는 역학易學은 우주를 향한 거시적인 투시와 미래에 대한 예언적 기능 때문에 자연사나 인사 문제에 폭넓게 작용해 온 게 사실이다. 현실구제의 원리로서 또는 미래지향적인 이상세계의 도래라는 활로의 제시로써 역학이 원용되는 것은 당연한 일이다. 수운의『동경대전』이나『용담유사』에도 그러한 흔적이 보이는 것은 이상스러운 일이 아니다. 수운의 사상을 심층적으로 이해하기 위하여 역학적인 주석을 시도 한 글이 많은데 그것을 셋으로 집약하여 살피고자 한다.

117 호소이 하지메細井肇,『東經正義(鮮滿叢書 第3卷)』, 自由討究社, 1922, p.33.
　　 같은 책, pp.31~32에도 동일한 내용을 보여 준다.

[가] 삼도三道의 이치—용도

仙藥　　　— 無爲自然之理 — 仙之胞胎之理
太極　　　— 天地陰陽造化之名器 — 佛之養生之理
弓弓　　　— 天地屈伸之形狀 — 儒之浴帶凡節之意

이상의 셋을 영부라 하고, 선약은 원리로서의 선仙, 태극은 기器로서 불佛, 弓弓은 용用으로서 유儒로 각각 파악하고 있다.

> 弓乙用道가 九疇로 用事함을 뜻함이니 河圖先天一更하고 洛書後天二更하고 靈符中天三更하야 天文連用之妙理가 月上三更意忽開로 利在弓弓乙乙하면 隱隱明明히 化出於自然하야 來頭百事가 同歸一理하리라. 이같이 밝히신 바를 熟讀嘗味하여 보면 弓乙 行路之妙用으로 '晝夜挽弓之間' 활쏘는 做工공부를 筆法으로 修鍊하면 聽明이 化出於自然하여 來頭百事가 同歸一理로 千派歸一에 萬人同樂 할 것이니 句句字字 살펴 내어 熟讀嘗味하고 보면 日新日新又日新할 것이다.[118]

하도선천일경河圖先天一更, 낙서후천이경洛書後天二更, 영부중천삼경靈符中天三更, 이렇게 또한 셋으로 맞추어 영부靈符의 의미를 부여하고, 궁을의 묘용妙用으로 활 쏘는 훈련 및 필법의 수련을 통해 얻어지는 깨달음과 즐거움을 강조한다. 이러한 사실은 동학의 한

118　원용문 외, 『동경대전연의東經大全演義』, 동학협의회, 1975, pp.39~40.

갈래인 시천교侍天敎의 문헌[119]에서도 찾아 볼 수 있다.

儀成三觀 體像進退之儀 如旋如渦[120] 是塊之圓成 性心之發陽 如

弓如弓 進退之儀 機瀾意絲 如乙如乙 諸色之儀 一氣之化殼 弓弓之

單像[121]

곧, 弓弓의 모양 같은 것은 나아가고 물러가는 모양과 기틀의 파란이며 또한 뜻의 실마리줄이요, 乙乙같음은 온갖 것의 모양이며 한 기운의 화출한 근각이자 궁자弓字의 흘 형상이라는 것이다. 그러므로 乙은 정적 현상이오 弓弓은 그것의 움직임으로 본다.

같은 책의 다른 곳에서[122] 역학적인 설명을,

宇宙之間 進退圓缺弓乙之跡 其無極矣 動靜往復 不休無際

라 加하여 진進과 퇴退, 원圓과 결缺, 동動과 정靜이 서로 돎으로써 끝이 없음을 강조하고 있다.

---

119 최류현, 『정리대전正理大全』, 시천교총부, 1920, pp.24~25.
    영부묘용장靈符妙用章에서 "靈者 神也 神變生氣 氣聚有形 一分爲二 故奈何 他不
    得而强現 其象者曰符也" 운운하였으며 선약묘용장仙藥妙用章에서도 "仙槃者
    成仙之藥也 非世俗所謂草根木果 其病根而應病 與藥之藥也" 운운하고 있다.
120 시천교 나름의 독특한 와선형의 영부를 가리킨다.
121 권병덕, 『시의경교是儀經敎』, 시천교총부, 1920, p.148.
122 위의 책, pp.175~196.

80

[나] 음양의 조화造化

　궁을을 역학적 입장에서 가장 극명하게 설명하고 있는 문헌은 동학교 상주 본부에서 간행한 「궁을경弓乙經」[123]일 것이다. 몇 대목을 발췌해 보기로 한다.

　　　弓乙者 陰陽造化不息循環之意也

　궁을이란 음양의 조화로서 쉬지 않고 순환하는 뜻이라 하고, 이어서,

　　　天弓地乙 弓弓有陰陽 乙乙有陰陽 故弓弓乙乙之中 兼備五行 以

　　　十干 應合十二支 隨時行道 然而一六水二七火三八木四九金五十土

　　　載於弓弓乙乙之化 萬物化生 四時盛衰 无時不中 弓乙之造化 无窮无

　　　窮焉[124]

라, 하여 하늘은 궁弓이오, 땅은 을乙이라 보고 각각 거기에는 음양이 있어 그 운행 법칙에 따라 무궁한 조화를 이룬다는 것이다. 궁을弓乙의 원리와 발전하는 모습을,

　　　弓乙之道 无極生太極 太極生兩儀 兩儀生四象 四象生八卦 八卦生

123 동학본부(경북 상주군 은척면 우기리 소재) 간刊, 김주희의 저술로 되어있다. 한국정신문화연구원 간刊 『동학가사東學歌辭』 II, 부록 pp.23~31에 실려있다.
124 위의 책, p.23.(「궁을경弓乙經」, p.1.)

六十四計 六十四計生三百八十四爻 三百八十四爻生一萬八千歲 列

位星辰 第次定位 圓圓之中日月星辰 四時盛衰 爲規矩準繩 以玄玄妙

妙之氣 授於萬物之精 隨時以定 自然休囚旺生[125]

와 같이, 역易으로 설명하고 이것은 모든 현상의 규칙이 된다는 것이다. 궁을弓乙의 원리는 无極 → 太極 → 兩儀 → 四象 → 八卦 → 六十四計 → 三百八十四爻 → 一萬八千歲 → 등으로 무한이 생성되며 모든 현상의 법도가 되고 그 현묘한 기氣로써 삼라만상에 정精을 주어 자연은 쉬임없이 왕생한다는 것이다.

천도天道 궁궁弓弓의 양陽과 지도地道 을을乙乙의 음陰이 합하여 모든 만물이 형성되며 그 가운데 궁弓이 근간이 되는 바, 을乙은 그 체體의 나타남 곧 용用으로 보기도 한다.[126]

가령 다음과 같은 노래의 좌선우선左旋右旋도 궁을의 방향에 따른 궁을의 표현이다.

弓乙星辰 十進하니　　魑魅魍魎 消滅이라
左旋右旋 習道하니　　疾病憂患 근심할까
우리 兒童 童蒙들아　　弓乙歌나 불러보자
너는 左旋 나는 右旋　　弓乙대로 놀아보자
伏願天地 저 乙乙을　　何處蒼生 뉘알소냐

125 같은 책, 같은 곳.(「궁을경弓乙經」, pp.1~2.)
126 같은 책, p.25.(「궁을경弓乙經」, pp.5~6.)
　　天道弓弓之陽 受於地道乙乙之陰 地道乙乙之陰 受於天道弓弓之 陽陰陽授受之氣 浮
　　上往來 以此言之 則弓弓乙乙之理 无窮无窮焉 然而 許多文物 以弓爲體 以乙爲形 生
　　生存存焉 弓乙其理 无非神通

乾坤父母 一般이라   億兆蒼生 생겼느니라[127]

　　　　　　　　　(윗점 필자, 이하 같음)

一字運은 그러하나   二字運을 들고 보니
天地兩儀 二氣中에   人間萬物 化히날제
陰陽二氣 合흔몸이   陽旋陰旋 알아씨니
陰陽二氣 베풀어셔   二氣로써 濟世하세[128]

스승업시 工夫안코   天地理致 알서분야
弓弓乙乙 말흔듸도   左旋右旋 안일년가
陰陽造化 다시 定코   東西南北 堲定하여[129]

左旋右旋 弓弓乙乙   千變萬化 无窮造化
八卦定數 되는 이치   明明하게 발키신 後[130]

이러한 것은 허다하게 발견된다.

[다] 음양 이치와 인내천人乃天의 원리

음양의 이치에 천도교의 핵심사상인 인내천이 결합되었다는 것

---

127 한국정신문화연구원, 『동학가사東學歌辭』II, p.416, 「궁을가弓乙歌」
128 위의 책, p.248, 「궁을십승가弓乙十勝歌」
129 같은 책, p.144, 「경세가警世歌」
130 같은 책, I, p.378, 「논학가論學歌」

으로써 자형을 분해하여 상징적 의미를 파악하려는 입장을 취하고 있다.[131]

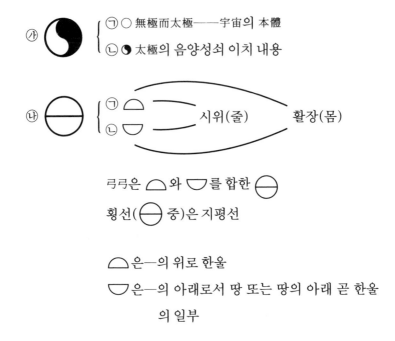

㉠ ○ 無極而太極——宇宙의 本體
㉡ ◐ 太極의 음양성쇠 이치 내용

시위(줄)   활장(몸)

ㅋㅋ은 △와 ▽를 합한 ⊖

횡선(⊖ 중)은 지평선

△은—의 위로 한울
▽은—의 아래로서 땅 또는 땅의 아래 곧 한울의 일부

그러므로 ⊖모양은 곧 ㅋㅋ=天天[132]

위 그림 ㉮와 ㉯를 합친 것으로서 乙乙(乙乙은 ㅋㅋ乙乙의 준말)

---

131 박창건, 『수운사상과 천도교』, 천도교중앙총부, 1970, pp.44~46.
132 경상도 감사 서헌순이 수운과 그의 제자들을 문초한 후 조정에 보고한 글 가운데에 'ㅋ'은 '穹'(하늘궁)의 반자半字를 취하였다는 데에 근거를 두고 있다.

ㄹ은 乙字 둘을 약간 上·下로 연결시킨 것

ㄹ은 人字 둘을 약간 左·右로 연결시킨 것

곧, 머리마주댄사람인

따라서, ㄹ=乙乙=人人

동시에 그림 내부의 4分은 四象을 내포

이러한 설명을 보인 뒤,

    그러므로 그 형상은 태극이오, 또 그 형상은 ㅋㅋ이라는 符圖

를 음양의 이치가 여합부절로 되어 있고 인내천의 원리가 역

시 여합부절로 되어 있는 천도를 말하는 것으로 본다.[133]

라고, 결론을 내리고 있다. 음양에 대한 깊은 철리哲理의 천착을
보여주지 않지만, 상형문자에 담긴 비의秘意를 찾아내는 방법에 의
거, 그림을 통하여 설명하는 데에 그 특징이 있다. 그러나 천도를
합리화하기 위한 견강부회의 느낌을 배제하기 어렵다.

5) 원만무애圓滿無碍의 상징

ㅋㅋ을 무궁이라고 보면서 더 나아가 원만하고 거침없는 것의
뜻으로 파악하는 바,『정감록』의 주석에서 보여준 호소이 하지메
細井肇의 견해가 그것이다.

133 주 131과 같은 책

兩弓은 弓弓으로서 東經正義의 布德文 중 靈符 仙藥을 형용하
는 글에 其形太極 又形弓弓의 句가 있는바, 이것에 있어서 弓弓
의 뜻은 太極의 모양처럼 連弓 모양의 무궁을 이르는 것으로
圓滿無碍의 뜻으로 풀이된다.[134]

무궁과 원만무애는 서로 구별되어야 할 것이다. 무궁이 영원성
을 의미한다면 원만무애는 불교에서의 소위 해탈 곧 여여如如의 경
지를 가리킨다고 보기 때문이다.

6) '활활'의 훈차訓借

弓弓을 훈 또는 뜻에 따라 '활활'로 보는 견해다. 이것은 궁을弓乙
이라 해도 역시 마찬가지다. 궁을弓乙 → (활을 → 화을 → 활)이 되
기 때문이다.

그런데, '활활'은 다시 네 가지 뜻으로 나누어진다. 훈에 따라 '활
활'로 읽는 데에는 함께 하지만 궁극적인 내용 파악에서는 서로 차
이를 보여준다.

첫째, '열려 있음'으로서의 '활활'이다. '열려 있음'은 물物과 심
心에 다 같이 적용된다. 마음에 있어 '활활'의 경우, 선민의식이나
권력, 권위, 부자 등 현세적 지위에 국칩하여 마음의 문을 굳게 닫
고 있으면 결국 재앙을 자초하게 된다는 것이다. 그리하여 마음의
문을 '활활' 열고 대화를 나누어 양보할 것은 양보의 미덕을 발휘

134 호소이 하지메細井肇, 「정감록鄭鑑錄의 검토」(『조선총서』 제3권 『정감록』
중), 조선문제연구소, 1936, p.35.

하면서 살아가야 한다는 난세의 처세훈이 여기에 담겨 있다.

둘째, 경제적인 면에 있어서 '활활'의 경우인데, 탐욕에 의한 재물의 저축이 아니라 어려운 백성을 위하여 '열어'놓음으로써 제민齊民을 해야 한다는 것이다. 필자는 수년 전 계룡산 남쪽 기슭에 있는 어느 암자에서 한여름을 지낸 적이 있었는데, 그때 어느 노선객老禪客한테서 앞으로 올 난국을 슬기롭게 극복할 수 있는 처방을 들은 바 있다. 천기누설의 금기를 강조하면서 그 노장이 필자에게 준 것은 다음과 같은 한마디 말이었다.

침철오푼沈鐵五分[135]

화두로 받은 숙제로서 며칠 후 얻어낸 답은 이러한 것이었다. 하나는 한자 그대로 보아 침철沈鐵을 오분五分만 가지고 있으면 된다는 것으로, 침철沈鐵은 불에 달군 쇠를 물에 넣을 때 생기는 검푸른 쇠라고 하였다. 앞으로 올 불에 의한 싸움(핵전쟁)에서는 이 침철沈鐵이 약이 된다는 것이다. 다른 하나는 훈과 음을 섞어 '잠을 쇠 다푼' '잠길 침, 쇠철, 다섯 오, 나눌 분(푼, 속음)'이라는 것이다. 창고나 벽장에 재물을 꼭 가두어 잠을쇠(자물쇠)를 채울 것이 아니라 어려운 사람을 위하여 모두 풀어야 된다는 뜻이다. 경제적 균등, 부의 형평 등 현세적 복록의 균등을 암시하고 있다. 당시 조선조 후기의 부패상을 상기할 때 이러한 발상은 억압 받고 착취를 당하는 계층의 당연한 바람이었을 것이다. 가령, 『정감록』에 보이는 다음

---

135 『심상』(통권 제 51권)에 실린 시 「열하熱夏」에서 필자는 이 구절을 아무런 주석 없이 사용한 적이 있다.

과 같은 대목도 같은 문맥에서 이해해야 옳을 것이다.

　　九年大歉 人民食木皮而生一朝白立 千里連松 四年染氣 人命半減

　　士大夫之家 亡於人蔘 仕官之家 亡於貪利[136] (윗점 필자)

　　富者多錢 故負薪入火也 貧者無恒產之致安 往而不得貧賤哉[137]

　　이와 유사한 내용을 『정감록』에서 찾기란 어렵지 않으며 또한
동학의 경전과 가요에서도 찾을 수 있으나 이 점은 항을 달리하여
살피려 한다.

　　셋째, '활활'을 '活活'로 읽어 곧 '생기 있게 살아 움직임'으로 보
는 견해다. 경직된 사회제도 또는 부패하기 짝이 없는 사회풍조 속
에서 새로운 기운의 갈아듦으로써 살아 움직임을 강조한 것이라
보인다. 다음과 같은 가요의 용례에서 그러한 사실을 엿볼 수 있다,

　　　　· · · ·
　　活活弓弓 널은 天地　　日月 갓치 밝은 道德

　　流水 갓치 두루흘너

　　四海洽足 남은 氣運　　德反昆虫 하와서루[138]

　　　　　　　　　　　　　　　(윗점 필자, 이하 같음)

　　　　· · · ·
　　活活弓弓 널은 天地　　龍潭으로 도라들어

---

136 현병주, 『비난 정감록 진본批難鄭鑑錄眞本』, p.8.
137 위의 책, pp.7~8.
138 한국정신문화연구, 『동학가사東學歌辭』 I, p.407, 「인선수덕가仁善修德歌」

龍潭水 맑은 물을　充量토록 먹은 後에
心和氣和 自然되니　一點塵垢 바이없네.[139]

活活弓弓 널은 天地　山水之樂 興을 일워
靑藜를 부여잡고　宇宙에 비겨서서
山水風景 閱歷하니　山水景致 鳥乙矢라.[140]

活活文字 엇지 알아　三靈[141] 八亂 免할손야
活宮 쏘셜 알나겨던　靈符天道 太極宮예[142]

活活弓弓 乙乙天下　변화이치 모를손가[143]

西北으로 도라드니　天地弓活 조흔 씬가[144]

乾坤定位 德合되니　活活弓弓 널은 天下
十勝之地 계 안인가[145]

위의 예에서 보면 '活活'은 주로 '넓은 천지'나 '넓은 천하'를 꾸

139 위의 책 II, p.91, 「명찰가明察歌」
140 같은 책, p.103, 「산수완경가山水玩景歌」
141 '災'의 잘못인 듯하다. 이러한 착오(오식?)는 매우 많다.
142 주 140과 같은 책, p.352, 「삼연가三然歌」
143 같은 책 I, p.244, 「창도가昌道歌」
144 같은 책, p.162, 「신심시경가信心時景歌」
145 같은 책 II, p.248, 「궁을십승가弓乙十勝歌」

미는 말로 나타난 것이 그 특징이다. 그러나 이것은 단순히 '넓음'의 뜻을 강조하기보다는 '활기찬 움직임'의 뜻으로 보아야 옳을 것이다. 말하자면, 좁은 한 지역 내의 국칩된 정체성이 아니라 우주 순환의 원리와 그 현상으로서의 역동적 상태를 의미한다.

넷째, '弓弓'을 '활활'이라고 훈차하여 읽되 그 뜻을 '밭'이라고 하는 견해다.

> 모르거니와 내 일찍 들음이 있노니 弓弓乙乙은 道也 地十勝地에 있으니 이 땅은 非山非水의 草田名이라 하더이다. 草田은 묵은 밭이니 即 農業의 失廢를 表示함이요, 農業의 失廢는 即 經濟의 根本的 破綻을 意味함일지니 「弓弓乙乙을 아는 者 살리라」함은 실로 草田을 開墾하여서 根本經濟의 道를 세우는 이가 能히 物質에 주려 죽는 이 世上을 살리리라는 일깨움일 것 이니라.[146]

이 견해는 『정감록』 가운데의 감결鑑訣에 "不利於山 不利於水"라든가, 도선비결道詵秘訣에 역시 "山不利 水不利"라는 구절 다음에 "利於弓弓 最好弓弓"이라는 말이 놓여 있기 때문에, 산山도 아니고 수水도 아닌 지상의 공간 곧 '들[野]'이라는 생각인 듯하다. 물론 위 견해는 궁을弓乙을 흔히 하는 대로 '利在田田'과 직결시켜 '밭'이라고 보고 밭을 바로 농업에 결부, 양식의 생산이라 하여·매우 현실적 접근을 보이는 바 단순히 '들'로 보는 입장과는 크게 다르다. 『정감록』에 보명처를 비산비야非山非野라고도 씌어 있어 '들'이라고 볼 수 없다는 게 『정감록』통의 일반적 견해이지만 사람에 따라

---

146 김중건, 『소래집』II, 소래선생기념사업회, 1969, p.7.

서는 '평야平野'라고 해석하기도 한다.[147]

이상의 네 가지 見解 중에서 두 번째의 것이 가장 널리 펴져 있을 뿐 아니라 폭넓은 공감대를 가지고 있다.

7) 이재전전利在田田

이재궁궁利在弓弓의 궁궁弓弓과 이재전전利在田田의 전전田田을 동음이의어로 보는 주장인데 그 주된 근거는『정감록』의 기록에 있다.

사실상『정감록』의 핵심 부분이라 할 수 있는 감결에는 피신처로서 '양궁兩弓'과 십승十勝의 땅 열 곳을 말했을 뿐 '전전田田' 운운은 전혀 보이지 않는다. 다만 토정가장결土亭家藏訣과 서계선생가장결西溪先生家藏訣 그리고 비결집록秘訣輯錄(의사고본擬似稿本) 중 비결秘訣에만 보일 따름이다. 토정가장결에 "秘記(비기)에 이르기를 李氏 朝鮮(이씨 조선)의 運數(운수)가 세 字(글자)의 秘字(비자) 곧 松·家·田(송·가·전)에 달려 있는데, 松(송)은 처음의 倭亂(왜란)에 利(이)롭고, 家(가)는 중간의 胡亂(호란)에 利(이)로우며, 田(전)은 끝에 을 흉년에 이로우리라"하고 "凶(흉)은 兵(병)이니 武弓(무궁)이 크게 이롭고 土弓(사궁)은 조금 이롭다"[148]라고 하였다. 이러한 기록에 근거하여, 임진왜란 때에는 이여송李如松의 원군이 진주한 곳이나 승병이 일어선 송림 중의 사찰에서는 화를 입지 안

---

147 일연 외,『한국의 민속·종교사상』, 삼성출판사, 1977. 2., p.286.
　　이 중『정감록鄭鑑錄』의 역주자 김근수金根洙는 '兩弓'을 가리켜 "弓弓이라고 도 하는데, 활활이란 것으로서, '평야'를 의미한 것이라고 한다."고 하였다.
148 「弓乙의 연원」항을 참고할 것.

했거나 덜 입었으며, 병자호란 때에는 난亂을 피해 산속을 찾아 간 사람들은 눈 속에서 얼어 죽었지만, 집家에 남아 있던 사람은 화를 면했다고 한다. 앞으로 올 난리에는, 지난날 송·가(松·家)에 의거하여 살 수 있었듯이 전田에 의지해야 살 수 있는데, 이게 바로 궁궁弓弓이라는 것이다. 그리하여 당시의 많은 사람은 난세에 살아남기 위해서 궁궁弓弓을 찾았다. 산태극수태극山太極水太極의 궁궁형弓弓形 땅을 찾기 위해 헤매기도 하였고, 십승지十勝地를 찾아 새로운 마을을 이루기도 하였다.

그런데 비의秘意로서의 '궁궁弓弓'을 역시 비의 "낙반고사유落盤孤四乳"라는 말 속에 토정土亭은 숨겨 놓았고 그 밖의 예언가들도 궁궁弓弓을 여러 가지 방법으로 감추어 표현하였다. 『정감록』에 나타난 것을 발췌해 보면 다음과 같다.

弓弓者落盤弧四乳也
　　　　「경주이선생장결慶州李先生藏訣·토정가장결土亭家藏訣」

欲知乙乙弓弓處 只在金鳩木兎邊　　　　「도봉서道峯詩·비결秘訣」

弓弓之處 在於高田口 高田口者 兩乳之間 落盤弧寺畓七斗落 井石
泉 何難也 或云 落盤高田乳 且云 盖字田田背負背點 負負大凡 弓弓
乙乙之意 專主於一片生理之地 且米與林木茂盛之處
　　　　　　　　　　　　　　　　　　　　　　「비결秘訣」

欲試箇中弓弓理 耳耳川川是其土 一馬上下路 正是石井崑 牛鳴不

見處 鳥棲上下枝 是弓弓乙乙處

「秘訣」

이러한 표현 속의 숨은 뜻, 다시 말하면 말한 사람의 원 뜻을 찾아내기란 쉬운 일이 아니다. 『정감록』의 여러 가지 표현방법 이를테면 훈, 음, 파자, 우의, 자형 등등에 따라 은폐시켜 놓았기 때문에 사람에 따라 이현령비현령이 되는 것은 당연한 노릇이 아닐 수 없다. 위에서 살펴본 구구한 견해가 모두 그러한 데에 출발하였음은 물론이다.

그런데, 위의 여러 비의秘意는 다름 아닌 전田의 가리킴이라는 것이 지배적 견해로서, "兵亂不利於山 不利於水 利在弓弓乙乙"'비의秘意'로서의 전田은 "吉地吉運 前後一規 牛性在野 利及田田"[149]이나 또는 "入山雖好何如路傍 東山雖好 何以良田 田兮田兮 知者知矣"[150]로 나타난다. 다음과 같은 '비결秘訣' 중의 병신년조 기록은 궁궁弓弓이 전전田田이 되는 과정을 체계적으로 드러내 준다.

死中求生 莫如弓弓 弓弓兩間 不下十勝

弓弓非難 利在石井 石井非難 寺畓七斗

寺畓非難 精脫其右 山兮田兮 田兮田兮

곧, '弓弓 → 石井 → 寺畓 → 山田 → 田田'으로 그 전의 과정을 분명하게 이해할 수 있다.

---

149 호소이 하지메細井肇 편, 朝鮮叢書 第3卷, 西溪李先生藏訣
150 위와 같음.

그러면, 전의轉義의 과정은 일단 논외로 하고, '弓弓─田田'이라 했을 때 그 내포하고 있는 바 저의를 살펴보기로 한다. 구구한 견해들을 흉년 속의 양식, 피지배 계층으로서의 가난과 힘없음, 역학적 입장, 절의節義, 사정사유四正四維, 마음, 기타 등등 7가지로 집약할 수 있는 바 차례대로 고찰하고자 한다.

[가] 흉년 속의 양식

난리 중에 목숨을 부지해야 할 가장 기본적인 요건은 먹는다는 것이다. 비단 사회적 혼란이라는 특수 환경에서뿐만 아니라 평화가 보장된 시대에서도 역시 먹는 것은 목숨을 가진 것의 필수 요건이다. 특히 전쟁이 일어나서 피난하기 위해 집을 떠나 게 되면 제일로 요청되는 것이 식食과 주住의 문제일 것이다. 그런 점에서, "一日食 然後可生(일일식 연후가생)"(서계이선생장결西溪李先生藏訣)이라 했을 것이며 "當此地世 夫耕婦織(당차지세 부경부직)"(위와 같은 글)이라 했을 것이다. 앞에서 인용한 바 있는 소래의 견해도[151] 역시 마찬가지 이유에서 이루어졌다고 생각된다. 농촌운동가로서 개간을 통한 식량의 증산이라는 그런 목표의 합리화라고 비판할 수는 없다. 『정감록』의 감결에서 "盖人世避身(개인세피신)"은 양궁兩弓이 가장 좋다고 하였고, 경주이선생가장결에는 "田末利於凶(전말리어흉)"이라 하였으니, 흉凶은 흉년이오. 전田은 거기에서 나오는 산물로 목숨 가진 것을 양육하므로 이롭다는 것인 바, 극히 자연스럽고 소박한 견해라 할 만하다.

151 주 146의 인용문을 참고할 것.

[나] 피지배 계층으로서의 가난과 힘없음

다 아는 바와 같이 조선조 사회는 사농공상士農工商의 신분적 위계질서가 있어 그 두 번째에 농農은 자리하였다. 그러나 양반 출신으로 관官에 나아가 벼슬을 하기 위한 준비의 근거지로서 또는 무슨 일로 벼슬을 버리고 돌아가는 귀환의 안주지로서 농촌은 존재하였다. 낙향의 공간은 음풍영월吟風咏月의 자연이오, 화조월석花朝月夕의 향토적 전원일 수밖에 없었다. 말하자면, 직접 농사에 노동력을 투여하는 그런 농민 계층을 부리는 위치에 서 있게 되는 것이다. 그러므로 "농은 천하지대본" 운운의 슬로건 속에서 숙명처럼 농사에 노동력을 제공하는 측은 언제나 소작인이며 피지배계층이었다. 그러기에 약하고 무능하였으며, 헐벗고 굶주릴 수밖에 없었다. 농업 국가에서 모든 생명원이 농토에 있는 데에도 불구하고 농민의 노동 대가로 얻어진 농산물은 그들의 차지가 아니었다. 지배계층의 혹독한 착취로 인하여 유리걸식 해야 하는 피지배계층 곧 농민들에게 예언자는 '전전田田'을 통하여 위로와 구원의 빛을 던져 주었다. 당대의 모순을 자각하게 하여 개혁의 의지를 심어준 것이 아니라 위기감의 도호와 현상의 유지라는 계략이 그 뒤에 숨어 있다고 비난받을 소지도 없지는 않다. 지배계층의 부패와 횡포의 말기적 증상 속에서 적어도 살아남아야 할 구명救命의 조건은 농사요, 농사를 짓는 농민일 수밖에 없었다. 그러한 수탈만을 당해 오던 가난하고 힘없는 피지배계층에의 옹호와 애정이 '전전田田'으로 나타났다는 생각이다. 『정감록』 중 감결에 보이는 다음과 같은 기록도 그런 점에서 이해할 수 있다.

鄭曰 後人若知覺 則先入十勝 而貧者生 富者死 淵曰 何其然耶 鄭
日 富者多錢財 故負薪入火也 貧者無恒産之致安 往而不得貧賤哉 然
而稍有知覺者 觀其時而行

가난한 사람은 살고 부자는 죽는다고 하면서 부자는 재산이 많
기 때문에 섶을 지고 불 속에 뛰어 들어감과 같고 가난한 사람은 일
정한 산업이 없으므로 어디 간들 살지 못하랴, 고 말한다. 이러한
말 속에는 빈자에의 애정과 부자에의 증오가 들어 있다.

　　書册은 아주 폐코　　수도하기 힘쓰기는
　　그도 또한 도덕이라　문장이고 도덕이고
　　귀어허사 될가보다.[152]

이러한 수운의 노래에도 "만권시서萬卷詩書 무엇하며"[153]하는 투의
부유腐儒에 대한 비판이 날카롭게 나타나있다. '사근취원捨近取遠'하
는 비현실적 현학취미에 대하여 분개하고 있는 것이다. 해월의,

　　우리 道를 覺할 者는 호미를 들고 지게를 지고 다니는 사람
　　속에서 많이 나오리라. 萬事知는 오직 밥 한 그릇이다.[154]

라든가, 또는

152 『용담유사龍潭遺詞』 중 「교훈가敎訓歌」
153 위와 같음.
154 오지영, 『동학사東學史』, p.42.

富한 사람과 貴한 사람과 글 잘하는 사람은 道를 통하기 어
렵다.[155]

라, 는 말 속에서 피지배계층의 자각과 그에 대한 옹호가 깔려 있
다. 혁명할 의지가 강했으면서도 유교의 테두리에서 벗어나기 어
려웠던 수운에 반하여 해월은 무식한 농민으로서 초인적인 신행
을 가지고 하류 계층에 구원의 메시지를 전했다. 수운이 불우한 유
학자인 부친 최옥에의 연민의 정과 고운을 시조로 하는 가문에의
애정을 집요하게 보였다면 해월은 '최 보따리'라는 별명이 붙을 정
도로 닥치는 대로 일을 하면서 농민으로서의 신분을 벗어나지 않
았다. 그러한 해월의 행적은 시사해주는 바가 참으로 많다.

百家書 다 안되도   時中之道 몰너씨니
도로 無識 그 안인가
理致理字 그러하니   스승門을 차즈들어
弓乙其道 밧아다가   修心正氣 다시 하고[156]

富하고 貴한 사람   將來는 貧賤이요
貧하고 賤한 사람   오는 世上 富貴로다.
괄새 말고 웃지 마라   貧賤하다 괄새 마라
고단하고 弱한 사람   기를 차자 들어오고

155 위와 같음.
156 한국정신문화연구원, 『동학가사東學歌辭』 I, p.310, 「자고비금가自古比今歌」

가난하고 賤한 사람   道을 차자 入道하소[157]

이러한 노래들 속에는『정감록』의 근간적 사상이라 할 수 있는,

活我者貧 穴下弓身[158]

곧, 나를 살리는 것은 가난이니 그것은 '구멍 아래 활 몸' - '窮'이라는 것으로서, 이러한 생각이 수운, 해월로 이어지고 다시 급속하게 서민계층으로 파고들어 널리 유포되었던 것이다.

[다] 역학적 입장

음양오행설에 따른 구체적인 천착이라기보다는 주역의 개설적인 한 견해에 의존하여 '전田'의 의미를 찾으려는 것이다.
진동학眞東學이라고 교주 증산 스스로 말한 바 있는 증산교의 한 저서 가운데에 "일꾼이 '콩밭'에서 낮잠을 자며, 보양물을 많이 먹고 기운을 기르고 있느니라."[159]하였는데, '전田'으로서의 '콩밭'은 다분히 상징적이다.
주역周易의 맨 첫 부분에,

157 위의 책 II, p.395,「남강철교南江鐵橋」
158 『정감록鄭鑑錄』중 서계이선생가장결西溪李先生家藏訣과 오지영의『동학사東學史』, p.23.
159 증산도장,『증산교의 진리』, 증산도장출판부, 1981, p.378.
　　김낙원의『용화전경』에서 인용하고 있다.

乾 元亨利貞

初九 潛龍勿用

九二 見龍在田 利見大人 (윗점 필자)

이라 하여, 물속에 잠겨 있는 용龍은 쓰지 말며. 나타난 용龍이 田(논)에 있으니 대인大人을 보아야 이롭다고 말한다. 같은 책의 문언전文言傳 제일건괘 문언文言에는 공자孔子의 이해를 이렇게 쓰고 있다.

見龍在田 利見大人 何謂也 子曰 龍德而正中者也 庸言之信 庸

行之謹 閑邪存其誠 善世而不伐 德博而化 易曰見龍在田 利見大人 君

德也

용의 덕이 있으면서 바르고 적당함이 있는 자로 평범한 말을 믿으나 평범한 행위를 삼가고, 간사함을 막아 성실함을 보존하며 세상을 착하게 하지만 자랑하지 않고 덕을 넓히어 감화시켜 감이니 이것이 군자의 덕이라는 것이다. 같은 책 구사九四에 있는 "上不在天 下不在田 中不在人"으로 보아, 上=天, 中=人, 下=田으로 '田'은 '地'를 가리킨다. 그러니까 수중水中에 숨어 있던 잠룡이 지상에 출현하여 주군에게 경세의 포부를 개진하는 것이 이롭다[160]는 것이다. 구세救世의 경륜을 가진 자의 출현이 "현룡재전見龍在田"에 있다고 한다면. 그리고 '전田'을 보편적 의미로서의 지地를 보지 않고 '세상'으로 본다면 민간신앙에 뿌리 깊게 박힌 진인眞人의 갈망과 긴밀하게 결부시킬 수 있다. 후세의 호사가들이 이재전전利在田田과

160 류정기, 『역학신강易學新講』, 청구대동양문화연구소, 1959, p.58.

현룡재전見龍在田을 상호 밀착시키는 까닭도 여기에 있는 것이다. 그러나 역학의 산실인 주역의 권위를 힘입으려는 견강부회의 느낌을 배제하기 어렵다.[161]

[라] '빳빳'으로서의 절의節義

'田'의 훈·의(訓·義) '밭'[pat'] 을 흔히 [밧]이라 발음하는데, 초성을 경음화하면 [빳]이 된다. '田田'은 그리하여 [빳빳]이 된다는 것이다. 세속의 영화에 급급하다 보니 옳은 것을 지키기 위한 노력이 결집되어 그것을 경계하기 위한 저의가 숨어 있다. 운수의 자연스러운 변화를 강조하는 순환의 원리에 어긋나는 듯도 싶으나 올바른 변화를 가져오기 위하여 사악한 것을 막고 정의를 지킨다는 것은 당연한 일이다.

혼탁한 풍조에서 '正(정)'과 '節(절)'로서의 '빳빳'은 역사를 올바른 방향으로 나아가게 하는 '빛과 소금'이 아닐 수 없다.

弓弓을 '활활'로 해독하는 것을 유추하여 田田을 '빳빳'으로 읽으려는 심리적 동기를 이해는 할 수 있으나 강변強辯의 느낌이 짙다, 동학가요에 그러한 류로 쓰이고 있는 것이 하나도 없음은 강변이라는 사실을 입증한다.

---

161 신동호, 「계룡산 신흥종교인의 미래관 연구」, 『철학연구』 제8집, 1969, p.124.
　　신도안 먹뱅이 거주 천승운 소장 수사본 「명찰가明察歌」에 보이는 다음과 같은 것이 그 한 예이다.
　　"現龍在田 일넛스니 天下文明 아닐런가 五百四十萬里 가라가니 利在田田 아닐런가 無極太極 細量하니 弓弓乙乙 依然하다"운운.

[마] 사정사유四正四維

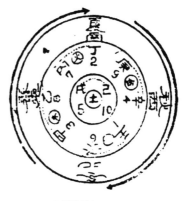

오행상생도伍行相生圖

시각적인 형태로서의 상징적 파악으로서 田字(전자)가 갖는 형태의 특이성과 그것에 의거한 오행설에 초점을 두고 있다. 田字(전자)는 상·하·좌우 어디로 보든지 같은 형태이며 또한 똑바르다. 사정四正의 근거가 바로 여기에 있다. 사정은 자子, 오午, 묘卯, 유酉의 네 방위로서 북, 남, 동, 서를 가리킨다. 『정감록』에 보이는 "낙반고사유落盤孤四乳"라든가 "이이천천시기토耳耳川川是其土" 따위를 田字(전자)의 설명으로 보는 것도 그 때문이다. 田은 어떠한 공간이나 어느 시간에 보든 일정불변의 진리요, 보편적인 원리인 바름[正]이다. 또한 田은 흙[土]이기 때문에 오행의 핵심이 된다. 앞 그림에서 보는 바와 같이 중앙에 오토五土와 십토十土가 위치하며 토는 불상불각不傷不覺하는 절대중화의 기氣 곧 중中의 작용을 가진다. 토土는 이처럼 공정무사한 덕으로서 목화木火의 무절제한 성장을 통제할 뿐 아니라 금화상쟁金火相爭을 막으며 또한 만물을 번식시키며 성장하게 하는 주체가 된다. 그리고 중앙에 위치하고 있는 방위는 사방四方의 주체로서 십자의 중심교차점이기도 하다.[162] 이런 점에서 토土로서의 田은 모든 것의 기반이 되는 것이다.

---

162 한동석, 『우주변화의 원리』, 행림출판사, 1980⁵, p.38.

火水金木 五行中에   五十土가 채가 되고

나무라도 흑 안이면   어느 곳에 배양하며

물도 흑 안이면   어느 곳에 모이며

金도 흑 안이면   어느 곳에 생선하며

불도 흑 안이면   어느 곳에 비치며[163]

사정사우 터를 싹고   四正으로 기둥서와

五十土로 대공밧처   五色으로 丹靑하고[164]

흙[土]이 모든 것의 중심임을 이런 가요들은 누누이 강조하고
있다. 오행五行으로 보아 오십토五十土가 '채가 되'고 '대공'이 되어
근간을 이룬다. 사정四正과 함께 사유四維도 인사人事의 중심이 되
어 모든 것을 통제하기도 하고 올바른 성장을 이룩하도록 해주기
도 한다. 관자管子는 그의 목민편에서 "國有四維"라 하고 "一維絕則
傾 二維 絕則危, 三維絕則覆 四維絕則滅"이니 "傾可正也 危可安也 覆可
起也 滅不可復錯也"라 한 다음,

何謂四維 一曰禮 二曰義 三曰廉 四曰恥 禮不踰節 義不自進 廉不

蔽惡 恥不從枉 故不踰節 則上位安 不自進 則民無巧詐 不蔽惡 則行

自全 不從枉 則邪事不生[165]

163 한국정신문화연구원, 『동학가사東學歌辭』 II, p.398. 「춘산노인 이야기」.
164 위의 책, p.400. 같은 노래.
165 韋政通, 『中國哲學辭典』, 大林出版社, 1978, p. 246.

라, 하여 예禮, 의義, 염廉, 치恥를 들어 법가法家다운 견해를 펼쳐 보이고 있다. 고염무顧炎武도 『일지록日知錄』에서 예禮, 의義, 염廉, 치恥를 들고 "나라에 四維가 있으니 四維가 펴지 않으면 나라는 망한다"[166]고 하였다. 이러한 사정四正과 사유四維는 궁弓에 연결된다. 다음과 같은 노래는 그런 사실을 드러내 준다.

　　　소정소유 동셔 남북　　웅히여서 덩히 두고
　　　텬간십수 포함하니　　구궁톄격 뎍실하다.[167]

(윗점 필자)

사정사유에 천간 십수니 田이요, 이것은 弓체격이 확실하다는 것이다. 그리하여,

　　　井井子로 成宮하니　　利在石井이 아니런가
　　　田田子로 成宮하니　　利在田田이 아닌가
　　　十十交通 되었으니　　四正四維 分明하다
　　　利在弓弓 뉘알소냐　　弓弓乙乙 좋을시구[168]

利在石井 → 利在田田 → 利在弓弓을 연쇄적으로 연결시키면서 궁궁을을弓弓乙乙을 찬미한다. 특히 田을 '十十交通(십십교통)'[169]이라

---

166 위의 책, 같은 곳.
　　五代史馮道傳論曰 禮義廉恥 國之四維 四維不張 國乃滅亡
167 한국정신문화연구원, 『동학가사東學歌辭』 II, p.306, 「수신가」.
168 위의 책, p.434, 「초당의 봄꿈」.
169 十十交通은 田田의 가운데 곧 田田의 '十十'으로 많은 노래에 나타난다.

고 한 것은 의미가 심장하다. 어느 쪽에서든지 바르게 '길'이 나 있기 때문이다.

> 无極運이 用事하니　　利在田田 이 안인가
> ＋＋交通 되어시니　　四正四維 分明하다
> 利在弓弓 뉘알소냐　　弓弓乙乙 鳥乙矢口[170]

십십교통＋＋交通으로 사정사유四正四維의 田田은 무극운无極運을 용사用事하므로 궁궁을을弓弓乙乙에 다름 아닌 것이다.

동학이 이론적으로 제대로 정립이 되지 않은 채, 민간의 도참신 앙과 습합되어 서민층에 침투, 가속적으로 파급되면서 田田, 弓弓 을 음양오행설에 따라 합리화시켜 설득력을 획득하려고 한다. 심 지어 동학교 같은 데에서는 앞에서 잠깐 언급한 바 있는 대로 弓乙 곧 卍을 亞 → 亞로 만들어 田字의 내부에 있는 십자＋字에 결부, 백 십자白＋字라고 부를 정도이다.

> 寺畓七斗 알쪽시면　　坎中連을 모를손가
> 坎中連을 알고보면　　十方世界 모를손가
> 十方世界 알고보면　　利在田田 모를손가
> 利在田田 알고보면　　亞字질을 모를손가[171]

利在田田 차자간이 一間高亭 놉피짓고
四正四維 기둥서와 五十土 대공밧처
井田에 터을 닺가 ＋＋交通 길을내고
(『동학가사東學歌辭』 II, p.391, 칠월식과七月食苽)
170 위의 책, p.384, 초당의 봄꿈 鳥乙矢口는 乙乙弓口 또는 乙乙知이다.
171 위의 책, p.107,「금강산운수통궁을선사몽중사답칠두가金剛山雲水洞弓乙仙

『정감록』에 나오는 사답칠두寺畓七斗가 감중련坎中連으로, 감중련에서 시방세계十方世界로, 시방세계에서 田田으로, 田田에서 亞字 길[道]로의 최종적인 추구를 보이고 있다.

[바] 마음[心田]

田은 바로 마음바탕 곧 心田을 가리킨다는 것이다. 다음과 같은 주장은 그러한 것의 하나다.

松下止를 利在松松이라고. 또 家下止를 利在家家라고 道下止를 利在田田이라고 말하기도 한다. 이로움이 소나무松字에 있고, 이로움이 집家字에 있고, 이로움이 밭田字에 있다는 것이다. 이에서 말하는 田字는 心田을 말한다. 마음의 밭이다. 마음을 옳게 써야 된다는 말이다.[172](윗점 필자)

비결을 두고 흔히 말하는, '利在松松―松下止, 利在家家―家下止, 利在田田―道下止(이재송송―송하지, 이재가가―가하지, 이재전전―도하지)'에 의거, 田田을 도道로 보는 것이다. 계룡산에 거주하는 '도꾼'(불교와 도교가 가미된 수행자를 그렇게 부른다.) 들은 앞으로 닥칠 위험 속에서의 살아남을 수 있는 비방은 '돼지[豚]'라 하여 돼지 그림으로 나타내기도 하는데, '돼지'는 '도야지'(돼지의 사투리) 곧 도하지道下止로서 도道 아래에서 모든 것은 그친다는 뜻

師夢中寺畓七斗歌」
172 홍우,『동학문명東學文明』, 일조각, 1981², p.65.

이다. 『정감록』에 보이는 "活我者 三人一夕(활아자 삼인일석)"[173]도 '修'字의 파자로 해석하는 게 보편적이라 한다면 田은 心田이요, 그것을 닦는 것이 최상의 목표가 된다는 생각이다.

一心二字 그가온딕   萬化道統 지게 잇고
善不處卜 지게 잇고   柔能制剛 지게 잇고
千變萬化 弓弓乙乙   無窮造化 지게 잇고[174]

일심一心의 두 자字 곧 한마음인 수심정기守心正氣 속에 삼라만상의 모든 현상과 조화가 들어 있다는 것이다. 그러므로 사물의 외형을 보지 말고 스스로의 마음을 밝히는, 사원취근捨遠取近이 올바른 길이라는 것이다.

이와 가튼 十勝之地   於山於水 찾지 말고
心性間에 차져내여   天干十勝 발켜보소
발키기만 발켜보면   山水十勝 안이로다.
(……)
十勝之地 알고보면   十極運이 다한고로
弓乙成道 그가온대   十極合德 一勝地이
地非十勝 찾지말고   天地十勝 발켜내어
이내 腹中 인난十勝   심성궁궁 씨채보쇼

---

173 사람에 따라서는 麥字로 보고 菩提心(지혜)이라 하는가 하면, 보리를 먹어야 살 수 있다고도 한다.
174 한국정신문화연구원, 『동학가사東學歌辭』 II, p.53, 「잠심가潛心歌」

弓田乙田 變化中에 　　心田帖을 개명하니[175]

(윗점 필자)

　보명처로서 십승+勝의 땅을 찾아 헤매는 것은 어리석다는 것이다. 산과 물에 있는 것이 아니라[非山非水] 바로 자기의 마음 밭에 있는 까닭이다. 마음은 바로 천도天道를 담고 있음으로서다.

[사] 기타

　각자의 입지적 조건에 따라서 田田의 해석은 위에 든 외에도 다양한 편이다. 특히 각종 종교의 종파에서 그들이 갖는 현세부정과 현세긍정의 극심한 갈등 속에서 희구하게 되는 하나의 목표를 이것에 결부시켜 해석하는 경우가 많다. 물론 배면에는 민간신앙에 젖은 광범위한 서민계층을 흡수하고 설득하려는 이중의 목적이 깔려있음을 부정하기는 어렵다.

　기독교 측에서 어떤 이는 田田을 십자가로 보며 십승+勝의 땅 +도 역시 십자가로 보아 예수 강림의 때를 가리킨다고 주장하기도 한다. 그런가 하면 어떠한 불자는 卍 곧 만법의 수레바퀴를 의미한다고 주장하기도 한다.

　　乚 (乙)+ ⺄ (乙)──㉠
　　弓+弓(◖+◗)+(◠+◡)──㉡
　　㉠+㉡=⊕·田田·乙乙·弓弓

175 위의 책, p.357, 「궁을전전가弓乙田田歌」

이렇게 되어 이재전전 궁궁을을利在田田 弓弓乙乙은 卍자의 표시로
서, 말세가 아닌 도덕의 살기 좋은 시대가 온다는 뜻이라 설명하기
도 한다.[176]

8) 약弱의 파자破字

앞으로 올 미래사에 대한 예언은 대개 직설적인 지시 내용을 갖
지 않는 게 상례이다. 특히 현상의 체제를 부정하는 요소가 짙을 때
는 더욱 그러하다. 비결이기 때문에 사람으로서 감히 천기를 누설
하면 안 되는 당위적 요청과 현실부정에서 오는 박해로부터 보호
를 받기 위한 계략이 거기에는 은밀히 숨어 있다.

따라서 예언을 정확히 풀이한다는 것은 불가능한 일이다. 예언
한 바 어느 것은 그 사실이 지난 뒤에야 합리적 해석을 가함으로써
적중성을 강조하는 일이 왕왕 있는 것도 그 때문이다. 그러므로 예
언 사항이 도래하기 이전의 예언에 대한 접근은 천태만상일 수밖
에 없다. 이러한 점이 정확한 듯도 하고 부정확한 듯도 하여 알쏭달
쏭하게 해 주지만, 비의를 갖는 마력이 또한 여기에 있음이 사실이
다. 가령, 성경(구약)에 나타난 많은 선지자의 예언이라든가 근자
에 널리 읽히는 노스트라다무스의 예언 등은, 구체적인 일들을 아

---

176 이진연,『모든것은 오직 마음에서』, 진현, 1981, pp.223~225. 역으로도 설명
하고 있는데, +은 무한수, 완전수를 성수成數로서 〇으로 표시된다고 하고
〇은 空의 의미 또는 원융무애, 무시무종의 순환상생의 뜻을 가지며 만수일
본萬殊一本, 일본만수一本萬殊의 태극太極이라고 한다. 1~5는 先天數=生數,
6~10은 後天數=成數, 5, 10은 선후의 끝수로서 중앙토라고 설명한다. 그리
고 시간 l 에 공간 ─ 의 교차로 + 을 이루며 그 교차점이 현재라 하였다.

주 사실적으로 나타내고 있어서 그 예언의 적중 여부를 분명하게 가름할 수 있지만, 동양의 비결 특히 불안한 정치적 배경과 불가분리의 관계를 가지고 있는 우리 한국의 경우, 신비의 운무雲霧에 싸여 있어 좀처럼 접근을 허용하지 않는다. 흔히 일러 그런 예언은 지혜의 산물이기 때문에 예언한 사람만큼의 지혜를 갖지 않으면 무의미한 문자의 나열로밖에 생각되지 않는다고 한다.

예언서는 흔히 어느 한 사람의 정치적 야심에 의하여 조작됨으로써 백성을 기만하고 선동하는 혹세무민의 도참서로 작용하는 경우가 적지 않아서 특히 지배계층으로부터 금지되어 왔으며, 이와는 반대로 금지된 만큼 민간 깊숙이 박혀 무서운 속도로 전파됨으로써 그 위력을 발휘하였다. 그런데, 사실적 표현과 암호와도 같은 비의 문자로 짜인 『정감록』등의 예언서는 그 표현의 애매성과 함축성에 매력이 있어 끌리는 것은 아닐 것이다. 예언서는 대개 미래의 미지에 대한 호기심을 자극하기도 하지만 그보다는 근시안적인 인간의 욕망을 깨우쳐주고 그 한계를 인식시켜 줌으로써 역사에의 자각을 불러 올 수 있다는 데에 의미가 있다.

동학의 경우, 수운이 어느 날(을묘 봄) 초당에서 책을 보던 중 어떤 낯선 스님이 찾아와서 금강산 유점사에서 백일기도를 마친 다음 전에 보지 못한 책을 얻어 그 뜻을 풀이하고자 하나 그것을 할 사람을 만날 수 없다고 말하며 내준 이서異書[177]도 예언서임이 분명하다. 또한, 선운사 도솔암 남쪽에 있는 절벽에 마애불이 있는데 그 부처의 배꼽에 감추어져 있다는 이른바 석불 비결을 꺼내기 위한

---

177 오지영, 『동학사東學史』, p.29.

드라마틱한 전말[178]은 무엇을 의미하는가?

억압받는 계층에 있어서 살아남기 위한 미래에의 문은 예언서가 가지고 있다고 믿어 거기에서 무엇인가 활로를 찾고자 하는 몸부림임이 분명하다.

암호와 상징의 숲으로 나타나 있는 예언서의 표현방법이 어떠한가를 잠깐 살펴보기로 한다. 『정감록』에 초점을 맞추어 보면, 첫째 직설적인 서술, 둘째 풍수지리에 입각한 것, 셋째 파자破字의 방법, 넷째 간지干支로 표현, 다섯째 우의적 표현, 여섯째 음훈차의 방법, 일곱째 회의會意의 의미[179] 등등으로 나눌 수 있다.

그런데, 궁궁을을弓弓乙乙의 경우는 위에 든 여러 가지 방법 가운데에서 셋째의 파자 표현방법으로 보는 것이다. 파자 표현방법은 가장 연원이 오래되고 또 가장 널리 쓰이고 있는 방법으로서 예언 또는 도참의 대표적인 표현방법이라 할 수 있다. 고려 말 후일의 이 태조가 지어 퍼뜨렸다는 '木子得國'의 참요 '木子'도 '李'의 파자이며 계룡산 연천봉 상봉에 새겨진 "方百馬角 口或禾生"[180]의 '口或禾生'도 '國移'의 파자이다. 가령 『정감록』 중의 "殺我者誰 小頭無足"의 경우

178 위의 책, p.91.
179 김수산, 『정감록』, 명문당, 1972, pp.115~117.
   신일철, 「정감록 해제」, 『한국의 민속·종교사상』, p.278.
   조선총독부 간 『朝鮮の占卜と豫言(조선의 점복과 예언)』, 근택서점, 1933,
   p.618에는 직설표현법, 풍수표현법, 우의표현법, 파자표현법 등의 네 방법
   을 들었다.
180 지금도 연천봉 바위에 새겨진 채로 남아 있는데, 482년만에 나라가 다른
   나라로 옮긴다는 뜻으로 이씨조선의 멸망과 그 기간을 정확히 예언한 것이
   라 일러온다. 곧, 方=4, 百=百 馬=午(千支)=八(午의 破字), 角=2, 口或=國, 禾
   生=(移의 古字)여서, 482가 된다고 흔히 풀이한다.

도 파자로 보는 게 상례인데 흔히 "小頭無足"을 '黨'의 파자로 보아 "무리지으면 죽는다."는 뜻으로 풀이하고 더러는 '火'의 파자로 이해하여 '火力에 의해 죽는다.'는 뜻으로 파악하기도 한다.[181] 이러한 예는 참으로 많아서 일일이 들 수 없을 정도이다. "活我者誰 穴下弓身"의 "穴下弓身"은 '窮'의 파자. 奠邑은 鄭, 非衣는 裵, 走肖는 趙의 파자다. 임진왜란 때를 두고 말한 것이라는 "殺我者誰 女人帶木"은 '倭'의 파자로, 병자호란 때에 해당한다는 "雨下橫山"은 '雪'의 파자로 보는 것이다. 松→家→田으로 이어지는 田田의 "活我者 弓弓乙乙"도 역시 파자로 본다는 것은 자연스럽다.

弓弓乙乙은 각각 弓+乙, 弓+乙(弓乙의 경우는 하나)로서 弓+弓이 되어 결국 '약할弱'자가 된다[182]는 것이다. 이러한 주장은 이 방면에 관심이 있는 사람의 경우 거의 알고 있는 보편적 견해로서 일일이 인용할 필요가 없을 정도다. 다만 천도교天道敎 관계의 책임 있는 분들만이 그들의 논·저에서 이러한 견해를 대체로 회피하는 경향이다.

끝으로 '弱'字의 파자라고 했을 때, 그 뜻은 궁극적으로 무엇인가? 이 점은 '窮'을 이야기한 항에서 살펴보았기로 여기에서는 생략하고자 한다.

---

181 '削'字라 하여 '머리 깎은 자(왜구)'라고 풀이하는 사람도 있으며, '默'字로 보는 견해도 있다.
182 조선총독부 간, 『朝鮮の占卜と豫言(조선의 점복과 예언)』, p.623.

9) 기타

혹자는 '弓弓乙乙'을 새김에 의거하여 '활활새새'로 읽고, 민첩하게 '활활', '사이사이'('새'를 사투리로 '사이'라 하니까) 로 요령을 부려 빠져나가야 살 수 있다는 뜻으로 풀이하기도 한다. 동란을 겪은 사람이라면 좌와 우의 대립을 교묘히 극복하는 방법의 제시라고 합리화시킬는지 모르지만, 이것은 호사가의 견해에 지나지 않는다. 왜냐하면, 난세에 살아남을 명철보신책明哲保身策으로는 지나치게 졸렬하기 때문이다. 『정감록』의 사상이 은둔주의적이요, 패배주의적이라고 생각하기 쉬우나 실제에 있어, 그 밑바닥에 깔린 것은 낙천적이요, 미래지향적이다. 또 어떠한 사람은 궁을弓乙을(특히 乙) 제트기(Z機)의 Z를 나타내는 것이라고도 한다. 역시 동란을 겪은 사람의 견강부회적인 견해이다. 마치 남도南道에서 진인眞人이 나온다는 예언의 말을 동란(6.25) 당시 트루맨(true+man)으로 본다거나, 계룡산 정씨鄭氏 도읍설의 정鄭을 '酉大邑'으로 파자하여 기독의 천년왕국으로 해석하는 따위와 같다.

이 밖에도 또 있을 것이나 이 정도에서 마무리하고자 한다.

2. 궁을弓乙에 대한 비견鄙見

위에서 궁을弓乙의 사전적 의미와 제가들의 견해들을 광범위하게 망라하여 살펴보았다.

그런데, 초창기의 동학에 몸담은 분들의 견해와 그 뒤 동학분파에 보이는 견해 그리고 『정감록』을 대상으로 한 연구자들의 견해가 조금씩 다르다. 해월이나 야뢰 등의 견해는 마음 또는 태극의 천도로 파악하는 경향이 강하고, 후기의 동학분파에서는 앞의 견해를 부정하지는 않되 음양의 원리에 입각하여 조화造化에 지나칠 정도로 역점을 줌으로써 주술적 신통력을 강조하는 느낌이다. 특히 후자는 『정감록』과의 긴밀한 관계를 보여주는 바, 『정감록』이 동학사상의 모태가 아닌가 싶을 정도로 많은 가요는 『정감록』의 예언을 되풀이하여 노래하고 있다. 그리고 『정감록』을 연구하는 사람들의 궁을弓乙에 대한 해석은 거개가 궁窮, 약弱이라는 공통점을 가지고 있다. 말하자면, 동학이라는 종교적 측면에서는 약동하는 마음, 천도 따위로 보며 『정감록』적 측면에서는 피지배층 곧 약하고 가난한 계층을 가리킨다고, 그 견해들을 집약할 수 있을 것이다.

필자는 위와 같은 그러한 견해들을 전적으로 부정하지 않는다. 종교적인 면에서나 사회사적 배경 면에서나 모두 위배되지 않는 견해임에 틀림이 없다. 그러나 몇 가지를 더 첨가하여 바른 것을 찾는 데에 기여하고자 한다.

첫째, 弓弓(弓乙)은 田田과 더불어 모두 종소리의 시니피앙이라 볼 수 있다. 弓弓은 소리 그대로 [KuŋKuŋ] 또는 [Kʰuŋ Kʰuŋ]으로서 우람한 종소리를 떠올릴 수 있다. 종소리가 종교와 밀접한 관계를 맺고 있음은 다 아는 바와 같다. 종소리는 법음法音이며 정화의 소리이다. 골짝골짝마다, 사람의 가슴가슴마다 성스러움을 불러일으켜 주고 또한 평화平和를 심어준다. 종소리는 창조적 힘의 상징이며, 매달려서 소리를 내는 동안 대지와 하늘 사이의 모든 대상에게 신화적 의미를 불어 넣어 준다. 그리고 그것은 궁륭穹窿과 천국

天國에 연결된다.

> Its sound is a symbol of creative power(4). Since it is in
> a hanging position, it partakes of the mystic significance
> of all objects which are suspended between heaven
> and earth. It is related, by its shape, to the vault and
> consequently to the heavens.[183]

이러한 종과 종소리의 상징적 의미를 누구도 부정할 수 없을 것
이다.

弓弓과 마찬가지로 田田도 소리의 의성어onomatopoeia인데 이것
은 금속으로 만들어진 종이 아니라 가죽으로 만든 북(鼓, drum)의
소리이다. 田田은,

江南可採蓮 蓮葉何田田　　　　　　　　　「강남곡江南曲」
田田池上葉 長是使君衣　　　　「항주군재남정시杭州郡齋南亭詩」

의, 보기에서와 같이 연잎이 물 위에 떠 있는 모양을 가리키는 뜻으
로 쓰이기도 하지만, 북 따위의 치는 소리가 큰 것을 가리키는 말이
기도 하다.

---

183 J. E. Cirot, *A Dictionary of Symbols*, New York, 1962, p.23(1971년 판, p.24)
　　(4)는 Bayley Harold의 *The Lost Language of Symbolism*, London, 1912을
　　가리킨다.

殷殷田田 擊之聲也   「진호집설陳澔集説」

殷殷田田   「예·문상禮·問喪」

이러한 예로 그러한 사실을 확인할 수 있다. 또한, 田은 시경詩經의 주송周頌 유고有鼓에 '응전현고應田縣鼓'가 보이는바, 집전集傳에서는 '대고大鼓'라 하였다.[184] 田이 큰 북의 뜻으로도 쓰이고 田田이 '치는 소리의 큰' 것을 형용한 말이라고 한다면 '북소리'라 간주해도 무리가 없을 것이다. Schaschkow에 의하면, 짐승의 가죽으로 만든 북은 샤먼에게는 떨어질 수 없는 수반자로서, 북[魔鼓] 없이는 희생을 바칠 수도 없고 정령을 부를 수도 없다고 하는데[185] 북은 이렇듯이 원시 신앙에서도 마력을 가진 존재였다. 마력을 위한 매체로서의 상징인 북은 사만에 있어 엑스터시의 상태를 유발하기도 한다.[186]

---

184 정현鄭玄의 모전毛箋에는 "田 當作鞸 小鼓 在大鼓旁 應裨之屈也 聲轉字誤 變而作田"이라 하여 소고의 뜻인 鞸의 잘못이라고 했다.

185 G. Nioradze, *Der Schamanismus bei den Siberischen völkern*, 이홍직 역, 서울 신문사, p.132.

186 J. E. Cirot의 Drum 條(1971년 판, p.89)에는 Zimmer Heinrich의 *Myths and Symbols in Indian art and Civilization*, New York, 1946에서 북의 의미로, "a symbol of primodial sound and a vehicle for the word for tradition and for magic"을 들고, 북의 목적을 "with the aid of drums, shamans can induce a state of ecstasy. It is not only the rhythm and the timbre which are important in the Symbolism of the primitive drum, but since it is made of the wood of 'the Tree of the world', "the mystic sense of the later also adheres to it"이라 하여 M. Eliade의 *Images et Symboles*, Paris, 1952를 인용하고 있다. 그리고 M. Schneider의 *El origin musical de los animales cimbolos en la mitologia y la escultura antiguas*, Barcelona, 1946를 인용, 가장 충만한 신화적 이념을 갖는다고 하면서 그 기능과 의미를 다

이와 같이 살펴보건대, 종(소리)과 북(소리)은 종교적으로 매우 그 연원이 깊음을 알 수 있거니와 현재에도 각 종교의 의식으로서 종을 사용함은 물론 불교나 무교에서도 북을 사용하고 있음을 미루어, 弓弓·田田을 이런 것들의 표현이라 할 수 있을 것이며, 그것은 종교적인 힘 다시 말하면 현세적 욕망 때문에 하늘을 망각한 무리에게 그것을 깨우쳐주고, 압박과 수탈을 당하는 피지배층에게 해방과 구원을 준다는 그러한 의미를 획득한다. 이런 점에서 弓弓(弓乙)·田田을 절대 신성, 도덕 완성의 세계를 암시하는 것으로 보려고 한다.

둘째, 실용적인 힘을 가리킨다고 본다. 단적으로 말하여, 弓弓은 무기의 힘을 그리고 田田은 산업(농업생산)의 힘을 각각 상징하고 있다고 생각한다. 이것은 조선조 후기의 실학사상과도 어떠한 관계를 설정할 수 있는 것이 아닌가 싶다. 물론 이해의 문제라든가, 개혁의 방법에 있어서 커다란 차이를 보여주며 그것은 신분적 계

음과 같이 열거하고 있다.
"According to schneider, the drum is, of all musical instruments, the most pregnant with mystic ideas. In Africa, it is associated with the heart. In the most primitive cultures, as in the most advanced, it is equated with the sacrificial altar and hence it acts as a mediator between heaven and earth · However, given its bowl-shape and its skin, it corresponds more properly to the symbolism of the element of earth. A secondary meaning turns upon the shape of the instrument, and it should be noted that is in this respect that there is most variation in significance. The three essential shapes are: the drum in the form of an hour-glass, symbolizing invention and the 'relationship between the two worlds' (*The Uper and the Lower*); the round drum, as an image of the world; and the barrel-shaped, associated with thunder and lightning."

층의 차이를 원인으로 하지만, 민생에 밀착된 혁신에의 지향이라는 점에서 공통 요소를 찾을 수 있다는 말이다. 하여튼, 문약한 양반층의 부패와 발호 그리고 서구자본주의의 침략에 따른 위협의 한 대응책으로서 무력의 준비와 그 배양이 시급하게 요청되었을 것이다. 필자는 이런 점에서 수운의 검결을 주목하고자 한다. 수운이 은적암에서 숨어 지낼 때 "道理가 더욱 밝아감에 스스로 희열喜悦을 금禁치 못하"[187]여 목검을 짚고 달 밝고 바람 맑은 밤에 산봉우리에 올라 이 노래를 지어 불렀다고 한다.

青衣長衫 龍虎將이　　　如此如此 又如此라
팔이 동방 자제들아　　　너도 득도 나도 득의
시호 시호 이내 시호　　　부재래지 시호로다
만세일지 장부로서　　　오만년지 시호로다
용천검 드는 칼을　　　아니 쓰고 무엇하리
무수장삼 떨쳐 입고　　　이칼 저칼 넌즛 들어
호호망망 넓은 천지　　　일신으로 비껴서서
칼노래 한 곡조를　　　시호시호 불러내어
용천검 날랜 칼은　　　일월을 희롱하고
게으른[188] 무수장삼　　　우주에 덮여 있네
만고 명장 어디 있나　　　장부당전 무장사라
좋을시고 좋을시고　　　이내 신명 좋을시고[189]

---

187 이돈화, 『천도교창건사』, p.32.
188 '게으른'이 아니라 '긔氣오른' 인 듯.
189 천도교중앙총부, 『천도교경전』, 1961, p.127.

이 노래는, 천제天祭를 정성껏 올린 뒤에 춤과 함께 불렀기 때문에 벽사진경辟邪進慶의 굿 풀이로 해석할 여지도 없지 않다. 그러나 잘 분석해 보면 이 노래만큼 확연한 결의와 박진감 있는 진취적 기상을 보여주는 것도 드물다. 득도 과정에 대한 설명도 없고 자기 가문에 대한 긍지나 자랑도 없으며 계몽적인 설교도 없다. 당당하게 현재에 서서 미래를 열려는 확고한 의지로 가득 차 있을 따름이다.

"시호시호 이내 시호 부재래지 시호로다"는 이제 시운時運이 도래하였다는 결의이다. 이것은 동학사상의 중요한 핵의 하나로서, 시운이 돌아와 이제 '때'가 되었다는 선언에는 강렬한 출발의 의지가 들어 있다. 갑오농민전쟁 때 농민혁명군이 이 구절을 소리높이 외쳐대면서 죽음의 적진에 뛰어든 저간의 사정을 충분히 이해할 만하다. '때의 기다림, 때가 왔음' 이것은 부패한 지배계층에 억눌린 농민 또는 몰락 양반 등 불만으로 가득 찬 피지배 계층에게는 간절한 복음일 수밖에 없다. 그리하여 기다리던 '때'의 도래에 임하여, "용천검 드는 칼을 아니 쓰고 무엇하리"의 적극적인 투쟁의 결의를 보여주는 것이다. 용천검龍泉劍의 칼은 단순히 싸움에 있어서 무기일 뿐 아니라, 썩은 것, 더러운 것, 거짓인 것, 억압하는 것 등의 척결을 위한 구원의 열쇠라는 상징을 가진다.

모순의 척결이라는 점에서 다음과 같은 현대시의 칼과 동궤의 것이다.

苦熱과 自身의 탐욕에
여지없이 乾燥 風化한 넝마의 거리
모두가 虛飢 걸린 게사니같이 붐벼 나는 속을

―칼 가시오!

―칼 가시오!

한 사나이 있어 칼을 갈라 외치며 간다.

그렇다.

너희 정녕 칼들을 갈라

시퍼렇게 칼을 갈아 들고들 나서라

그러나 여기

善이 詐欺하는 거리에선

倫理가 暴行하는 거리에선

칼은 깍두기를 써는 것밖에는 몰라

칼은 발톱을 깎는 것밖에는 감쪽같이 몰라

環刀도 匕首도

食칼처럼 값없이 버려져 녹슬거니

그 環刀를 찾아 갈라

匕首를 찾아 갈라

식칼마저 모조리 시퍼렇게 내다 갈라[190]

    50년대 자유당 정권 말의 부패상을 한 시인은 위와 같이 노래했다. 이러한 칼은 바로 수운의 그것에 접맥되어 있다. 검결의 경우 현실의 부정不正에 대한 저항이나 대결에서라기보다 무기숭배의 원시 신앙이 투영되어 있음을 전적으로 부정할 수는 없다. 무기에 초자연적인 힘을 인정, 그것을 숭배하는 것을 고대 이집트인이나

190 류치환, 『제구시집』, 한국출판사, 1957, pp.84~85. 「칼을 갈라!」 전반부.

켈트인에서 발견할 수 있다고 하는데[191] 자고로 칼은 권능의 한 상징으로 써 온 것도 사실이다. 그러나, "게으른[192] 무수장삼 우주에 덮여 있네, 만고명장 어디 있나 장부당전 무장사라"에서 우리는 수운의 혁명 의지를 극명하게 간파할 수 있어, "이내 신명 좋을시고"가 단순히 샤먼적 엑스터시가 아님을 분명히 알 수 있다.

어쨌든, 검결은 문약한 부유腐儒의 횡포와 서구자본주의 제국들의 침략을 겨냥한 노래임이 분명하다. 오지영이 그의 『동학사』에서 기록한 바, 우리 해안에 수시로 출몰하여 직접·간접으로 위협을 가하는 '양인洋人'을 제어하는 데에는 검무劍舞밖에는 없다 하여 검무일편劍歌一篇을 지었다는 사실은 그러한 사정을 강력하게 뒷받침해 준다.

이러한 사실은 수운의 생애에서 보인 어떤 일면과 맥락이 닿아 있다. 몰락 양반의 서출(적손 없는)로 태어나서 처가에 의지해 산 적이 있다거나, 떠돌이 장수로서 생계를 유지하며 세상의 고통을 몸으로 체험하였다거나, 그런 사실도 물론 간과할 수 없는 일일 터이지만, 그보다는 그가 평소 말을 즐겨 타고 다녔다는 점, 활쏘기를 좋아했다는 등 일련의 사실이 검가와 관련하여 주목되기 때문이다. 조동일은 수운이 태어난 곳에서의 이야기판을 통한 구전설화에서 수운에게 영향을 준 최림의 존재를 찾아내 "병서를 공부하고 육도삼략 같은 것에도 깊은 관심을 가졌"[193]던 문제의식의 중요

191 小口偉一·堀一郎, 『宗教學辭典』, 東京大學出版會, 1973, p.638.
192 각주 188에서도 말한 것처럼 앞뒤 문맥으로 보아 '게으른'은 '긔오른'의 오기로 보인다. 나태함, 근면, 성실성이 없는 부정적 의미이기 때문이다.
193 조동일, 『동학 성립과 이야기』, 홍성사, 1981, p.220.

성을 강조한 바 있다.

　최옥보다 더 주목해야 할 사람은 최옥의 삼종 아우인 최림이다. 최림의 사상은 최제우가 동학을 여는 데 깊은 영향을 미쳤을 것 같은데, 지금까지 이 사실이 알려진 바 없다. 최림은 최제우처럼 서자였다 하며, 과거 보기를 단념하고, 선비로서의 마땅한 길이 백성의 어려운 처지를 바로 인식하고 나라를 위기에서 구할 방책을 찾는 데 있다고 하면서 실학이라고 불러도 좋을 사상을 전개했다. 세도 정권을 제거하고 왕실을 보호하고, 유능한 인재를 발탁해서 백성의 힘을 기르지 않고서는 나라를 지킬 수 없게 되었다고 경고했으며, 자기 자신이 아주 어려운 처지에 있었기 때문에 전래적인 유학의 한계를 벗어나 현실을 직시하고자 했다.[194]

　최림의 현실 인식이 최제우에게 절대적인 영향을 미쳐, 난국 타개를 위한 활로를 무력武力의 힘에서 찾았다고 볼 수도 있을 것이다. 궁궁弓弓의 이로움을 설명하는 『정감록』의 설명에서 대리大利로서의 무궁武弓은 그러한 뜻을 내포하고 있다. 사전(『석명釋名』)에 나타난 "장지궁궁연張之穹穹然" 또는 弓弓을 강야彊也(『설문說文』), "弓有力也 或作 弓弓(궁유역야 혹작 궁궁)"(『集韻(집운)』)도 역시 같은 문맥에서 파악해야 할 것이다.

　弓弓이 무력의 강조라고 한다면 田田은 이와 달리 농업, 생업을 가리키며 풍부한 생산에 역점을 둔 것이라고 할 수 있다. 『맹자孟

194 위의 책, 같은 곳.

子』의 이루 하편離婁 下篇에 보이는,

所謂西伯善養老者 收其田里 敎之樹蓄 導其妻子 使養其老

속의, 田은 생업을 가리킨다. 그러니까 생업에 성실이 봉사함으로
써 생산성을 끌어올릴 뿐 아니라 안정과 평안을 찾는다는 의미가
내포되어 있다.

> 萬百姓 根本이라 　　吉地 찾아가지 말고
> 今日부터 改心하소 　　天生萬民 名受 직업
> 職業을 힘쓰면서 　　弓乙之歌 불러보자[195]

이러한 가요에서 그러한 사상이 잘 나타나 있다. 또한, 이러한 생
각에는 항상 수탈만 당해 오던 천대자로서의 피지배계층에 대한
애정이 숨어 있음을 간과해서는 안 될 것이다.
　田은 畋과 같은 자로 씌어지기 때문에 '수렵'으로 보아 '무武'와
의 관련을 살펴볼 여지가 없지 않으나, 동학의 사회적 배경을 놓고
볼 때 합리적인 이해가 불가능하다.
　셋째, 弓弓(弓乙), 田田은 모두 용用·화和의 뜻을 가지고 있다.[196]
자형字形으로 볼 때도 그러하며 잠재해 있는 내포적 의미로도 역시

---

195 한국정신문화연구원,『동학가사東學歌辭』II, p.420,「궁을가弓乙歌」
196 필자가 계룡산 신흥암에서 얼마 동안 있었을 때, 당시 그곳 주지인 명초로
　　부터 계시받은 바 많다. 그는 신도안에서 출생, 그곳에서 청소년기를 보냈
　　으며 어렸을 때는 동학의 신도였다. 그리고 그 방면에 많은 견문과 식견을
　　가지고 있었다. 이 견해도 그의 도움이 크다.

그러하다. 먼저 용用이라는 측면에서 살펴보기로 한다. 자형字形으로 볼 때, 弓과 弓을 연접하여 쓰거나 弓과 乙을 또한 연접하며 쓰면 田字가 된다. 이 점은 '이재전전利在田田'에서 살펴본 바와 같다. 그런데 田字를 종從으로 연접해 쓰면 '畕'이 되는 바, 바로 이것은 '씀, 活用함'의 用字다. 언뜻보면 문자文字의 유희라 하여 타기될 가능성이 없지 않다. 그러나 동학정신이나 그것을 담은 가요에서 용用의 의미를 쉽게 찾아볼 수 있다면 그러한 거부는 한낱 기우에 지나지 않을 것이다.

草野空老 英雄덜아   弓弓乙乙 用化하라
弓弓成道로다
九變九復 此時是化   弓乙이야 用神이라
弓弓成道로다
利在弓弓 氣和하야   늘 부른則 用誠이라
弓弓成道로다[197]

(윗점 필자, 이하 같음)

八條目이 다시 밝어   三綱五常 用序로다
弓弓乙乙 成道로다.[198]

이러한 예에서 용用의 다양한 쓰임을 찾아낼 수 있다. 그런데, 용用은 나락에 떨어진 인륜도덕에 생혼을 불어 넣어 줄 뿐 아니라, 공

197 주 195의 책, p.283, 「궁을가弓乙歌」
198 위의 책, p.284. 위와 같음.

리공론을 지양, 실용적인 경제문제 등에 역점을 두어 살 길을 찾고
자 하는 데에 그 의미가 있다. 사회의 동요와 급격한 전변을 망각한
채, 현상을 유지하려는 급급한 태도에 쐐기를 박으면서 동적인 현
실을 수용하려는 적극적인 의지가 거기에서 발견된다. 실학자들
이 유학에 철저히 바탕을 둔 경세제민의 실사구시를 지표로 하였
다면, 동학은 기왕의 종교들을 부분적으로 수용하면서도 결국 기
왕의 종교를 거부하는 독자성의 혁명적 성격을 지니는바, 권력에
서 소외된 몰락 양반, 지식인층이나 양반의 수탈에 시달리던 농민
계층으로부터 열렬히 환영을 받았다는 사실에서 그 특유의 용用에
대한 사상을 찾을 수 있다. 해월이 지시한 여러 가지 사항들, 이를
테면 '내수도문內修道文'도[199] 이러한 차원에서 이해해야 한다.

둘째는 화和의 사상이다. 천도天道에 따른 용用은 바로 화和이며
화和는 모든 것의 근간이 된다. 기실 弓弓乙乙 또는 田田은 원형이정
元亨利貞의 천도天道에 의거한 용用이자, 화和이다.

앉을 座字 알았으면   定할 定字 行해 보소
알거든 願誦하소   心和氣和 되느니라
一身氣和 되게되면   一家眷이 되느니라
萬戶和氣 되게되면   一國卷이 되느니라.[200]

(윗점 필자, 이하 같음)

草野에 늙은 英雄   弓弓乙乙 用和로다

199 『천도교서』 II, 『아세아연구』 제5권 제2호, p.301.
200 같은 책, p.425, 「임하유서林下遺書」

九變九復 此時天地	弓弓用和로다.[201]
弓乙불너 人和하면	災殃春消 五福이라[202]
萬和 弓乙 來臨하니	生活之方 뉘알소냐[203]
至誠으로 人和하면	天地神靈 ᄉ랑하ᄉ[204]
화ᄒᆞ긔운 조아니며	슌흔 마음 닥거니여
부모님게 효도하며	가장의게 공경하며
상하에 화목하여	빅쳔만ᄉ 살피면서
쳔만인을 디졉하되	원망읍시 하여너여
그디 몸에 죄 안되면	이내 몸에 죄 미칠시[205]
弓弓乙乙 造化 中에	萬物和暢 自然일세[206]

이밖에도 화和를 노래하고 있는 작품은 많다.

화和는 삶을 가진 자, 특히 불안하거나 핍박을 당하고 있는 자에게 있어 하나의 이상이다. 『중용中庸』에 "和也者 天下之達道也(화야자 천하지달도야)"하고 천하의 달도達道를 군君과 신臣, 부父와 자子, 부夫와 부婦, 곤昆과 제弟, 붕朋과 우友의 다섯 가지라 하였다. 그리고 화和는 중中에 합하기 때문에 "致中和에 天地가 位焉하고 萬物이 育焉"한다고 하였다. 모든 것을 질서와 조화의 개념 안에서 파악하고 있다.

---

201 같은 책, p.419, 「궁을가弓乙歌」
202 위와 같음, p.417, 「궁을가弓乙歌」
203 위와 같음, p.416, 「궁을가弓乙歌」
204 『동학가사東學歌辭』I, p.514, 「팔괘변역가八卦變易歌」
205 위의 책, p.80, 「부화부슌장」
206 『동학가사東學歌辭』II, p.419, 「궁을가弓乙歌」

『악기樂記』에서 말한 대로 "和하기 때문에 百物은 皆化"한다면 화和는 생활의 모든 면에서 요구되지 않을 수 없다. 화和의 공헌에 대하여 위정통韋政通은 '한마음, 和順(화순), 和睦(화목), 調和(조화), 和諧(화해), 和樂(화락)' 등을 들고 끝으로 동同과 화和의 차이점을 들고 있는 바, 조화에 대한 제가諸家의 개념을 열거해 보면 다음과 같다.[207]

莊子: 齊物篇—「和之以天倪」

莊子: 天下篇—「以樂爲和」

管子: 四時篇—「歲掌和 和爲雨」「日掌陽 月掌陰 歲掌和 陽爲德 陰爲
　　　　形 和爲事」

　　: 內業篇—「凡人之也 天出其精 地出其形 合此以爲 人和乃生 不和
　　　　不生」

筍子: 天論篇—「陰陽大化 風雨博施 萬物各得其和以生 各得其養 以成」

呂氏春秋: 貴公篇—「陰陽之和 不長一類 甘露時雨 不私一物 萬民之主
　　　　不阿一人」

　　　: 大樂篇—「凡樂 天地之和 陰陽之調也」

禮記: 禮運篇—「禮義以爲紀 以正君臣 以篤父子 以睦兄弟 以和夫婦」

　　: 樂記篇—「樂者 天下之和者也」

周敦頤: 通書 · 禮樂—「禮理也 樂和也 陰陽理而後和……萬物各其理
　　　　然後和」

朱熹: 語類 卷九二—「問樂, 曰……古聲只是和 後來多以悲恨爲佳」

207 韋政通, 앞의 책, pp.394~396.

유가뿐 아니라 도가, 법가들에 있어서도 만물의 생성과 유지의 원리로서 그 중요성이 논의되고 있는 것이다.

예禮와 절節을 체體로 삼는다면 악樂과 화和는 그것의 용用인데, 이것은 삼라만상의 조화생성을 균형 있게 유지시켜 준다. 비가 내린다거나, 바람이 분다거나 하는 따위의 자연현상도 화和에 말미암은 것이며 생명의 태어남과 그 자라남도 역시 화和에 의하여 이루어진다. 음과 양의 화和. 부父와 자子의 화和, 부夫와 부婦의 화和 이러한 것들이 바탕이 될 때 사회의 화和도 이룩된다. 그러므로 화가 되지 않거나, 깨어질 때 싸움과 파괴가 따른다.

따라서 화和를 지키기 위해서 화和를 깨뜨리는 가장 근본이 되는 요인을 제거하지 않으면 안 된다. 특히 사람과 사람의 불화에서 오는 갈등과 그것으로 인한 비극을 해소시키기 위하여 서로 간에 깊이 도사리고 있는 '원冤'을 푸는 길을 찾게 된다. 이른바, '해원解冤'이다.

바둑板과 바둑돌은	主人차지 되었구나
堯之子는 丹朱로서	바둑板을 받을 적에
後天運數 열렸으니	解冤時代 期待려나
叮寧吩咐 이러하다	이 理致를 뉘알소냐[208]

(윗점 필자, 이하 같음)

---

208 한국정신문화연구원, 『동학가사東學歌辭』 II, p.433. 「초당草堂의 봄꿈」, 이 노래는 주로 증산교계에서 많이 쓰이며 해원사상은 원시반본原始返本, 천지공사天地公事 등과 함께 그 핵심사상이다. 이것은 동학 전반에 스며있는 사상이라 해도 틀리지 않는다.

눈어둡고 귀먹은 사람　　해원하려 차저든이
해원시대 만나오니　　해원이나 하여보자
재가 무엇 안다하고　　요리조리 핀개타가
正한 날리 어금업시　　별안간에 닷쳐오니
싹고 싹은 저 사람은　　해원운을 여러놋코[209]

　위에 든 노래들은 정통적인 동학의 노래라 하기에는 주저되는
바 없지 않으나, '해원解寃'을 노래하고 있다는 사실에 주목하지 않
으면 안 된다. '해원'은 화和의 원천적 요건이기 때문이다. 화和는
이러한 해원 사상에 침투되어 확대되었는데, 이것은 전래 가무강
신의 '풀이'에 근원을 두고 있다. 이러한 점에서 동학은 "靈肉(령육)
이 一致(일치)되는 天人合一(천인합일)의 造化思想(조화사상)을
계승하여, 이를 다시 그의 「守心正氣(수심정기)」 법에 의한 「새 동
학(東學)」의 극의(極意)로서의 「천주교侍天主」 사상思想에로 발전
(發展)"[210]시켰다는 견해에 수긍이 간다.

　이상 살펴본 바와 같이, 필자는 弓弓(弓乙), 田田을 마음[心], 太極
(운동 변화의 원리), 窮(弱) 등의 견해들을 전적으로 부정하지 않
으면서 세 가지 견해를 첨가하여 설명하였다. 곧 첫째로 종소리 ·
북소리로서 종교의 성스러움과 그 감화성으로 인한 도덕 세계의
구현, 둘째로 문약文弱과 정반대로 무강武強으로서의 궁弓 및 경세
제민으로서의 전田을 결합하여, 경제적으로 피폐하고 정신적으로

209 위의 책, p.395, 「남강철교南江鐵橋」
210 조용일, 「동학의 사상적 배경」, 『한국사상』 III, p.175.

나약한 당대의 중병을 수술코자 한 저의가 숨어 있음을 수운의「검가劒歌」와 결부시켜 살펴보았다. 끝으로 자형字形 및 철리에 의거하여 용用과 화和의 의미로 파악하였다.

다양한 제 견해와 필자의 의견을 모두 종합해 볼 때, 가장 타당한 것은 약弱과 용화用和이다. 『정감록』의 경우는 주로 약弱에 해당하지만, 동학가요의 경우에 있어 그대로 적용되는 것은 아니다. 수운의 글에 나타난 영부靈符(선약仙藥)으로서의 궁을弓乙은 표면상의 의미로 보아 약弱과 거리가 멀다. 그러나 후기의 분파 동학에 이르러서는 『정감록』의 영향을 직접적으로 크게 받고 있어 약弱의 의미가 두드러져 보이기도 한다. 그러한 의미는 결국 용用과 화和의 뜻으로 종교적인 승화를 보여주는 데 에 이르게 된다. 용用은 삶의 현상 자체의 역동적인 변화의 바탕이요, 그 용用을 조화롭게 움직이게 하는 것이 화和인 바, 이것은 천계, 지계 또는 인계의 살아 있는 질서요, 규범이며 또한 즐거움이므로 최선, 최상의 위치에 놓이는 것이다.

이러한 견해 이외로, 弓을 强으로, 乙을 弱으로 보아 强과 弱의 조화로 풀이할 수도 있으며, 弓을 활로 보아 적극적이요 능동적이라면 乙을 새鳥로 보아 소극적이요, 수동적인 것으로 각각 풀이할 수도 있을 것이다. 또는 弓과 乙을 다 같이 공중으로 쓴다거나 또는 공중으로 나는 것이라 하여 속박으로부터의 해방을 뜻한다고 말할 수도 있을 것이다.

어쨌든, 여러 가지 견해의 속출에도 불구하고 궁궁(궁을)弓弓(弓乙)의 진정한 의미는 베일 속에 감추어 있다고 할 수밖에 없을 것이다. 시대에 따라, 조명의 입장에 따라 다른 의미로 나타나질 것이기 때문에 이런 점에서 궁을弓乙의 뜻은 인세나 미시이며 바로 그 생성하는 불가해의 미지가 궁을弓乙의 참뜻인지 모른다.

V. 궁을사상의 역사적 의미

궁을弓乙을 중요시하는 사상 곧 궁을사상은 몇 사람의 불순한 의도에 의하여 조작된 것이라고 할 수는 없다. 물론 처음에는 『정감록』에 보이는 바처럼 지혜 있는 도참가에 의하여 만들어졌을 것이다. 그러나 거기에서 그냥 머물 수 있을 터인데 어찌하여 동학의 많은 노래에 침투되고 일반인들에게 그렇게 무서운 위력을 발휘해 왔던가, 이러한 점이 해명되어야 할 것이다. 이러한 해명은 한국정신사의 근거를 밝히는 작업이 된다.

먼저 궁을弓乙사상의 수용 원인을 살펴본 다음에 궁을사상의 궁극적 의미가 무엇인가를 알아보고자 한다.

1. 궁을사상의 수용 원인

궁을사상은 앞에서 살펴본 바와 같이 『정감록』에 그 연원을 둔다. 『정감록』 속에 이미 나타나 있는 것을 수운이 영부靈符이자 선약仙藥이기도 한 것의 형태로서 채택(사실은 상제上帝로부터의 강서降書이다.)하였으며, 또 지배계층이나 피지배계층을 막론하고 궁궁ㄹㄹ만을 찾기에 급급하다고 꼬집으면서 궁궁ㄹㄹ을 원용하였다. 뒤에 가서 궁궁ㄹㄹ(궁을ㄹ乙)은 갑오농민전쟁 때 수호신(부적)으로 쓰였고 마침내 동학의 상징으로 사용되었다. 수운, 해월, 의암의 정통적인 동학에서 벗어난 시천교, 경천교, 동학교 등등에서는 궁궁(궁을)을 그들 나름으로 변형시켜 와상渦狀과 나선螺線으로 나타냈는가 하면 아자亞字로 나타내어 백십자白十字라고 부르기도 하였다. 그런가 하면, 교리를 널리 포교하는 것을 목적으로 하거나 신앙심을 돈독하게 하기 위하여 쓰인 그들의 가요(가사)에서 궁을ㄹ乙을 매우 빈번하게 담고 있다. 「궁을가ㄹ乙歌」ㆍ「궁을전전가ㄹ乙田田歌」 등 궁을ㄹ乙을 제명으로 하는 것들도 상당수에 달한다. 가위, 뒤에 와서는 궁을ㄹ乙의 전시장이라는 느낌이 들 정도로 궁을ㄹ乙이 나타난다. 이러한 흐름을 요약하여 표시해 보면,

古代信仰 → 鄭鑑錄 → 水雲 → 東學ㆍ天道敎, 敬天敎 ↗

          ↘ 侍天敎, 靑林敎 →

          ↘ 甑山敎, 水雲敎 등등 ↘

이렇게 될 것이다.

그러면, 무슨 이유로 고대신앙에서 연원한 것을 『정감록』에서 궁을ㄹ乙로 변형시켜 수용하였으며 그것은 또 어떻게 하여 수운한 데서 이용되었고 그 뒤 동학 분파에서 그렇게 집중적으로 나타났는가를 규명해 볼 차례다.

편의상 『정감록』을 중심으로 하여 그 이전과 이후로 나누어 살펴보고자 한다. 『정감록』 이전의 시기는 너무 긴 시산이기 때문에

간단하게 고찰하기는 어려운 문제가 아닐 수 없다.

외래문화와의 충돌acculturation이 일어나기 이전의 상고시대가 갖는 신앙의 보편적인 성격은 대체로 애니미즘, 샤머니즘 또는 토테미즘, 마나이즘이라 할 수 있을 것이다. 우리의 경우, 가장 두드러지게 나타나고 있는 것은 제천 의례이다. 삼국지 위지 농이선에 보이는 부여의 영고, 고구려의 동맹, 예의 무천이 그러하며 삼국사기에 빈번하게 보이는 삼국의 제례가 또한 그러하다. 점차 농본 사회로 정착되면서 제천의식은 조상숭배 신앙과 결부되어 그 뿌리를 넓혔다. 이러한 가운데에 외래의 고급종교들이 들어와 충격을 주면서 재래의 신앙에 습합되었다. 외래종교 가운데에서 가장 큰 영향을 준 것은 불교인데, 받아들이는 계층에 따라 굴절되어 서로 다른 모습을 보여주었다. 말하자면, 지배계층의 수용과 피지배계층의 그것이 달랐다는 것이다. 지배계층이 주로 호국적인 불교로 수용, 발전시켰다고 한다면 피지배계층은 기복적인 것으로 수용되었다. 본디부터 원시 신앙에 따라 하늘과 조상을 섬겨온 민중에게 불교는 매우 크게 영향을 끼쳤다. 민중에게 특히 강한 호소력을 발휘한 불교 신앙은 주로 약사 신앙, 정토 신앙, 관음 신앙 그리고 미륵신앙이다. 이것들은 모두 현세의 고난과 질병으로부터 구원받는 것을 공통으로 한다. 약사 신앙은 특히 신라 중기에 크게 유행하였으며, 분황사의 약사 동상이 삼십만 육천칠백 근이었다는 삼국유사의 기록이[211] 그러한 사실을 충분히 입증한다. 오늘날에도

211 일연,『삼국유사』권3
　　塔像 第四 皇龍寺鍾 芬皇寺藥師 奉德寺鍾 又明年乙未 鑄芬皇寺藥師銅像 重三十萬
　　六千七百斤 匠人本彼部強古乃末

곳곳에 약사불을 봉안하고 있음을 발견하게 되는데 이것은 난치병이 주는 고난으로부터의 해방이라는 치료적 측면뿐 아니라 현세적인 사회의 병을 시술하여 안락한 낙토를 형성한다는 그런 의미까지 내포한다. 이러한 치병술이 불교에 있어서는 하나의 방편임이 확실하지만, 전통적인 샤먼의 주술력에 접합되어 확산되었던 것이다. 수운의 선약도 간접적으로 이러한 신앙의 흐름과 관계를 갖는다.

약사 신앙이 현세의 직접적인 고난과 표리의 관계를 맺고 있다면 미타(정토) 신앙은 사후의 안락을 갈망한다는 점에서 내세 지향적이다. 사람이 숙명적으로 가지고 있는 목숨의 시간적 한계에 대한 공포의 필연적 산물이다. 대부분 종교가 내세를 설정하고 그 내세에 역점을 주는 까닭도 거기에 있다. 말하자면 영생에의 욕망. 죽음이 없는 장생불사에의 간절한 염원이 숨어 있는 것이다. 그런데, 내세 지향이 대개 현세의 부정을 수반하게 되지만 불교의 경우는 그 양상이 다르다. 가령 지배계층에 있어서는 현세의 영화를 사후에까지 끝없이 연장하려는 욕구로서 드러났으며, 피지배계층에서는 현세의 고난을 하나의 숙명처럼 여기고 현세에서 착하게 살아 내세에서나 복락을 누리고자 하는 소극적인 현세 위안으로 나타났다. 두 계층의 신앙형태가 비록 같으나 목표에 있어서 상반됨은 상호 이해의 첨예적인 표현이 아닐 수 없다. 여기에서 주목하고자 하는 것은 종교의 최면적 역기능의 발로인 바, 현실의 개조에 기여하지 못한다는 사실이다. 이런 점에서는 관음 신앙도 거의 마찬가지다. 천수천안을 가진 관음보살은 고통을 받는 사람들에게 대자대비의 구세주이다. 고통스러운 것을 어루만져 위로해 주고 또한 안락한 세계로 안내해 준다. 그러나 그뿐이다. 여러 가지의 많은 괴로움 속에 살아야 했던 사람들 특히 서민층의 부녀자들이 왜 주로 관음 신앙에 의지하였나를 극명하게 이해할 수 있다. 이러한 사정은 불교의 나라인 일본의 경우도 같으며 여타의 나라도 유사할 것이다. 관음경에 관음보살을 일러, "신통력神通力을 구족具足하고 널리 지혜 방편을 닦아서 시방의 모든 국토에 나타난다"[212]고 하였고 또한 "중생이 곤액困厄을 입어서 무량한 고통이 몸에 핍박하거든 관음 성현의 묘지력妙智力으로 세간고世間苦를 구원한다"[213]고도 하였다. 이러한 복음으로서의 관음 신앙은 현세의 고난과 불안을 극복하는 데에 있어서 위력을 나타내었으나 미타 신앙과 마찬가지로 기복적인 한계를 벗어나지 못한 게 사실이다.

앞에 든 신앙들에 비하여 현실성을 띠고 있는 것은 미륵 신앙이다. 결론부터 말하면, 미륵신앙은 현세적인 민간신앙의 기반이다. 여성적인 기복 불교의 차원을 훨씬 뛰어넘어, '진인대망眞人待望'과 낙토의 부활이라는 적극적인 꿈이 짙게 깔려있다. 미륵신앙은 미륵상·하생경에 근거를 두는 바, 현재에는 보살로서 도솔천에서 설법하고 있지만, 석가모니불의 예언에 따라 그의 나이 4천세가 되는 미래에 인간 세상에 나타나 용화수 아래서 성불, 중생을 제도한다는 것이다. 미륵불이 나타날 때는 정법正法과 상법像法의 시대를 거쳐 말법末法의 시대라고 한다.[214] 말하자면 세상이 혼탁할 때에 구

---

212 『법화경法華經』 보문품普門品, 具足神通力 廣修智方便 十方諸國土 無刹不現身
213 위의 책, 衆生被困厄 無量苦逼身 觀音妙智力 能求世間苦
214 이종익 편저, 「미륵경전 및 무석정복보중호無錫丁福保仲祜」, 『불교대사전』, pp.2763~2766 참조.

세주로서 나타나는 미래불이 바로 미륵불이다. 때문에 미륵신앙은 현실 개변의 후원자로서 끊임없이 작용했다. 궁예도 미륵으로 자처하였고 견훤 역시 미륵으로 군임하여 많은 지지자를 얻었다. 그뿐 아니라 많은 혁명가가 미륵으로 자처, 거사를 일으켰으며 또 신흥종교의 카리스마적인 교주들도 거의 예외 없이 미륵임을 강조하고 있다.[215] 미륵신앙은 그야말로 폭넓은 민중 신앙이었으며 지금까지 줄기차게 내려오는 사상이기도 하다. 다음과 같은 견해는 그러한 사실을 분명하게 드러내 준다.

> 미륵신앙은 이미 초전불교初傳佛教 당시부터 성행한 것으로 보이며, 오늘날 남아 있는 고구려의 미륵 반가상半跏像이나 그 밖에 고승들의 미륵경에 대한 장소章疏가 시대를 거슬러 올라가 통일 신라기 이전부터 찾아볼 수 있다는 사실로 미루어 보아도 미륵신앙의 유래가 매우 뿌리가 깊은 것임을 알 수 있다. 또한, 미륵신앙은 문자 그대로 지하수처럼 흘러 민중의 심층에 뿌리내렸으며, 앞서 다루어 본 선종과는 달리, 靜態的인 신앙형태가 아니라 動態的인 역할을 했음이 틀림없다. (……) 하지만, 미륵신앙의 경우 再臨主에 대한 대망 사상이 민중의 구체적인 욕구와 결부됨으로써 민중 신앙의 한 양태로 두드러지게 부각되는 것이다.[216] (윗점 필자)

이러한 '진인대망眞人待望'의 사상은 사회질서가 동요될 때마다

215 증산교의 교주도 그 대표적인 예나.
216 황선명, 『민중 종교 운동사』, 종로서적, 1980, p.185.

부상되곤 하였다. 후삼국의 성립 시기가 그러했으며 임진·병자의 양란 때가 또한 그러했다. 조선조의 역성혁명과 임진, 병자의 양란을 배경으로 하여 생겨난. 민간의 신앙도 미륵과 무관하지 않다. 『정감록』에 비록 미륵의 출현에 대한 언급은 없으나 "眞人(진인)이 남쪽에서 나온다."라거나 "眞人(진인)이 南海島(남해도)에서 태어난다."라는 기록을 볼 때, 미륵신앙의 한 변형이라 간주해도 될 것이다. 소위 남조선사상南朝鮮思想이라는 것도 그런 차원에서 이해해야 옳을 것이다. 육당六堂은 '南(남)'을 '앎' 곧 前方(전방)으로 새기어 '앞으로 올 미래'라 하였으나[217] 십승十勝의 땅이 모두 반도의 남쪽에 있는 것을 보면 북쪽의 국경에 접한 외적의 부단한 침략 곧 지정학적 결과가 아닌가 싶다. 어쨌든, 남조선은 이상의 공간으로 『정감록』에 나타나 있으며 이것은 뿌리 깊은 민간신앙으로 성장하였다. 육당은 남조선사상의 특성을 첫째로 관념적 산물이 아니라 객관적 사실의 충동에서 자연히 성립된 것이라 하였고 둘째로, 완정고정된 것이 아니라 미완성, 가변동可變動의 것으로서 무한한 진보, 발전이 준비되어 있고 끝으로, 공중누각이 아니라 행동적으로 실현에 매진하지 않으면 안 될 하나의 당위(當爲, Sollen)로 보고 있다.[218] 그리고 당위로서의 중요성을,

> 남조선 신앙은 기왕에 있어서도 幾多의 역사적 소임을 치렀지마는, 이것을 의식적 지표로 쓰는 금후에 거기 대한 기대

217 최남선, 『육당최남선전집』 3, 현암사, 1973, p.61.
218 위의 책, 같은 곳.

가 더 클 것을 우리는 생각합니다.[219]

라, 하여 강조하고 있다.

궁을사상이 아노미anomie 상태에서 활로를 여는 열쇠이며, 이상적 시공을 내포하고 있음이 분명하다면, 난세에 처한 백성들이 갈구하는 '진인대망眞人待望'이나 '남조선사상南朝鮮思想'과는 표리의 관계를 맺는다고 하지 않을 수 없다. 따라서 활로를 제시해 주는 민간신앙의 예언서로서의 『정감록』은 궁을사상을 강조하는 데에 역점이 놓이게 된다.

- 사방 도둑이 쳐들어오리라
- 신년 춘삼월申年 春三月과 성세 추팔월聖歲 秋八月에 인부仁富 사이에 밤에 배 한 척 이 머물고 안죽安竹 사이에 쌓인 시체가 산과 같고 려광驪廣 사이에 사람의 그림자가 영영 끊어지고 수당隋唐 사이에 흐르는 피가 시내를 이루며 한남 백 리에 닭과 개의 울음소리와 사람의 그림자가 길이 끊어진다.
- 황해도 평안도는 3년 안에 천 리에 사람의 집에서 밥 짓는 열기가 없어진다.
- 아전이 태수를 죽이고도 조금도 거리낌 이 없고 상·하의 분이 없어지고 강상지변綱常之變이 자주 일어나고 임금은 어리고 나라는 위태로워 외롭고 의지 없을 때 대대로 녹 먹는 신하는 죽음이 있을 뿐이다.

219 위와 같음.

- 9년 동 큰 흉년이 들고 백성이 나무껍질을 먹고 살며 천 리에 이어 선 소나무가 하루아침에 희어지고 4년 유행병에 인명이 많이 감소되고 사대부 집은 인삼으로 망하고 벼슬하는 집은 이를 탐하다가 망한다.
- 큰 흉년이 자주 들고 호환虎患으로 사람이 상하고 생선과 소금이 아주 천해지고 내가 마르고 산이 무너지면 백두산 북쪽에서 오랑캐 말이 울고 양서兩西 사이에 원한으로 인하여 흘리는 피가 넘치니 한남漢南 백 리에 사람이 어찌 살리?
- 한양 백 리에 사람의 그림자가 길이 끊어지고 양서兩西는 3년 내내 백 리에 사람을 못 본다.

이러한 투의 처절한 말세적 예언은 매우 많다. 어쩌면 『정감록』의 전부를 메꾸고 있다고 보아야 옳을 것이다. 물론 이러한 공포는 임진·병자 양란, 당시를 볼 때 허무맹랑한 것이 아니라 외우내환의 환난 속에서 언제인가는 겪어야 할 현실이었다. 이러한 현실을 타개할 수 있는 길이 어디에 있는가, 그것이 문제였다. 혹자는 십승十勝의 땅 등을 열거하여 풍수 사상에 따른 도피와 은둔 일변도라고 비판하기도 한다. 사실 그러한 비판을 비난할 수 있는 여지는 없다. 그러나 단순히 어떠한 상황을 피하는 데에서 명철보신책明哲保身策을 찾으려 하지 않는 데에 주목하지 않으면 안 된다. 송松·가家·전田의 궁극적 의미와 전田에 해당하는 궁을弓乙은 단순히 도피만을 가리키지 않는다. 당시 많은 사람에게 어떠한 해석을 하도록 했는지 그 구구함은 차치하고라도, 그것은 궁극적으로 활로였으며 어디엔가 준비된 낙토樂土였다. 절망이 절망에 그치지 않고 신천지를 제시해주고 있다는 것은 중요한 의미를 지닌다.

그러한 궁을弓乙을, 경세제민의 높은 뜻을 품은 수운이 외면할 수 없었던 것은 너무 당연한 일이다. 질병을 고침으로써 장생불사를 할 수 있는 영부 곧 선약은 당시 많은 서민층에게 있어서 메시아였다. 가난하고 병든 사람들이 입도入道하게 된 중요한 동기도 선약에 있었음을 부정할 수 없다. 아무런 지식을 전제하지 않고서 수삼 년만 성경신誠敬信의 수심정기를 다 하면 도통할 수 있다는 그 기적 같은 가능성도 물론 동기로서 크게 작용하였다. 그런데, 영부의 모습을 수운은 왜 하필 태극太極이라 했고 또 궁궁弓弓이라 했을까, 이러한 의문에 부딪히지 않을 수 없게 된다. 여기에 대해서 두 가지의 서로 다른 대답이 나올 수 있다. 하나는 무의식적인 강서이기 때문에 수운의 의도가 전혀 개입되지 않았다는 것이요, 다른 하나는 궁을弓乙을 찾는 당시의 대세를 교묘하게 이용하였다는 것이다. 두 입장을 모두 거부할 수 없는 데에 문제가 있다. 왜냐하면, 두 면을 다 지니고 있다고 보이기 때문이다. 궁궁弓弓의 형形이 강서의 한 표현이라면 여기에 수운의 작위적인 의도가 개입될 수 없다. 이런 점에서 영부(선약)의 궁궁형弓弓形은 천상적이요, 절대적인 의미를 획득하게 된다. 논리를 초월한 신비의 효험이 거기에서 발생한다. 그러나, 궁궁형弓弓形이 신비체험의 어느 순간에 필연적으로 나타난 것으로만 이해되지 않는다. 그의 노래 가운데에,

우리도 이 세상에   利在弓弓 하였다네
매관매직 세도자도   일심은 弓弓이요
전곡 쌓인 부첨지도   일심은 弓弓이요

유리걸식 패가자도　일심은 ㄹㄹ이라

「몽중노소문답가夢中老少問答歌」

라든가,

이재궁궁 찾는 말을　웃을 것이 무엇이며
불우지시 한탄 말고　세상 구경 하였어라
송송가가 알았으되　이재궁궁 어찌알고

(위 노래와 같음)

　속에서 빈번히 보이는 ㄹㄹ은 무엇을 의미하는 것일까? 수운이,
이미 상하계층의 모든 사람이 '살 수 있는 곳'으로서의 ㄹㄹ을 찾고
있음을 잘 파악하고 있다는 것이 된다. 따라서 ㄹㄹ을 수운이 이용
함으로써 자기의 주장에 호소력을 부여했을 것이라는 견해가 성
립된다. 뛰어난 종교적 엘리트로서 그러한 지혜와 지모가 수반할
수도 있을 것이다. 그러나 그가 노래한 가사의 문맥을 잘 살펴보면
『정감록』에 나타난 세속적인 ㄹㄹ을 그대로 수용하고 있지 않음을
알 수 있다. 『정감록』의 기록을 받아들이되 똑바로 이해해야 한다
는 견해이다. 진시황이 녹도서의 예언 곧 진秦을 망亡하게 할 자는
호胡라는 말을 믿고 호胡를 막기 위하여 백성의 고혈을 짜 만리장
성을 쌓았으나, 결국 그의 아들 호胡에 의하여 망하였으니, 그러한
지나간 이웃 나라의 사실을 거울삼아 ㄹㄹ을 올바로 이해해야 한
다는 주장이 숨어 있는 것이다. 그러나 그뿐 ㄹㄹ의 의미를 명백明白
하게 드러내 주지 않는다. 그것은 그가 파악한 깨달음의 내용 곧 천

도天道임이 분명하지만, ㄹㄹ의 실체를 무엇이라고 집어서 말하지 않는 데에 종교적 자력이 생기게 된다. 수운이 그의 개명한 이름처럼 우중愚衆을 제도濟渡하기 위한 방편으로, 불가지의 ㄹㄹ에 향한 열망을 수렴하고자 ㄹㄹ을 썼으리라고 보지 않을 수 없다.

수운의 뒤를 이어 해월 등에 의하여 '마음[心]', 또는 '약동의 원리' 등으로 파악함으로써 천도교 본래의 교리를 확립하는 데에 이바지하였다. 하지만 피지배계층의 서민이 대부분인 신도들은 전래의 민간신앙에 따라 이해하였다. 현실의 압박에서 벗어나 안락의 세계를 찾는 데에 안내자이자 목표는 ㄹㄹ(ㄹ乙)이었으며 그것은 『정감록』에 있는 그것이었다. 동학의 ㄹㄹ과 『정감록』의 그것이 서로 거리를 가지고 있는 것이 아니라, 혼연일체 된 하나의 범주로 간주하였다. 이러한 데에는 미개성과 민간신앙의 집요성이 물론 작용하였지만, 그보다 내외의 시대적 상황이 크게 압력을 가해 왔다. 1894년 고부에서 시작한 갑오농민전쟁은 전주성의 함락을 거쳐 승승장구 북진하다가 결국 공주 우금티에서 관군과 일군의 막강한 화력에 의하여 패하게 된다. 동학에 가담했던 사람들의 일가족은 그 뒤에 가차 없이 학살되는가 하면 가산이 모두 몰수되어 인심은 날로 흉흉하였다. 거기에다가 일로청日露清의 각축전이 벌어지고 정권을 장악한 특수지배계층은 그 와중에서 방향감각을 상실한 채 우왕좌왕하였다. 결국, 일본이 극동에서 종주권을 쥐게 되자 점차 일본 제국주의 식민지화되어 1902년에는 영국과 일본이 동맹을 체결하고 일본의 한국에 대해 침략을 승인하게 된다. 1905년에는 을사조약이 체결되어 사실상 우리 강토와 민족은 일제의 손아귀에 들어가고 그 5년 후에는 드디어 한일합병의 비극을 당하게 된다. 이러한 혼란의 소용돌이 속에서 의암義菴의 천도교를 제외한 동학교도들은 은밀하게 일제에 저항하거나 또는 아이러니하게 일제의 비호를 받으면서 적지 않은 분파分派로 종교 활동을 벌였던 것이다. 주로 모악산과 계룡산 일대에 몰려든 서민집단 대부분은 염세적인 종교지향인이거나 또는 한 지역에서 정착할 수 없을 정도로 소외된 사람들로서 거의 동학 교도들이었다. 이들에게 ㅋㅋ(ㅋ乙)은 활인검活人劍이었고 그것은 수운의 그것보다 말세적 구원처로서의 『정감록』에 가까웠다. 그리하여 후기 동학 분파의 가요들에는 ㅋ乙이 갑자기 증가하기에 이른다. 한 노래 속의 ㅋ乙은 말할 것 없고, ㅋ乙을 표제로 한 노래도 속출한다. 그리고 ㅋ乙을 표제로 하는 노래들은 다른 노래보다 더 가치를 부여하고 하나의 경經으로 간주하는 경향이 농후해진다. 빼앗기고 짓밟힌 그들의 미래는 오직 ㅋ乙에 연결되었으며 ㅋ乙은 그들에게 절대의 성城이요, 견고한 유토피아였다.

요컨대, 『정감록』의 예언으로서 막강한 위력을 가진 ㅋㅋ(ㅋ乙)은 수운에게 있어서 종교적으로 변형, 수용하였으나 압박과 불안 속에서 신음해야 했던 서민 대중의 신도들은 둘을 구분하지 않고 하나로 받아들여 메시아의 표상으로 여겼으며, 점차 국내외 정세가 복잡하고 험악해지자 그 정도는 더욱 배가하게 되었던 것이다.

2. 궁을사상과 유토피아Utopia

다 아는 바와 같이 동학의 신도들은 거의 농민이었다. 그들은 토지를 소유하지 못하여 농토를 떠나 유랑하거나 중소 지주층의 소작이 되거나 아니면 임금 노동자가 되었다. 이러한 농민층의 급속한 분해를 가져온 원인을 여러 측면에서 생각해 볼 수 있다. 농업기술의 향상으로 노동력의 감소를 초래한 것도 그 원인의 하나가 될 것이며 부농층의 수익성 높은 환금작물 재배, 향시의 증설에 따른 부동층의 상인 전업 등등도 그 이유가 될 것이다. 그러나 가장 큰 원인은 양반계층의 수탈이 아닐 수 없다. 생활의 기반을 잃고 헤매는 그들에게 살아남을 수 있는 길은 무엇이었던가? 민란으로 나타나는 저항의 방법이 있었지만, 관의 탄압에 의하여 잔혹하게 핍박을 받아야만 했다.

이때 이들에게 있어서 『정감록』은 하나의 구원이었다. 이씨 왕조는 반드시 망하고 새로운 세상이 온다는 예언이 있기 때문이었다. 말하자면 핍박과 압제의 시대는 가버리고 희망에 찬 새 시대가 갈아든다기에 그들은 『정감록』을 맹신하였고 지배계층은 이것을 탄압하였다. 그럴수록 은밀하게 『정감록』을 신봉하는 계층은 확대되었다. 그리하여 국가에 대항하는 민중의 봉기에 반드시 『정감록』이 따라 다녔다. 정여립의 난이 그러하고 홍복영, 홍경래의 난이 그러했다. 그뿐만 아니라 대소의 빈번한 민란에도 항상 『정감록』이 수반되었다. 『정감록』은 말세적인 공포를 조성하는 데에 기여하는 것이 아니라 오늘을 참고 내일을 기다리며 또한 미래를 여는 원동력이 되어 주었다. 육당의 다음과 같은 긍정적인 견해도 이런 점에서 이해된다.

대개 『鄭鑑錄』이란 것은 宣祖朝로부터 正祖朝에 이르는 어느 시기에 혁명운동상 필요로서 자료를 민간신앙 방면에 取하여 미래국토의 희망적 표상으로 만들어낸 것인 양합니다. (……) 대저 『鄭鑑錄』은 壬辰·丙子 大亂 이후 李씨의 조정에 대한 민중의 신뢰심이 극도로 박약하고, 장래에 대하여 암담한 정을 이기지 못할 즈음에, 당시의 애국자가 민중에게 희망과 慰安을 주기 위하여, 李씨가 결딴나도 鄭씨도 있고 趙씨, 范氏, 王氏도 있어서 우리 민족의 생명은 久遠코 불멸하느니라 하는 신념을 심어 주려 한 열정이 『鄭鑑錄』 전편에 일관하여 흐르는 것이 아닌가 합니다.[220] (윗점 필자)

　『정감록』의 저변을 흐르는 역사관은 허무적인 것이 아니고 낙천적이요, 미래지향적이다. 역사를 고착적인 입장에서 보지 않고, 끊임없는 변화로 파악하고 있다. 이것은 크게 보아 易사상의 영향이라고 볼 수도 있으나, 난국의 현상을 부정함으로써 신천지를 연다는 그런 현실적 혁명의 의지가 숨어 있다는 점에서 서로 다르다. 이런 점에서 『정감록』은 허황한 도참서가 아니다. 물론 세부적인 내용에 있어서는 허무맹랑한 점이 없지 않다. 그러나 중심을 일관하는 역사철학은 시사하는 바가 많다. 『정감록』에 스며있는 역사관은 다음과 같이 셋으로 집약할 수 있을 것이다.[221]

　첫째로 기존의 질서와 체제에 대한 거부다. 특히 '현재'의 양태가 부정과 착취로 인하여 아노미 상태를 노정할 때 기존의 세력과 질서에 대한 도전이 강력하게 나타난다. 조선조 후기 혁명이나 민

220 최남선, 위의 책, p.60.
221 황선명, 위의 책, p.199.

란을 기도한 사람들이 또는 일제 시 일부 민족운동이 『정감록』과 긴밀한 관계를 맺고 있다는 사실은 저간의 사정을 말해 준다. 둘째로, 진인眞人에의 대망待望이다. 이것은 서구적인 시민사회로서의 민주주의를 체험해 보지 못한 데에서 생긴 발상이겠지만, 도덕을 갖춘 카리스마적인 영웅이 나타나 당면한 혼란을 쾌도난마식으로 해결해 주기를 열망하는 데에서 기인한다. 『정감록』 중의 정도령鄭道令[222]은 그 대표적 예가 된다. 셋째로, 유토피아에의 바람이다. 현실부정도 사실은 유토피아에의 갈망 때문에 나타난다. 그런데, 단순히 '있을' 개연성의 세계가 아니라 '있어야 하는' 필연적인 세계라는 점에 주목하지 않으면 안 된다.

이상의 셋을 한 가지로 집약한다면 그것은 이상세계에의 지향 곧 유토피아에 대한 염원이라 할 수 있다. 유토피아에의 갈망으로 인하여 현실도 부정하게 되고 진인도 대망하게 되기 때문이다. 따라서 『정감록』에 나타난 유토피아 상像을 좀 더 분석해 볼 필요가 있다. 이것은 수운의 가사를 제외한 동학가요의 弓乙사상을 규명하는 첩경이 될 것이다. 'Utopia'라는 말은 원래 희랍어 'Utopos'에서 나왔는데 'U'는 'not'을 뜻하며 'tops'는 'place'를 의미한다. 그러므로 어원적으로 Utopia는 nowhere 곧 '어디에도 없는 곳'이 되는 셈이다. 이러한 어원은 유토피아의 성격을 잘 드러내 준다. 가장 이상적인 세제는 항상 현실과의 거리를 엄격하게 유지한 채, '산 너머 저쪽'에 있기 때문이다. 완전한 낙원이란 사실상 관념으로 존

---

222 鄭道令은 正道令으로 바꾸며, 그 근거는 音의 동일함에도 물론 있지만, 사정사유四正四維의 '田'에 둔다. 그리하여 '바른길' 또는 '바른길을 갖춘 자'는 미래의 구원처―'田'이 된다.

재할 뿐, 눈앞에 실현될 수 없다는 점에서 다분히 공상적이고 환상적이다. 그러나 현실이 만족스럽지 못할 때, 또는 일부 계층엔 쾌적하더라도 수정을 요구할 때 가능한 세계의 꿈을 그리는 것은 당연한 일이다. 서구와 중국 그리고 우리나라의 경우를 각각 개관하고자 한다. 이러한 조감도적 개관은 궁을사상이 갖는 utopia의 특성을 분명 하게 드러내 줄 것이다.

서구에 있어 유토피아의 추구는 플라톤Platon의 『공화국Republic』, 아리스토텔레스Aristotle의 『정치학Politics』 등에서 비롯하여 루소Rousseau의 『사회계약론Social Contract』 토마스 모아Thomas More의 『유토피아Utopia』, 캄퍼넬라Campanella의 『태양의 도시』, 모를리Morelly의 『자연의 규범Code de la Nature』, 모리스Morris의 『무하유지향無何有之鄕으로부터의 뉴스News from Nowhere』, 웰즈H. G. Wells의 『근대적 유토피아A Modern Utopia』를 거쳐 Turbot, Condrorect, Hegel, Spencer 그리고 Marx에까지 이른다.[223] 이밖에도 Toynbee, L. Mumford, B. F. Skinner 등등도 포함되지만, 이상의 세계를 추구한다는 점에서 여타의 많은 사상가와 문학가들이 포괄된다. 위에 열거한 유토피아 추구의 저작들을 통하여 보편적인 경향을 추출한다는 것은 어리석고도 어려운 일이다. 왜냐하면, 사상가나 작자의 당면 현실에 입각한 전망이요, 바람이기 때문에 다양하게 나타남으로써다. 그러나 '좋은 사회'에서 '안락한 삶'을 누리는 곳이 유토피아라는 사실은 공통적 성격인 바, '사회' 속의 관계에 역점을 두고 있다는 게 그 특징으로서 지적될

---

223 D. L. Sills ed., *International Encyclopedia of the Social Sciences*, vol. 16, The Macmillan, 1979², p.268.

수 있을 것이다. 물론 문학자들의 작품과 사상가들의 사상서에 보여주고 있는 유토피아와 그 접근방법은 크게 차이가 있음을 부정할 수 없다. 문학작품의 경우, 그 특유의 상상 세계로 인하여 비현실적인 이상의 세계를 구축하기 마련인데 유토피아문학의 효시라고 흔히 일컫는 모아More의 『유토피아Utopia』가 그 대표적인 예가 된다. 이『유토피아Utopia』에는 24개의 아름다운 정원 도시가 있으며, 적은 노동으로도 즐겁고 풍요로운 생활을 누릴 수 있는 안락이 마련되고 있다. 가공도架空島의 이러한 세계는 다분히 'nowhere'의 세계라 할 수밖에 없다. 낙원 지향은 이처럼 다분히 가공적이며 비현실적 요소를 바탕으로 하고 있다.[224]

　중국의 경우는 어떠한가? 중국에는 크게 보아 세 가지 유형의 이상향이 있다.[225] 첫째의 것은 복고적 세계이다. 그것은 천심과 인심이 상통하였던 요순 그리고 하·은·주의 삼대의 시대이다. 논어에 나타난 공자의,

周監於二代 郁郁乎文哉 吾從周	「팔일八佾」
如有用我者 吾其爲東周乎	「양화陽貨」
甚矣 吾衰也 久矣 吾不復夢見周公	「술이述而」

224 유토피아 추구에 대한 서구의 현대사상은 만하임, 마르쿠제, 마르크스 등 등 다양하지만 이 글에서는 논외로 한다.
225 황원구,『중국사상의 원류』, 연대출판부, 1979², pp.243~246.

이러한, 글 속에서 상고적尙古的인 이상향의 추구를 엿볼 수 있다. 프로이트식으로 말하면, 의식이 분열되기 이전의 원초적 시간에 낙원을 설정하는 일종의 요나 콤플렉스로 풀이될 수도 있을 것이다. 유년기와 아득한 과거를 이상경으로 간주하는 것은 시간과 공간을 벗어나 보편적 성향이라 보이기도 한다. 둘째의 것은, 미래적인 이상경이다. 이 경향은『대동서大同書』가 극명하게 보여주는데, 19C 말 구미 자본주의 제국의 도전과 그에 대한 보수적 수구세력에의 비판이 숨어 있는 것으로 강유위康有爲의 공양학公羊學에 그 근거를 둔다. '난거亂據'의 현실에서 소강小康의 상태인 '승평세升平世'로, 다시 대동大同의 세계인 '태평세太平世'에 향상되어 마지막 단계에 가서는 빈부, 귀천, 강약 또는 노소, 남녀, 부부의 불평등 관계가 해소되면서 지구 위에는 단일정부가 된다는 것이다. 이것은 전통적인 이상형 추구의 그것이 아니며 또 특정 상황의 정치적인 비판의식이 강하게 작용했다는 점에서 보편성을 획득하고 있다고 보기 어렵다. 셋째의 것은 서민계층의 현실적 욕구에 따른 이 상향이다. 도연명의『도화원기桃花源記』나 이공좌의『남아태수전南阿太守傳』, 육조시대의『수신기搜神記』 등이 보여준 세계가 그 대표적인 예다.『도화원기桃花源記』는, 어느 어부가 철 아닌 때에 복숭아 꽃잎이 흘러내려 오는 것을 보고 꽃잎이 흘러내려 오는 강을 거슬려 한참 갔더니, 마침내 숲속의 작은 굴이 나타나 뚫고 들어갔는데, 진秦의 난亂을 피해 온 사람들이 진秦이 옛날에 망하고 이어 한漢을 거쳐 지금은 위진시대가 되었는데에도 전혀 알지 못하고 평화롭게 장수하면서 살고 있더라는 그런 이야기이다. 복숭아꽃으로 상징되고 있는 낙원으로서의 이른바 '무릉도원'은 다분히 선가적이다.

이러한 점은 이문잡사록異聞雜事錄인『수신기搜神記』에 더 짙게 나타난다. 이 마지막 셋째의 유형은, 전이자前二者의 관료적임에 비하여 서민적이며 또한 도교의 영향을 크게 받고 있다는 점에서 당세적이고 사회적이다. 도교의 신선술은 사회가 혼란할 때 특히 유행했던 것으로서 피지배계층의 사고와 행위에 큰 영향을 주었다. 지배 귀족계층이 유교의 질서에 전적으로 의존했던 데에 반해 서민계층은 고통과 좌절의식을 신선술(방술方術)에 의하여 보상받고자 하였다. 이것은 도교의 성격에 기인한다. 도교는 원래 고대의 민간신앙을 핵심으로 하여 역리, 음양오행, 의술, 점성 등의 이론에 무교적 신앙이 결합, 불로장생을 목적으로 삼는 현세 이익 추구의 종교인[226] 까닭이다. 따라서 피압박 계층이 그들의 고통으로부터 벗어나 낙토를 추구하는 데 있어 도교적인 신선사상은 utopia의 핵을 형성한다.

이상의 서구와 중국에 비하여 우리나라의 경우는 어떠한가를 살펴볼 차례다.

우리 민족은 고대에 있어서 Animism, Shamanism, Totemism 등의 신앙권에 속에 있었으며 숭천사상, 태양숭배사상 등을 가지고 있었다. 그리고 그들의 지향하는바 미래의 시간과 공간은 '광명' 곧 '밝음'이었다. 배달, 단檀·壇(군君), 백白(두頭), 아사달 등은 한결같이 '밝은 땅'을 뜻하는 말이다. 삼국三國이 성립되면서 고유신앙은 외래의 유·불·선 등을 수용하게 되었다. 이 가운데 에서 가장 이 상향 추구에 큰 영향을 끼친 것은 불교와 선교였다. 불교 중 크게 영향을 미친 것은 정토신앙, 관음신앙, 미륵신앙 등으로서, 이

226 차주환,『한국도교사상연구』, 한국문화연구소, 1978, p.22.

것은 전술한 바와 같다. 도가사상이 한민족에게 전파된 것은 매우 빨랐다. 삼국사기 백제본기 근구수왕조近仇首王條에 보면, 백제 근초고왕의 태자가, 패하여 달아나는 고구려군을 추격하려고 하자 그의 휘하에 있던 장군이 간諫하는데, 그 말속에 『도덕경道德經』의 귀절을 인용하고 있다. 앞에서도 잠깐 언급한 바 있지만 도교는 사회 또는 국가와의 갈등 을 해소해 준다는 점에서 유토피아 의식과 긴밀한 관계를 갖는다.

> 道家에서 다루어진 問題의 근원을 살펴보면 결국 社會와 자기와의 알력과 그것으로 빚어진 社會的인 모순을 해결하는 일과 자기 내부의 모순을 없애고 자기를 구출하는 것으로 낙착된다.[227]

이러한 모순의 해결과 자기 구원의 역할을 맡은 도교는 신선 사상神仙思想으로 발전하면서 우리 고유의 산악신앙과 결부되어, 사회가 혼란할 때마다 유행하게 되었던 것이다. 특히 도교는 고려조에 들어와 사회가 동요하면서 지식인 사이에 깊숙이 파고들었으며 조선조에 와서도 특히 후기에 있어서 외우내환의 병란이 잦자 계층의 상하를 막론하고 널리 유행하였다. 그리하여 현실이 주는 불안을 해소하려 하였고 또한 낙토에의 귀의를 시도함으로써 안심입명하고자 하였다. 이러한 풍조는 심지어 부녀층에까지 침투하였는 바, 허초희許楚姬 등에서 그러한 예를 찾을 수 있다. 물론 난설헌의 경우, 그의 친가 특히 허균許筠의 영향과 자신의 불우가 신

227 위의 책, p.17.

선 사상을 찾게 했겠지만, 현실과의 갈등, 이상의 추구라는 점에서 당시 소외계층의 한 정신적 반영임이 분명하다.

그런데, 특히 양반계층의 아웃사이더로서 그 당대의 모순을 파헤치고 가공의 이상국을 문학작품에 제시한 것은 허균의 홍길동전과 박지원의 허생전이 될 것이다. 모어의 유토피아 도島와 마찬가지로 '섬[島]'을 이상향으로 설정한 두 작품의 경우, 전자는 율도국을 내세워 만민이 평등한 관계 속에서 삶을 누릴 수 있는 사회적 낙토를 지향하였으며, 후자는 무인공도無人空島를 제시, 경국經國의 대도를 바람직한 경제활동에서 찾고자 하였다. 그러나 이러한 이상향의 제시는 높은 꿈과 뛰어난 현실 파악의 산물일 뿐, 민중의 보편적인 염원을 집약한 것이라고는 하기 어렵다. 봉건적인 하이어라키hierarchy의 불합리한 사회 속에서 수탈과 병란에 시달리는 서민계층의 바람은 그러한 섬에 있는 것이 아니다. 어떻게 하면 삶의 기본권마저 흔드는 현실을 잊어 볼 것 인가, 하는 도피와 은둔이 따랐으며, 각박한 현실이 새로운 것으로 바뀔 수 없을까, 하는 새 세상에의 바람이 끈질기게 일어났던 것이다. 절대의 능력을 소유한 진인眞人이 나타나서 난세를 과감히 타개하고, 시달림을 받는 사람들이 희망 속에서 살도록 했으면 하는 그런 염원으로 충만했던 것이다.

앞에서 서구와 중국 그리고 한국의 유토피아의식을 거칠게나마 개관하였다. 서구의 경우는 사회적 맥락으로서의 낙토 좀더 구체적으로 말하면 바람직한 사회적 관계 속에서 삶을 영위할 수 있는 이상적인 체제를 지향하고 있다고 하면, 중국의 경우는 지식계층의 공상적인 낙토와 일반 서민에까지 침투한 도교의 신선 사상에 따른 이상향에의 추구를 보여준다. 우리 한국의 경우는 중국의 영향을 많이 입고 있는바, 특히 도교의 경우가 그러하다. 그러나 단순히 도교에만 국한되는 것이 아니라 불교의 미륵신앙, 관음 신앙, 미타정토신앙 또는 풍수신앙, 고유원시신앙의 복합형태로 나타난다. 궁을사상은 바로 그러한 사상적 문맥 위에 있다. 궁을사상은 피지배계층의 이상향이요, 낙원 지향으로서 현실의 위안과 함께 미래에 대한 개척의 역동적 기능을 갖는다. 좌절과 수탈 속에서 삶을 견디게 하고, 그 견딤 속에서 미래를 기대하게 하는 생명수였다.

궁을사상의 특징은 단적으로 말하여 천인합일天人合一의 지상낙원, 지상선경의 설정에 있다. 많은 종교처럼 내세에 약속된 것이 아니라 현세에 존재하며, 가공架空의 저쪽[彼岸]에 있는 것이 아니라 여기[此岸]에서 실현된다는 믿음—바로 그 확신 위에 궁을사상은 존재한다. 그러므로 지상에서 좌절하거나 체념하지 않으며 현세의 시간을 포기하거나 부정하지 아니한다. 역사의 전변轉變에 대한 의지가 적극적이라고 할 수는 없을망정 끈질기게 작용하고 있다는 데에 실로 중요한 의미가 부여된다. 그러한 지상 선경, 현세 낙토의 바람을 동학가요를 통해 구체적으로 살펴보기로 한다.

첫째로, '봄[春]'에 대한 바람과 그 찬양이다. 이것은 수운의 한시漢詩에 오묘한 함축적 의미를 내포한 채 매우 빈번하게 나타나고 있으며 또한 여타의 많은 동학가요 속에 많이 드러나 있다.

春宮桃李夭夭兮	智士男兒樂樂哉
萬壑千峰高高兮	一登二登小小吟
明明其運各各明	同同學味念念同
萬年枝上花千朶	四海雲中月一鑑

「화결시和訣詩」

春風吹去夜	萬木一時知
一日一花開	二日二花開
三百六十日	三百六十開
一身皆是花	一家都是春

「탄도유심급歎道儒心急」

得難求難實是非難 心和氣和以待春和

「제서題書」

花扉自開春風來 竹籬輝疎秋月去

「영소詠宵」

風過雨過枝	風雨霜雪來
風雨霜雪過去後	一樹花發萬世春

「우음偶吟」

이상은 수운의 한시에서 봄을 노래한 부분만을 뽑아 본 것이다, 여기에 나타난 봄은 크게 둘로 나뉘는데 하나는 '만세춘萬世春'으로서의 대사회적, 대인류적 화평과 화해의 이상세계요, 다른 하나는 '일일일화개一日一花開'로서의 점진적인 수도의 단계와 그 경지의 상징이다.

알거덜낭 願誦하쇼	心和氣和 되나니라
一心氣和 되거되면	一家春이 될써시요

萬戶氣和 되거되면　一國春이 되나니라[228]

방탕지심 두지 말고　남과갓치 슈도하면
츈삼월 호시졀에　다시만나 보련이와[229]

슈명을 비러늬여　츈삼월 호시졀에
도셩덕립 할샤시니　부듸부듸 잇지 말고[230]

우리先生 하신말슴　春三月 好時節에
다시만나 놀아보세　하신말슴 그말슴이[231]

春風三月 도라온가　三月三日 이씰는가[232]

春三月 好時節에　好作仙緣 自然되야[233]

東方甲乙 三八木運　九十春光 化生之本[234]

一陽生春 씨가되야　春三朔이 도라온즉[235]

228 한국정신문화연구원,『동학가사東學歌辭』I, p.44,「임하유서」
229 위의 책, p.70,「경심장」
230 위와 같음, p.89,「부ᄌᄌ효장」
231 위와 같음, p.150,「허중유실가虛中有實歌」
232 위와 같음, p.161,「신심시경가信心時景歌」
233 위와 같음, p.223,「상작서하上作書下」
234 위와 같음, p.280,「오행찬미가五行讚美歌」
235 위와 같음, p.368,「논학가論學歌」

春風三月 好時節에　　　廣濟蒼生 그물싯고[236]

二七火가 佐翼되야　　　春末夏初 乘時로다[237]

春아春아 太平春아　　　四時安樂 太平春아[238]

三十六宮 都是春이　　　萬方安樂 太平일세

春아春아 太平春아　　　四時同樂 하여보세[239]

暮春三月 새가왓네　　　暮春三月 새왓시니[240]

　봄 또는 봄의 이미지를 담고 있는 노래는 참으로 많아서 일일이
발췌하기 어렵다. 위에 나타난 봄도 수운의 것과 같으나, 좀 더 구
체화되어 있다. 봄[春]은 역수易數로 삼팔이며 오행으로 목木이니
방위로 보아 동東에 해당한다. 그러므로 동방의 국토에 봄이 온다
는 역학적 설명이 따른다. 모춘삼월暮春三月이라든가 춘말하초春末
夏初가 빈번히 나타나고 있는데 이것은 '새로운 세상'이 도래한다
는 예언의 구체적 표현이다. 어쨌든, 봄은 혹독한 겨울(잔혹한 세
상)을 지나 삼라만상을 소생시키는 부활의 계절로써 상징성을 지

236 위와 같음, p.427,「춘강어부사春江漁父辭」
237 위와 같음, p.467,「연시가年時歌」
238 『동학가사東學歌辭』II, p.286,「궁을가弓乙歌」
239 위의 책, p.375,「사십구년설법가四十九年説法歌」
240 위와 같음, p.337,「창가唱歌」

니며 또한 만물이 함께 동락태평을 누린다는 점에서 유토피아의 다른 이름이다. 궁을ㄹ乙의 궁극적인 '和(화)'와 '用(용)'도 여기에 있다. 억눌린 세상에서 펴, 열려짐의 세상으로 전환하는 봄은 초목 군생의 만발한 꽃으로 하여 더욱 평平과 화和의 표상이 된다. 유토 피아란 화和를 바탕으로 하는바, 개아와 개아와의 조화에서 오며, 착취와 피착취, 지배와 피지배의 불균형 관계가 아닌 평등 속에서 자유를 누릴 때 찾아온다.

Although "Utopia" and "Utopian" mean many different things, when we speak of "Utopianism" we can speak of a persistent tradition of thought about the perfect society, in which perfection is defined as harmony, The harmony is of each man with himself and of each man with all others. (······) The word "harmony" itself is no doubt vague. It is apparent, however, that this word is merely a shorthand way of referring to a number of social conditions, each one of which is a manifestation of harmony. Among these conditions are perpetual peace; full satisfaction of human wants; either a happy labor or a rich leisure or a combination of both; extreme equality or inequality on a wholly rational basis;[241]

이러한 'harmony'의 표상으로서 '봄'이 노래되고 있다는 점을

241 David L. Sills ed., 위의 책, p.267.

상도할 때, 궁을ㄱ乙은 봄이요, 봄은 유토피아임을 다시 확인하게
된다.

둘째로, 때[時]와 기다림이다. 이것은 운수의 전변轉變을 뜻하는
바, 필연적으로 도래할 '새 세상'에의 기대가 그 근저를 이룬다.

時云時云覺者   「화결시和訣詩」

時乎時乎 이내 時乎 不再來之時乎로다   「검결劍訣」

時乎時乎 그때 오면 도성덕립 아닐런가   「수도사修道詞」

이상은 수운의 한시와 『용담유사』에서 뽑은 것인데, 「화결시和訣
詩」와 「수도사修道詞」의 것은 온건하며 미래형이지만 「검결劍訣」의
것은 현재형으로서 매우 힘차고 단호하다. 갑오전쟁 때 농민군의
진격가로 쓰이기도 했는데, 그 점 시사하는 바가 크다.

시호시호 그씨와셔   태평군왕 만닉거든[242]
時乎時乎 그씨허셔   神仙行次 行흔디도[243]
時乎時乎 말흔디도   信心者의 時乎로다[244]
오는運數 새를싸라   道德仁義 光華門이[245]

---

242 한국정신문화 연구원, 『동학가사東學歌辭』I, p.109, 「즈고비금쟝」
243 위의 책, p.178, 「신심시경가信心時景歌」
244 위와 같음.
245 위의 책, p.297, 「신화가信和歌」

時運時變 모르고셔	處卜할쥴 모른듸도[246]
元亨利貞 다모르고	如干아는 그걸밋고[247]
輪回時運 맑은氣運	次次次次 싸라가면[248]
時乎時乎 새오거든	사룸사룸 敎育하와[249]
時乎時乎 새가되면	無爲而化 그가온듸[250]

'時'는 두 가지 의미를 지닌다. 원형이정元亨利貞으로서의 변화가 그 하나요. 혁신적 시기의 도래라는 긴장의 정점으로서 출발을 의미하는 것이 다른 하나다. 그러나 두 의미는 모두 새로운 시대, 바람직한 사회를 바탕으로 하고 있다는 점에서 동일하다. '시時'에는 고통과 숨가쁜 기대가 복합되어 있으며, 필연적으로 도래한다는 점에서 확고하다.

셋째로, 후천개벽後天開闢의 사상이다. 이것은 '時(시)'와 표리의 관계를 갖는 바, 지상과 현세에서의 실현을 전제로 하고 있다.

> 어화 세상 사람들아　무극지운 닥친 줄을
> 너희 어찌 알까보냐
>
> 「용담가龍潭歌」

> 무극 대도 닦아내니　오만년지 운수로다.

246 위와 같음, p.316, 「창화가昌和歌」
247 위와 같음, p.389, 「오행시격권농가五行時格勸農歌」
248 위와 같음, p.406, 「인선수덕가仁善修德歌」
249 위와 같음, p.466, 「연시가年時歌」
250 위와 같음, p.469, 위와 같음.

이 세상 무극대도　　　전지무궁 아닐런가

　　　　　　　　　　「몽중노소문답가夢中老少問答歌」

십이제국 괴질운수　　　다시개벽 아닐런가

　　　　　　　　　　　　　　　(위와 같음)

만고없는 무극대도　　　이세상에 창건하니

이도 또한 시운이라

　　　　　　　　　　　　　「권학가勸學歌」

쇠운이 지극하면　　　성운이 오지마는

　　　　　　　　　　　　　　(위와 같음)

　수운의『용담유사』에서 후천개벽과 직접 연관되는 구절만 뽑은
것이다. 여기에 보면. 시간의 전변은 필연적이며 그 필연성은 철리
에 의거한다. 성운이 다하면 쇠운이 오고 쇠운이 다하면 또한 성운
이 온다는 생각인데 그 자체로서는 소박하게 보일 수 있다. 그러나
투철한 사회의식이 수반하고 있다는 점에서 혁명의 의지를 발견
하게 된다. 야뢰夜雷는 선천先天과 후천後天을 수운의 각도覺道 전후
로 나누어,

　　후천後天이라는 뜻은 先天과 相對된 名辞다. 假令 一個人으로 말

하면 出生以前이 先天이요, 出生以後를 後天이라 하는 것과 같이 大神師는 魚極大道로써 後天胞胎의 運이라 하여 庚甲四月以前을 先天이라 하고 以後를 後天이라 한 것이다. 即 由來 因襲의 生活과 大神師의 理想한 地上天國의 生活을 理想的으로 分別하여 가지고 前者를 先天의 迷라 하였고 後者를 後天의 覚이라 하여 이 時代를 後天開闢時代라 한 것이다.[251]

라, 하였다.

　카리스마적인 종교의 엘리트로서 교주의 어떠한 전기轉機를 중심으로 에포크를 설정한다는 것은 이해됨직하다. 그러나 거기에만 머물면 신앙으로서만 가치가 있을 뿐 교리의 이해에 도움이 되지 않는다. 선천先天·후천後天 그리고 개벽사상開闢思想을 사상적으로 이해해야 할 이유가 여기에 있다. 선천과 후천은 역사의 시간적 흐름에 있어서 가는 것과 오는 것, 가야 할 것과 와야 할 것을 각각 뜻한다. 선천은 낡은 시대요, 후천은 새 시대로서 당위의 세계다. 후천은 개벽에 의하여 열리는 신천지요. 이상의 낙토다. 고통과 불안을 제거한 유토피아가 바로 후천의 세계다. 이런 점에서 미래지향적이며 낙천적이다. 개벽의 세계를 야뢰는 삼대개벽이라 하여, 정신개벽. 민족개벽, 사회개벽으로 나누어 살핀 바 있는데[252] 그 근본 원리는 정체停滯의 거부요. 변화에의 갈망이다. 수운의 다음과 같은 글은 그 점을 분명히 해 준다.

251 이돈화,『수운심법강의水雲心法講議』, p.68.
252 ───,『신인철학新人哲學』, 일신사, 1963, pp.148~161.

況又 斯世之人兮 胡無知 胡無知 數定之幾年兮 運自來 而復之 古

今之不變兮 豈謂運 豈謂復

「불연기연不然其然」

물론 끊임없는 변화의 뒤에서 그것을 지배하는 원리를 이야기
하고자 한 것이지만, 무위이화無爲而化하는 조화의 원리를 전제로
하고 있다. 조화에 따라 갈아드는 현상을 극명하게 밝힘으로써 역
사를 동적인 측면에서 파악하고 있음은 진보적이라 하지 않을 수
없다.

한마디로, 후천개벽後天開闢은 지상천국의 도래를 의미한다.

VI. 결론

한말韓末의 역사적인 격랑기에 대처하는 방법들은 다양하였다. 민족주의라는 측면에서 볼 때 동학은 배타적이며 진보적 성격을 지닌다. 한홍수는 근대 민족주의를 분석하여 다음과 같은 도식으로 나타낸 바 있다.[253] 위정척사, 동도서기. 개화사상이 주로 지식층과 양반 귀족층에 의하여 수행되었다고 하면, 동학은 수탈을 당해 온 서민층이 자신의 계층은 물론 외세에 함몰되는 민족의 활로를 찾고자 한 점에서 차이를 드러낸다. 동학은 동기야 어쨌건 비록 성상聖上을 섬기는 군주주의를 택하였기에 혁신적 요소가 강하지는 않았으나, 수탈 양반에 대한 항거와 외국 침략자에 반기를 들었다는 사실에서, 그

주 체 적   개 방

| 전통적 보수 | 東道西器 제3형 | 開化思想 제4형 | 근대적 진보 |
| | 제1형 衛正斥邪 | 제2형 東學思想 | |

자 주 적   배 타

↑ : 대내적 차원의 공통성에 의한
　　대외적 차원의 발전 방향
→ : 대내적 차원의 공통성에 의한
　　대외적 차원의 발전 방향

253 한홍수, 『근대한국민족주의연구』, 연대출판부, 1977, p.72.

리고 그러한 흐름이 1894년의 갑오농민전쟁을 가져왔고, 이어 기미 독립운동의 중추적 세력이 되었다는 점에서 시사하는 바 크다.

앞에서 서술한 바를 간추리면 다음과 같다.

동학가요가 태어난 배경을 시대와 사상으로 구분하여 살피되 시대는 국내와 국외로 다시 양분하고 사상의 경우는 유·불·선과 천주교, 샤머니즘 등으로 나누어 고찰하였다. 국내의 양상은 극심한 사회적 모순으로 인하여 민란이 잇달아 일어났다. 삼정三政의 문란이 중요한 원인이었다. 거기에다가 콜레라 등 무서운 유행성 전염병이 퍼져 병사자들이 쌓였고 또 기근과 착취로 인하여 기아자가 속출하였다. 이러한 국내의 부패와 혼란에다 설상가상으로 서구 신흥 자본주의 제국들의 침략이 자행되었다. 이른바 이양선이 삼면의 바다에 나타나 위협을 가함으로써 인심은 더욱 흉흉하였다. 이미 대륙의 청淸이 유럽 제국주의의 손아귀에 들어가 비관적인 풍문이 돌면서 말세식 양상은 노골화되었다. 주로 청을 통하여 유입된 서구의 종교 천주교는 무서운 박해 속에서도 은밀히 전파되어 유·불·선의 마비된 기능을 대신해 주었다. 발달한 서구의 문물과 함께 천주교는 급속히 전파되었는데, 한편 많은 사람으로부터 위구심을 불러 일으키기도 하였다. 이러한 내·외적 상황 속에서 필연적으로 동학은 태어났던 것이다. 수운의 창조라기보다는 그 시대가 수운을 통하여 동학을 태어나게 했다고 함이 정확한 파악일 것이다.

동학은 교주 스스로 '무극대도無極大道'로서 옛날에도 지금에도 듣지 못한, 독창적인 종교라고 하였으나 반드시 그런 것은 아니다. 유교가 가져온 문벌 등을 배척하였으되 정명사상正名思想 등 핵심사상을 받아들였다. 교조의 신분적 계층이나 교양 또는 당대의 굳은 관습 때문일 수도 있고 또는 이와 반대로 스스로의 혁신적인 사상을 보호하기 위한 위장일 수도 있다. 불교의 영향은 두드러지 않은 듯하나, '마음'의 강조, 득도의 방법 등이 선禪에 가깝다. 도교의 영향은 매우 커서 무위이화無爲而化, 양기養氣, 장생長生 등이 그 영향을 받고 있다. 천주교에 대해서는 수운 나름의 이해를 하고 있으나 대체로 거부하고 있는데, 후기 동학에 가서는 배타적 감정 때문에 더욱 심화·확대된다. 그 밖에 샤머니즘, 도참신앙의 영향을 받고 있다. 특히 민간신앙의 바이블인『정감록』의 궁을弓乙사상이 크게 작용하였다. 수운은 표면상 세속인들의 궁을弓乙을 거부하였으나 결국 동학교도들에 의하여 적극적으로 수용, 다양하게 이용되었다.

동학의 가요(가사)에는 궁을弓乙이 빈번하게. 등장하는데 그 연원은『정감록』이다.『정감록』에서는 궁궁(弓乙)을 메시아로 나타내되 비의秘義의 베일 속에 가려 놓음으로써 구구한 억측을 낳게 하였다. 그러면, 수운水雲의 글은 물론 여타의 많은 노래에 무수하게 등장하는 궁을弓乙은 도대체 무슨 의미일까? 그 의미망은 매우 넓다. 저서들 또는 계룡산 일대에 퍼져 있는 것들을 면밀히 수집, 정리해 보면 이렇다.

첫째, 마음 또는 '心'자字의 초서草書: 해월·오지영 등 정통적인 동학 곧 천도교 측의 견해이다.

둘째, 태극太極과 천심天心: 수운의 글에 근거를 두며 이것도 야뢰 등 천도교 측의 교과서적 견해이다.

셋째, 방형:태극은 원圓, 궁궁(弓乙)은 방方으로 보고 둘을 합해 천원지방天圓地方이라는 주장이다.

넷째, 운동 또는 변화의 원리: 弓弓(弓乙)을 동태動態로써 파악한 것인데 여기에는 조금씩 차이를 보여주는 다양한 견해가 포괄된다. 곧, 변화의 기본원리, 무궁의 상징, 태극의 원리 등이 여기에 속한다. 이 중 태극의 원리는 다시 용도用道, 음양의 조화, 음양의 이치와 인내천의 원리로 나뉜다.

다섯째, 원만무애의 상징: 원만하고 거침없음의 뜻으로 파악하는 호소이 하지메細井肇의 견해이다.

여섯째, '활활'의 훈차: 마음의 문과 재물의 문을 열어 교류해야 한다는 뜻으로, 계룡산 일대 동학 신도 간의 견해이다. '활활'은 열려 있음, 탐욕에서의 초탈, 활활活活, 밭 등등의 견해로 간주하기도 한다.

일곱째, 이재전전利在田田: 『정감록』에 송松, 가家, 전田의 난亂에 따라 세 가지 구원처(구제방법)를 이야기하고 있는데, 弓弓(弓乙)은 田에 해당한다고 보는 주장이다. 이것은 『정감록』 신봉자나 동학교도(서민계층의 동학교도는 거의 『정감록』 신봉자라 해도 지나친 말이 아니다.) 간에 가장 널리 퍼져 있는 견해이다. 이것에는 많은 견해가 있어서, 흉년의 양식, 피지배계층의 가난과 힘없음, 역학적 측면, '밭밭'으로서의 節義(절의)·四正四維(사정사유)·心田(심전)·기타·십자가·卍字(만자) 등등 참으로 다양하다.

여덟째, 弱(약)의 파자破字: 弓弓乙乙은 弱으로서 弱字(약자)의 파자라는 것인데 궁해야 살고, 피지배계층이어야 산다는 의미이다. 널리 알려진 견해로서 『정감록』 또는 수운, 해월 등의 언설에 그 사상적 근거를 둔다.

그밖에 '활활새새'(민첩), Z機(Z기) 등으로 보는 사람도 있다.

필자의 견해를 거기에 첨가하면 이렇다. 첫째, 종소리의 시니피앙으로 파악할 수 있다. 그것은 구원의 의미를 내포한다. 둘째, 실용적인 힘을 가리키는바, 궁을ㄹ乙은 무력을 田田은 농업(산업)을 각각 의미한다. 수운에게 큰 영향을 준 그의 당숙 최림의 존재와 수운 자신의 검결(검무)을 통해 그러한 사실을 확인할 수 있다. 셋째, 用(용)과 和(화)의 뜻을 가진다·用(용)은 역동적인 삶의 원동력으로서 和(화)는 유토피아의식으로서 각각 깊은 의미를 거느리고 있다.

이러한 여러 견해의 섭렵에도 불구하고 ㄹㄹ은 진정한 의미를 베일 속에 감추고 있으며 시간과 공간에 따라 그 상징적 의미는 생성, 변주될 것이다.

그러면 왜 이처럼 동학가요에 궁을사상이 수용하게 되었는가? 이것은 당대의 불안한 사회적 상황과 민중의 신앙사적 문맥에서 찾지 않으면 안 된다. 외래문화와의 충돌 이전에 가지고 있던 신앙은 상하를 막론하고 애니미즘·샤머니즘·토테미즘·마나이즘 등이다. 그 중 우리나라에 있어 두드러지게 나타나 있는 것은 제천의례다. 여기에 외래의 고급종교들이 들어와 습합되었는데, 외래종교 중 가장 크게 영향을 끼친 것은 불교이다. 지배·피지배계층에 따라 수용의 내용이 다른바, 부녀자들을 대표로 하는 서민계층에게는 주로 약사신앙, 미타정토신앙, 관음신앙, 미륵신앙 등이 침투되었다. 이것들은 하나같이 현세의 고통으로부터 구원을 받는 것을 공통으로 한다. 이 중 주목해야 할 것은 미륵신앙이다. 왜냐하면, 과거나 현재를 막론하고 민간신앙으로서의 신흥종교에는 반드시 그 핵에 자리하기 때문이다. 이른바, '진인대망眞人待望'과 '낙토樂土부활'의 염원이 강하게 투영되어 있어서 구제의 원리로 작용하였다. 그런데, 사회의 불만이 가중될 때마다 늘 '낙토樂土에의 꿈'이 고개를 들었으며 미륵신앙은 그 바람의 근거가 되었다. 궁을 弓乙사상은 바로 이러한 신앙의 흐름 위에 위치한다. 그러므로 당대의 메시아라 할 수 있는 궁을弓乙을 수운이 외면할 턱이 없었음은 분명한 일이다. 영부靈符(선약仙藥)에 결부시킨 궁궁(弓乙)은 그에게 있어 마음이기도 하고 천심天心이기도 하였겠지만, 서민계층의 대부분은 그렇게 받아들이지 않았다. 특히 수운/해월 등의 순교 이후 사회가 노골적으로 말세적 증상을 드러내자 궁을弓乙사상은 더욱더 확대되되,『정감록』적인 것의 일변도로 이해되기에 이르렀다. 동학교도는 대부분 농민이었다. 그들은 거의 농토를 소유하지 못하여 소작인이나 임금노동자가 되었다. 그들의 경제적 곤궁과 압박으로부터 헤어날 수 있는 길은 다른 세상에의 열망이었으며 이 열망은 메시아의 출현이었다.『정감록』은 그들의 그러한 욕구를 충족시키기에 충분하였고 그러한 욕구는 그들의 노래에 빈번히 나타나게 되었다. 궁을弓乙은 이러한 점에서 도래할 유토피아이며 궁을사상은 미래 지향의 낙천사상이다. 흔히『정감록』을 허무맹랑한 도참서라하여 일고의 가치도 없는 것이라고 매도하는 태도는 올바르지 못하다. 역사를 밀고 가는 것이 민중일진대, 민중의 절대적인 신앙서를 도외시할 수 없다는 사실도 그 이유가 되지만, 그보다는『정감록』의 저변에 흐르는 역사철학이라 할까, 역사관을 간과해서는 안 된다는 이유가 더 크다.『정감록』을 관류하는 역사관은 셋으로 나누어 볼 수 있다. 기존 질서와 체제에 대해 거부를 통하여 새 시대의 개벽을 이룩한다는 것이 그 첫째요, 초인의 능력을 갖는 완전무결한 도덕자, 진인眞人에의 대망이 그 둘째이며, 당위의 세계로서 유토피아에의 희망이 그 셋째다. 이상의 셋은 지상천국의 도래에 대한 낙관적 염원을 바탕으로 하고 있다. 원래, Utopia라는 말은 어디에도 없는 곳nowhere이라는 어원적 의미가 있다고 할 때 궁을ㄹ乙의 경우, 잘 들어맞는 것은 아니다. 왜냐하면, 궁을ㄹ乙로서의 유토피아는 반드시 현세에 등장한다고 확신하기 때문이다. 지상천국과 지상 신선이라는 현세적 요소는 서구의 것과 서로 차이를 보여준다. 서구의 것이 가공도架空島를 통한 이상국의 모습으로 존재하거나, 또는 사회관계의 치밀한 개선을 바탕으로 이상의 제시에 머물고 있다면, 우리의 경우는 절박한 당대적 요청으로 인하여 생긴 절규이며, 오지 않고는 안 되는 당위적 세계이다. 이러한 것은 중국의 경우, 도교의 신선 사상과 흡사한 데가 있다. 도가사상이 사회적인 모순을 해결하는 일과 자기 내부의 갈등을 해소하는 데에 기여한다고 하지만, 대개의 경우 그것은 은둔과 도피로 나타나며 자족적인 엑스터시의 상태에서 크게 벗어나지 못한다. 가령 우리나라에 있어 허초희의 경우를 보더라도 그녀의 불우와 좌절을 신선 사상으로 해결하려 함으로써 안심입명 하려 한 데에 지나지 않는다.

그런 점은 허균이나 박지원에게도 그대로 이어진다. 물론 교산이나 연암이 도교 사상에 의존하여 갈등의 해결을 시도한 것은 아니다. 난설헌이 자아중심적이라면 그들은 대사회적인 면을 지닌다. 그러나 절박한 민생의 문제를 바탕으로, 살아 있는 이상국을 찾지 않고 있는 점에서 서로 일맥상통한 바 있다. 홍길동전의 율도국과 허생전의 무인공도와의 거리는 사실상 없으며, 다만 뛰어난 지식인의 간접적 사회비판이 투사되었을 따름이다. 궁을사상은 낙원 추구라는 점에서 궤를 같이 하지만 좌절과 수탈 속에서 삶을 유지할 뿐 아니라 현세에 낙원을 설정한다는 사실로 보아 사실적이며 또한 역동적이다. 궁을사상은 동학의 가요 속에 세 가지 국면으로 드러난다. 첫째로 봄에 대한 바람과 찬양이며 둘째로 '時(때)'에 대한 투철한 인식 곧 기다림이다. 셋째로는 후천개벽사상인데 운수의 움직임으로 나타나고 있다.

이상으로서 교술적인 내용을 바탕으로 한, 동학가요(가사)를 통하여 궁을사상을 고찰하였다. 내부적인 부패와 외국 침략의 와중에서 '나'를 지키고 '민족'을 지키려는 역사적 산물이 바로 궁을사상임을 알았다. 이런 점에서 궁을사상은 환상적인 유토피아가 아니라, 그 당대의 현실에 즉卽한 지상의 낙원 설정이라는 사실을 거듭 강조하고자 한다.

참고 문헌

1. 저서

1. 姜在彦, 『朝鮮近代史研究』, 日本評論社, 1970.

2. 國史編纂委員會, 『東學亂記錄』 上·下, 探究堂, 1974.

3. 金敬琢, 『周易』, 明文堂, 1977.

4. 金得榥, 『韓國宗敎史』, 에펠출판사, 1970².

5. 金錫夏, 『韓國文學의 樂園思想硏究』, 日新社, 1973.

6. 金水山, 『鄭鑑錄』, 明文堂, 1972.

7. 金龍德, 『朝鮮後期思想史硏究』, 乙酉文化社, 1977.

8. 金榮作, 『韓末ナショナリズムの硏究』, 東京大學出版會, 1975.

9. 金義煥, 『韓國近代史硏究論集』, 成進文化社, 1972.

10. 金仁煥, 『崔濟愚作品集』, 螢雪出版社, 1978.

11. ──, 『文學과 文學思想』, 悅話堂, 1978.

12. 金中建, 『笑來集』 ①·②, 笑來先生記念事業會, 1969.

13. 金澤東, 『韓國開化期詩歌硏究』, 詩文學社, 1981.

14. 盧泰久, 『韓國民族主義의 政治理念』, 새밭, 1981.

15. 朴成壽, 『韓國近代民族運動史』, 돌베개, 1980.

16. 朴昌建, 『水雲思想과 天道敎』, 天道敎中央總部, 1970.

17. 白世明, 『東學思想과 天道敎』, 東學社, 1956.

18. ──, 『東學經典解義』, 韓國思想硏究會, 1963.

19. ──, 『하나로 가는 길』, 日新社. 1968.

20. 細井 肇,『鮮滿叢書』第三卷, 自由討究社, 1922.

21. ———,『朝鮮叢書』第三卷, 朝鮮問題研究所, 1936.

22. 小口偉一 外,『宗敎學辭典』, 東京大學出版會, 1973.

23. 水雲敎本部,『通訓歌詞』, 水雲敎本部, 1969.

24. 中福龍,『동학사상과 한국민속주의』, 평민사, 1978.

25. ———,『增補 東學黨研究』, 探求堂, 1979².

26. 申一澈 外,『崔水雲研究』, 韓國思想研究會, 1974.

27. 柳正基,『易經新講』, 邱大東洋文化研究所, 1959.

28. ———,『東洋思想事典』, 右文堂出版社, 1965².

29. 元壽福,『訓法大典』, 水雲敎本館. 1956.

30. 元容汶 外,『東經大全演義』, 東學協議會, 1975.

31. 韋政通,『中國哲學辭典』, 大林出版社, 1978.

32. 李敦化,『新人哲學』, 日新社, 1963.

33. ———,『水雲心法講義』, 天道敎中央總部, 1968.

34. ———,『東學之人生觀』, 上同, 1972.

35. 李丙燾 外,『韓國의 民俗·宗敎思想』, 三省出版社, 1977².

36. 李正浩,『周易正義』, 亞細亞文化社, 1980.

37. 諸橋轍次,『大漢和辭典』, 大修館書店, 1968².

38. 趙東一 外,『開化期의 憂國文學』, 新丘文化社, 1974.

39. ———,『동학성립과 이야기』, 弘盛社, 1981.

40. 朝鮮總督府,『朝鮮의 占卜과 豫言』, 近澤書店, 1933.

41. 鄭亨愚 編,『東學歌辭』 I·II, 韓國精神文化研究院, 1979.

42. 天道敎中央總部,『天道敎經典』, 天道敎中央總部, 1956.

43. 上同, 1961.

44. 村山智順, 『朝鮮の類似宗教』, 朝鮮總督府, 1935.

45. 崔東熙, 『東學의 思想과 運動』, 成均館大出版部, 1980.

46. ──── · 金用天, 『天道教, 圓光大宗教問題研究所』, 1976.

47. 崔濟愚, 『東經大全』, 乙酉文化社, 1973.

48. ──── 外, 『東學思想資料集』 I · II · III, 亞細亞文化社. 1979.

49. 韓國思想研究會, 韓國思想叢書 III, 景印文化社, 1973.

50. 韓東錫, 『宇宙變化의 原理』, 杏林出版社, 1980⁵.

51. 韓沽劤, 『東學亂 起因에 관한 研究』, 韓國文化研究所, 1971.

52. 韓泰然, 『天道十三講』, 榮進文化社, 1967.

53. 韓興壽, 『近代韓國民族主義研究』, 延世大出版部, 1977.

54. 황선명, 『민중종교운동사』, 종로서적, 1980.

55. 玄丙周, 『批難鄭鑑錄眞本』, 槿花社, 1923.

56. 洪又, 『東學入門』, 一潮閣, 1974.

57. ────, 『增補東學入門』, 一潮閣, 1977.

58. ────, 『東學文明』, 一潮閣, 1981².

59. 洪一植, 『韓國開化期의 文學思想研究』, 悅話堂, 1980.

60. David L. Sills ed., *International Encyclopedia of the Social Sciences*, vol. 16, The Macmillan Co. 1979².

61. J. E. Cirlot, *A Dictionary of Symbols*, New York, 1962.

2. 논문

1. 具良根, 「東學思想と「鄭鑑錄」の 關聯性 考察」(『學術論文集』第4輯), 1974.

2. 金敬琢,「東學의「東經大全」에 關한 硏究」(『亞細亞硏究』通卷41), 1971.

3. 金文卿,「註釋 龍潭遺詞」(『靑丘論叢』第7~8號), 1932.

4. 金月海,「天道敎의 開闢思想」(『新人間』通卷272號), 1970.

5. 金仁煥,「龍潭遺詞의 內容分析」(『文學과 文學思想』), 1978.

6. 文菴,「東學創道 百十週와 水雲의 開闢思想」(『新人間』通卷276號), 1970.

7. 朴忠男,「人乃天主義의 發展過程」(『新人間』通卷295號), 1972.

8. 邊燦麟,「노스트라다므스의 豫言과 後天開闢」(『甑山思想硏究』第7輯), 1981.

9. 배호길,「天의 思想에 대한 史的 考察」(『新人間』通卷283號), 1971.

10. 修菴,「水雲大神師의 生涯와 思想」(『新人間』通卷274號), 1970.

11. 新人間편집실,「東經大全槪意」(『新人間』通卷262號), 1969.

12. 申禎庵,「鄭鑑錄의 思想的 影響」(韓國思想叢書 III, 『韓國思想』1, 2輯), 1957.

13. 양참삼,「조선 후기 사회의 계급과 구조에 대한 이론적 연구」(『현상과 인식』통권 제20호), 1982.

14. 柳鐸一,「東學敎와 그 歌辭」(『韓國語文論叢』), 1976.

15. 李輔根,「東學의 政治意識」上·中·下(『新人間』通卷287~9號), 1971.

16. 이진연,「卍의 뜻」(『모든 것은 오직 마음에서』), 1981.

17. 李恒寧,「韓國思想의 源流」(『新人間』通卷280號). 1970.

18. 鄭在鎬,「東學歌辭에 對한 小考」(『亞細亞硏究』通卷38), 1970.

19. ———,「龍潭遺詞의 國文學的 考察」(『韓國思想』12), 1974.

20. 趙鏞一,「韓國近代化의 指導理念」(『新人間』通卷 第266號), 1969.

21. 崔東熙,「東學과 民族意識」(『新人間』通卷 第266號), 1969.

22. ———,「水雲의 修道에 관한 思想」(『新人間』通卷269號), 1969.

23. ───, 「李朝後期의 宗敎思想」(『新人間』通卷298號), 1972.

24. 崔勝範, 「파랑새謠에 대한 私見」(한국사상총서韓國思想叢書 III), 1973.

25. 崔元植, 「東學歌辭解題」(『東學歌辭』 I · II), 1979.

26. 河聲來, 「새로 찾은 東學노래의 思想的 脈絡」(『文學思想』通卷32), 1975.

27. 許興植, 「새로운 歌辭集과 湖西歌」(『百濟文化』第11輯), 1978.

28. Susan S. Shin, The Tonghak Movement, From Enlightenment to Revolution(*Korean Studies*, Forum 5), 1978~9.

부록 1. 동학계東學系 가요일람歌謠一覽* 기일其一

天道教經典 **	東學歌辭 ***	東學入門 ****	水雲教經典 *****	水雲歌辭 金光淳本 ******	필자소장본
龍潭遺詞	1. 교훈가	1. 受納終成	龍潭遺詞	1. 三然歌	1. 슈람종성의
1. 용담가	2. 안심가	2. 弓乙歌	1. 교훈가	2. 弓乙田田歌	2. 弓乙歌
2. 안심가	3. 룡담가	3. 林下遺書	2. 안심가	3. 三警大明歌	3. 永世歌
3. 교훈가	4. 몽중로쇼문답가	4. 採芝歌 4-9	3. 용담가 / 4. 몽중노소문답가	4. 四十九年説法歌	4. 栗谷先生食衣歌
4. 몽중노소문 답가	5. 도슈사	5. 南朝鮮 뱃노래	5. 도수사	5. 南朝鮮배노래	5. 西山大師歌辭
5. 도수사	6. 권학가	6. 달노래	6. 권학가	6. 草堂의 春夢	6. 뱃노래
6. 권학가	7. 도덕가	7. 七月食苽	7. 도덕가	7. 달노래	7. 초당에봄꿈
7. 도덕가	8. 홍비가	8. 南江鐵橋	8. 홍비가	8. 七月食苽	8. 달노래
8. 홍비가검 결교종법 경	9. 知止歌	9. 春山老人이 야기	9. 검가 通訓歌詞 〈水雲教本 館, 1969〉	9. 南江鐵橋	9. 칠월식고
9. 몽중문답 가	10. 警嘆歌	10. 湖南歌	10. 출세가	10. 春山老人 이야기	10. 남강철교
10. 무하사	11. 道成歌		11. 도덕가		11. 춘산노인 이야기
	12.六十花甲子 歌		12. 처세가		12. 歌
	13. 午月歌		13. 시노가		13. 牛十教右 薦渡詞

14. 성심장		14. 권학가		14. 湖西歌
15. 경심장		15. 전두유사		15. 湖南歌
16. 신심장		16. 탄세유사		16. 歌詞
17. 부부슌장		17. 공덕가		17. 歷代三才歌
18. 부ᄌᆞᄌᆞ효장		通法訓大要 〈水雲敎本部, 1956〉		18. 三鏡大明歌
19. 군의신츙장		18. 無窺花歌 (水雲敎經典에 通訓歌辭와 法訓大要가 포함되기도 했음.)		19. 四十九年 說法歌
20. 형우뎨공장				20. 龍霽先生 奉命書
21. 붕유유신장				21. 難知易知歌
22. ᄌᆞ고비금장				22. 一枝花發 萬世歌
23. 虛中有實歌				23. 退溪李先生道德歌
24. 信心時景歌				24. 三然警世篇
25. 信心勸學歌				25. 弓乙田田歌
26. 信心誠敬歌				26. 龍虎道士弓乙歌
27. 警運歌				
28. 夢中運動歌				
29. 上作書				

30. 上作書下				
31. 효부모쟝				
32. 경군ㅈ쟝				
33. 동긔우이쟝				
34. ㅅ텬쟝				
35. 타교쟝				
36. 쳥슈발원쟝				
37. 삭망치셩쟝				
38. 隨時警世歌				
39. 警時歌				
40. 修德遷善歌				
41. 知時安心歌				
42. 時運歌				
43. 知本一身歌				
44. 安心警世歌				
45. 五行讚美歌				
46. 信和歌				
47. 自古比今歌				
48. 昌和歌				
49. 심학가				
50. 論學歌				
51. 五行時格勸農歌				
52. 四時造化風				
53. 仁善修德歌				
54. 春江漁父辭				

55. 和流歌				
56. 傳來道知理 山五雲居士 夢中運動時景 歌				
57. 夢警歌				
58. 警世歌				
59. 觀時格物歌				
60. 年時歌				
61. 警和歌				
62. 八卦變易歌				
63. 勸農歌				
64. 警世歌				
65. 源時歌				
66. 夢中歌				
67. 時呼歌				
68. 解運歌				
69. 春夢歌				
70. 心修歌				
71. 大運歌				
72. 警春歌				
73. 隱身歌				
74. 三神山青林 寺明慧大師訣				
75. 隨時警世歌				
76. 勸善致德歌				
77. 推本修德歌				
78. 知本修煉歌				

79. 夢覺明心歌			
80. 時節歌			
81. 心性和流歌			
82. 潛心歌			
83. 嘆道儒心急歌			
84. 健道文			
85. 安心致德歌			
86. 守氣職分歌			
87. 致德歌			
88. 明察歌			
89. 安心警察歌			
90. 觀時歌			
91. 山水玩景歌			
92. 金剛山雲水洞 弓乙仙師 夢中寺畓七斗歌			
93. 雲山夢中書			
94. 明運歌			
95. 海東歌			
96. 警世歌			
97. 昌明歌			
98. 擇善修德歌			
99. 時勢歌			
100. 靑雲居士聞 童謠時呼歌			
101. 送舊迎新歌			

102. 夢警時和歌				
103. 運算時呼歌				
104. 送舊迎新歌				
105. 信實施行歌				
106. 知時修德歌				
107. 弓乙十勝歌				
108. 天地夫婦道德歌				
109. 知時明察歌				
110. 弓乙歌				
111. 시경가				
112. 슈신가				
113. 自古比今歌				
114. 送舊迎新歌				
115. 昌歌				

*   민요는 제외하였음.

**   天道教中央總部(1961)

***   韓國精神文化研究院(1979)

****   (洪又, 一潮閣, 1977)

*****   수운교본부(대덕군 炭洞, 1980)

******   韓國精神文化研究院(1979)

부록 2. 동학계東學系 가요일람歌謠一覽* 기이其二

甑山宗團 各教團의 歌辭目錄

歌辭名	作者名	作詞年代	歌辭의 行句·節數	歌辭가 쓰이는 教團	歌辭의 出處 및 所持者	備考
弓乙歌	龍虎道士		158구절	甑山宗團의 全教團	金時木	2行을 1句節로 봄
退溪先生道德歌	李退溪		산문가사	甑山教 (大法社) 順天教	〃	
栗谷先生食瓜歌	李栗谷		산문가사	〃	〃	
西山大師歌辭	西山大師		42구절	順天教	〃	
不如歸			6행 1수	太極道	宣道眞經 p.192	시조
林泉歌			산문가사	安乃成의 仙道	柳永柱	
不死藥			3行1首	〃	〃	시조
湖西歌	전라도고창 인신오장	경복궁 짓고 잔치할 때	산문가사	甑山教 (大法社) 大韓佛教龍華宗	洪晙善	
湖南歌	〃	〃	〃	甑山教 (大法社)	〃	
水雲歌詞						大經大全에 있는 歌詞를 말함

* 洪凡草 교수가 1977년 유인물로 정리한 것임.

四十九年說 法歌		210 구절		〃	
三鏡大明歌		173 구절		〃	
三然警世歌		213 구절		〃	
弓乙田歌		177 구절		〃	
歷代三世歌		150 구절		〃	
海月神師獄 死時歌		70 구절		〃	
옛날 六甲타령		15行	順天敎	金時木	
林下遺書		153 구절	安乃成의 仙道	柳永柱	
受納終成		산문가사	〃	〃	
鍊眞歌	蔡奎一	53 귀절	普天敎	李順萬	
永世歌	崔秀三	44 구절	普天敎, 法宗敎, 順天敎, 甑山敎 (大法社), 太極敎	〃	
南朝鮮 뱃노래		147 구절	甑山敎 (大法社) 太極道	裵東燦	甑山敎 (大法社)의 裵東燦이 6·25 사변 직후에 경북 榮州郡 文殊面
草堂에 봄꿈		13 구절	甑山歌 (大法師) 太極道	裵東燦	月坪里 金憲鎭에게 받아 온 가사, 그 가사집은 採芝歌임
달노래		52 구절	〃	〃	
七月食瓜		67 구절	〃	〃	

182

江南鐵橋			118구절	〃	〃
青山 노인이야기			76구절	〃	〃
禮儀文物歌			166구절	〃	〃
春陽歌			산문가사	三德敎	生化正經 p.38
宇宙歌			산문가사	〃	生化正經 p.83
安定歌			산문가사	〃	生化正經 p.92
遊山歌			산문가사	〃	生化正經 p.97
子丑生死歌			산문가사	〃	生化正經 p.114
度數歌 1	金炳澈	1945.3.3.	64구절	法宗敎	화은당실기 p.68
度數歌 2	〃	1945.3.15.	11구절	法宗敎	화은당실기 p.77
度數歌 3	金萬戶	1945.3.30.	14구절	法宗敎	화은당실기 p.79
度數歌 4	金炳澈	1945.6.23.	14구절	法宗敎	화은당실기 p.85
度數歌 5	〃	1945.7.15.	22구절	法宗敎	화은당실기 p.92
度數歌 6	〃	1945.9.19.	10구절	法宗敎	화은당실기 p.96
度數歌 7	〃	1945. 10.10.	10구절	法宗敎	화은당실기 p.99
度數歌 8	〃	1945.12.3.	43구절	法宗敎	화은당실기 p.102
時代歌	〃	1961	3행으로 된 5절	法宗敎	화은당실기 p.179

仙佛歌	李戒峰		15	法宗教	교리강론 P.3
道德歌			산문가사	大韓佛敎 龍華宗	甑山敎 (萬法典) p.1
不忘歌			산문가사	大韓佛敎 龍華宗	甑山敎(萬法典) p.6
뱃노래			산문가사	大韓佛敎 龍華宗	甑山敎 (萬法典) .14
採藥歌			산문가사	大韓佛敎 龍華宗	甑山敎(萬法典) p.14
訓辭			산문가사	大韓佛敎 龍華宗	甑山敎 (萬法典) .16
延風治			산문가사	大韓佛敎 龍華宗	甑山敎 (萬法典) .20
判決歌			산문가사	大韓佛敎 龍華宗	甑山敎 (萬法典) .24
基礎歌			산문가사	大韓佛敎 龍華宗	甑山敎 (萬法典) .42
歸定歌			산문가사	大韓佛敎 龍華宗	甑山敎 (萬法典) .44
生路歌			산문가사	大韓佛敎 龍華宗	甑山敎 (萬法典) .45
봉사 노름 歌			산문가사	大韓佛敎 龍華宗	甑山敎 (萬法典) .45

日月歌			산문가사	大韓佛敎 龍華宗	甑山敎 (萬法典) .52
正心歌			산문가사	大韓佛敎 龍華宗	甑山敎 (萬法典) .54
雲壁歌			산문가사	大韓佛敎 龍華宗	甑山敎 (萬法典) .55
無量歌			산문가사	大韓佛敎 龍華宗	甑山敎 (萬法典) .66
天國歌			산문가사	大韓佛敎 龍華宗	甑山敎 (萬法典) .72
濟世神藥歌			산문가사	大韓佛敎 龍華宗	甑山敎 (萬法典) .85
極生歌			산문가사	大韓佛敎 龍華宗	甑山敎 (萬法典) .91
活門詞	李正立		6절 1 행	甑山敎 (大法社)	
農夫歌	金三一		224 구절	淸道大亨院	
血脈歌	金三一	辛亥 1.19	58 구절	淸道大亨院	
開明時來歌	金三一		45 구절	淸道大亨院	
땅님모시러 가세	金秋光	壬子 1972 음3.2.	산문가사	高夫人系 敎人	
開闢歌	朴耆伯	大巡 104. 6.24.	〃	甑山敎 (大法社)	
後天船遊歌	金顯峻		289 구절	甑山敎 (大法社)	
解冤歌			22 구절	彌勒佛敎	

2부

검가연구劍歌研究

| 차 례 |

제2부 검가연구 劍歌硏究

Ⅰ. 서론

1. 문제의 제기

우리의 역사는 아직까지 민족정기를 올바로 찾지 못하고 있는 것 같다. 서구 자본주의 국가들의 침탈과 그 수탈로 인한 상처가 상존할 뿐만 아니라 그 모순이 증폭되고 있음을 누구도 부인할 수 없을 것이다. 부익부와 빈익빈의 깊은 골은 날이 갈수록 벌어져 가고 있으며 독점자본의 위력에 의한 지배는 하나의 숙명으로 받아들이게끔 되어 있다.

자유와 평등을 바탕으로 한 화평의 삶이 민족주의의 바람이라한다면, 그리고 착취와 피착취가 없는 균등의 삶으로 구성된 사회가 이상적인 사회라 한다면, 동학은 현재의 우리에게 많은 교훈을 주고 있다. 특히 1894년의 갑오농민전쟁은 현대사에 시사하는 바자못 크다고 하지 않을 수 없다.

갑오농민전쟁의 백 주년을 앞두고 역사학계 일각에서는 다양한 사업을 위해 여러모로 추진 중인 것으로 알고 있다. 그러나 그 대부분은 정치적 접근이 아니면 종교적 접근에 머물고 있는 듯하다. 이것은 기왕의 연구 태도와 그 결과를 날뛰하시 못하고, 그 지리에서

맴도는 꼴이라 해도 지나친 말이 아닐 터이다.

　본고는 동학교도의 핵심적 경전이라고 할 수 있는 『용담유사』에 초점을 맞추되 문학적 접근을 시도함으로써 문학사적 위상을 살피려는 데에 목표를 두고자 한다.

2. 연구의 범위와 그 방법

　본 연구는 앞에서 이야기한 바와 같이 『용담유사』에의 문학적 접근이다. 더 좁혀 말하면 『용담유사』 가운데 하나인 「검가劍歌」 또는 「검결劍訣」에 대한 분석적 접근이다. 하지만, 검가가 단순한 문학작품이 아닐뿐더러 문학적 내포를 풍부하게 함유하고 있지 않은 이상 문학적 해명은 실패로 끝나기에 십상이다. 따라서 역사·사회적 배경과 종교적 측면에서 아울러 살펴야 하는 것은 필연적인 과정이 아닐 수 없다.

　본고에서는 검가(검결)의 본문을 분석하고 특히 검(칼)과 시(때·시운)의 문제를 주목하여 그 의미를 추출하려는 데에 힘쓰고자 한다.

　그리고 검가가 동학가요에서 차지하는 위치와 검가를 포함한 동학가요가 점하는 국문학사적 위상도 살피게 될 것이다.

3. 연구사 개관

동학에 관한 연구가 그런대로 조심스럽게 궤도에 오르게 된 것은 1970년대 초라고 할 수 있다. 교과서의 한 귀퉁이에 불순한 민란의 하나로 박해를 받던 '동학란'이 '동학혁명'으로 위상 변화를 일으켰고, 이와 때를 같이 하여 국내 학계에서는 동학 연구의 활기를 찾았던 게 사실이다.

연구의 대부분은 정치적 또는 사상적 접근을 보여 주었다. 그것도 1894년의 갑오농민전쟁이라든가, '전봉준'의 생애와 사상에 관한 것들이었다.

한 연구자가 지적[1]한 바와 같이 그동안 학계가 보여 준 동학에의 연구는 첫째, 교리해설에 역점을 둔 천도교 측의 포교적인 연구, 둘째, 치안대책상 불가피했던 일본 관헌 측의 조사연구 그리고 마지막으로 역사학자들에 의한 사상연구라고 해도 틀린 말이 아니다.[2]

1 　김용덕, 『조선후기사상연구』, 을유문화사, 1970, pp.229~231.
2 　위 책, 같은 곳에서 김용덕은 첫째의 천도교 측 연구는 종교적인 것을 강조한 나머지 혁명주의적 행동면, 샤머니즘, 『정감록』적 요소가 부정 또는 경시됨으로써 포괄적인 파악을 하지 못하고 있으며, 둘째의 일본 관헌 측 연구도 치안의 필요에 따른 것이기 때문에 근대사상으로서의 동학의 진가를 이해하는 데에 미흡하다고 말하고 있다.

　　둘째의 범주에 속하는 것으로는 조선총독부가 간행한 조사자료 제42집 무라야마 지준村山智順의 「朝鮮の類似宗敎(조선의 유사종교)」, 1935, 「朝鮮の占卜と豫言(조선의 점복과 예언)」, 1933 그리고 호소이 하지메細井肇의 『조선총서』, 『조만총서』 등이 될 것이다. 그는 역사가의 연구를 셋으로 요약, 다음과 같이 서술하고 있다.

　　"역사가 입장에서 한 연구에서는 그 관점은 대략 세 계열로 나누어진다. 하나는 동학사상이 갖는 종교적 요소 또는 평화주의가 갖는 의의를 경시하고, 동학에서 종교적 요소는 교도를 모으는 수단이며, 그것은 『정감록』류

그러나 근자에 와서는 민족 모순이나 계급모순의 관점에서 첨예한 접근을 보여주는 업적들이 속출하고 있다.[3]

이상의 여러 경향을 종합해 보면, 접근방법에 따라 첫째 종교사상적인 접근, 둘째 사회·경제사적 접근, 셋째 계급 및 민족 모순에 의거한 혁명적 접근으로 요약할 수 있으며, 또 대상의 범주에 따라 동학의 전반적인 시말과 1894년의 농민전쟁으로 국한시켜 구분할 수 있을 것이다.[4]

그런데, 갑오농민전쟁이든, 동학이든 이 방면의 연구에 있어서 대종을 이루는 것은 두말할 것 없이 종교 사상 및 사회·경제사적 연구일 뿐, 문학적인 접근이라 하여도 서지적인 해명에서 크게 벗어난 것이 아니며, 또 집중적인 분석을 시도하기보다는 개괄적인 해설에 머물고 있는 실정이다.

의 혁명운동이었다고 보는 견해이다. 또 하나는 동학 교리에 있어서의 인내천 사상이 갖는 민주성, 근대성에 대한 강조 또는, 동학사상이 화랑도에 연원한 것이며 그것은 민족주의라는 설이다. 이는 우리의 고유하고 귀중한 사상적 전통에 눈을 돌리려는 계몽주의적 의의는 있을지언정 동학사상이 갖는 토속신앙적·혁명주의적 면에는 논급이 없는 전자와 대조적인 견해인 것이다."(앞의 책 p.230.)
동일한 필자의 「동학사상에 관한 제설의 검토」, 『한국사의 탐구』, 을유문고, pp.152~160에서도 마찬가지 견해를 보여주고 있는데, 더 요약하면 토속신앙적면, 혁명주의적면 이렇게 될 것이다.
3 반드시 모순의 입장에서 분석한 것이라고 단정하기는 어렵지만, 한국역사연구회의 1894년 농민전쟁 100주년 기념 연구논문집은 기존 논의의 축적 위에서 정리·심화된 것이라 할 수 있다. 전 5집 중 현재(1991. 11)까지 제1집 『농민전쟁의 사회적 경제적 배경』(1984년 농민전쟁연구. 1)(1991. 7)만 나온 상태이기 때문에 정확한 판단과 가치평가는 시기상조이다.
4 일관헌측의 연구는 자료에 불과한 것으로서, 1차 자료에 해당한다고 보기 때문에 제외했다.

몇 가지 주목되는 업적을 들어보면 다음과 같이 될 것이다.

㉮ 정재호,「동학가사에 대한 소고」,『아세아연구』통권38호, 1970.

㉯ 조동일,「개화기가사에 나타난 개화·구국사상」,『동아문화』4집,
    1970.

㉰ 정재호,「'용담유사'의 국문학적 고찰」,『한국사상』제10집, 1974[5].

㉱ 조동일,「개화기의 우국가사」,『개화기의 우국문학』, 1974.

㉲ 류탁일,「찾아진 동학가사 100여편과 책판」,『부산대신문』제
    603호, 1975.

㉳ 하성래,「새로 찾은 동학노래의 사상적 맥락」,『문학사상』통권
    제32호, 1975.

㉴ 류탁일,「동학교와 그 가사」,『한국어문론집』, 1976[6].

㉵ 김인환,「용담유사의 내용분석」,『문학과 문학사상』, 1978[7].

㉶ 김학동,「개화사상과 저항의 한계성」,『한국개화시가』, 1981[8].

㉷ 졸고,『동학가요에 나타난 궁을사상연구』, 1982.

㉠ 정재호,「용담유사의 근대적 성격」,『근대문학의 형성과정』, 1984.

---

5 그의『한국가사문학론』, 집문당, 1982, pp.138~174에 ㉠가, pp.175~203
    에 ㉰가 각각 수록되어 있음.

6 그의『한국문헌학연구』, 아세아문화사, 1989, pp.500~522에「동학교와
    그 가사」로 개필·전재되어 있는데, 이것은『한국어문논집』, 형설출판사,
    1976의 것임.

7 그가 편한『최제우작품집』, 형설출판사, 1978 해제에「동경대전의 통사구
    조」와 함께 실려 있다.(pp.137~165)

8 개화시가사의 맥락에서 가볍게 언급한 것이기 때문에 본격적인 연구라고
    할 수 없다.

㉓ 윤석산,『용담유사연구』, 한양대, 1986[9].

이 밖에도 연구업적들이 있으나[10] 이상의 것들을 검토할 때 크게
두 가지 사실을 지적할 수 있을 것이다. 하나는 동학가사에 관한 국
문학적 접근이 불과 20년밖에 되지 않을 정도로 일천할 뿐 아니라,
그것도 소수의 몇몇에게만 논의되었다는 것이요, 다른 하나는 하
나하나에 대한 집중적인 연구가 아니라 개괄적인 검토에 머물러
있거나, 그것도 주석적인 면을 크게 벗어나지 못하고 있다는 사실
이다.

특히 필자가 본고에서 접근하고자 하는 「검가劍歌」(또는 검결劍
訣)는 『용담유사』의 8편에서 제외되어 몇 안 되는 논자들한테까지
외면되어 온 터로서, 동학혁명이라는 역사 실천의 입장에서 이 노
래가 갖는 중요성을 부각할 필요성을 느낀다. 가사를 포함한 동학
의 노래가(교술적이든 아니든 간에) 귀족적 음풍영월에서 떠나,
역사적 위기에 처해 있을 때 민중적인 힘을 폭넓게 획득하고 있는
전범을 「검가」는 보여 주었기 때문이다.

따라서 본고는 동학가요의 한 면을 밝힐 뿐 아니라, 동학가요의
일반적 성질을 규명하는 데에도 기여하게 될 것이다.

9   「용담유사에 나타난 낙원사상」, 「용담유사에 나타난 인간애」 등 두 편의
    논문을 첨가.『용담유사연구』, 민족문화사, 1987, 간행.
10 오세출의 「용담유사에 나타난 사상적 배경고」(『동악논문집』 제15집,
    1981). 박일의『동학가사연구』, 동아대 석사논문, 1984, 이형근의『용담유
    사연구』, 부산대 석사논문, 1984 등이 있음.

Ⅱ. 검가의 원문과 그 분석

1. 검가의 중요성

검가는 한마디로 칼노래이며, 이것은 단순한 노래가 아니라 미래를 능동적으로 여는 기제의 하나이다. 주문呪文[11]이나 영부靈符[12]와 함께 포교와 수련의 핵인 것이다.

동학교도들은 중인 또는 그 이하의 사람들로서 피지배계층인 농민이 중심이었다. 그들은 생활의 여건 때문에 한가하게 공부에

---

11 「포덕문布德文」(『동경대전東經大全』)에 "吾有靈符 其仙藥 其形太極 又形弓弓 受我此符 濟人疾 受我呪文 教人爲我則 汝亦長生 布德天下矣"(윗점 필자)인데, "呪文之意何也 日至爲天主之學故 以呪言之 今文有古文(「논학문論學文」, 『동경대전東經大全』)이라 했다.

　　그 주문은 삼칠자 곧 21자로서 "至氣今至 願爲大降 侍天主造化定 永世不忘萬事知"를 가리킨다. 이것은 뒤에 '侍' 이하의 13자만 주문으로 널리 쓰게 되었다.

12 "不意四月 心寒身戰 疾不得執症 言不得難狀之際"(「포덕문」)에 얻은 것으로 병을 고치는 데에 쓰는 선약이다. 그 모양은 태극과 弓弓의 꼴을 하고 있다고 했다. 弓弓은 이미 『정감록』에도 보이며, 『정감록』의 영향으로 민간에 널리 퍼진 불가지의 구명처(유토피아)이기도 했다.

　　이것에 관한 논의는 졸고, 「동학가요에 나타난 궁을의 의비낭·기릴, 기이」, 공주사범대학 논문집 제21집, 1983, 제22집, 1984을 참고하기 바람.

전념하기 어려웠다. 따라서 그들에게는 비현실적인 공리공론보다 현실의 압제를 혁파할 수 있는 힘이 요구되었다. 그러한 폭발적인 요구와 맞물려 있는 것이 주문이며 영부였다.

좀 다른 이야기이지만, 불교의 선종도 그런 맥락에서 이해될 수 있다. 부처님의 법어인 경·율·논의 삼장을 모두 독파하여 이해한다는 것은 끈기나 지능 면에서 뿐 아니라 경제적인 장기적 지원이 따라야 가능하다. 그런 점에서 경제적 후원자의 간섭에서 자유롭기 어렵다.

선종은 그런 점에서 대자유를 얻을 수 있고 그것은 거칠 것 없는 힘으로 작용한다. "直指人心 見性成佛(직지인심 견성성불)"을 노리는 교외별전教外別傳 불립문자不立文字의 세계는 직핍의 묘뿐 아니라 누구나 쉽게 접근하게 하고 또 깨달음의 자유와 힘을 함께 누리게 한다.

동학에 있어서 주문과 검가는 같은 맥락에서 이해해야 옳다. 식자층을 위해 지어진 동경대전이나 농민대중 또는 부녀자 층을 위해 쓰인 『용담유사』는 범신도 간에 암송으로서보다는 포교의 교과서로 가르쳐졌을 것이다. 여기에 반해 「검가」는 역사적 위기를 극복하기 위한 열망에 의해 불린 것이다. 1894년 동학농민전쟁시 열악한 무기를 가진 농민군이 근대식 무기로 무장한 일·관병을 진격하면서 이 노래를 불렀다는 사실은 저간의 사정을 이해하게 한다.

一日天神降敎日, 近日海舶往來者 皆是洋人 非劍舞無以殺之 因以劍歌—篇授之 文作賦唱 果有是事[13]

13 『일성록日省錄』고종원년高宗元年 갑자이월甲子二月 이십구일조二十九日條.

삼면의 바다에 이양선異樣船[14]이 드나드는데, 그것을 막을 것은 검가와 검무밖에 없다는 것이다. 그것은 수운水雲이 말한 음陰으로서의 서학을 양陽의 동학이 막되, 결연한 대응이 요구됨을 뜻한다.

검가는 수운이 무극대도를 깨닫고 그 이듬해에 부른 노래[15]라고 하는데, 한 문헌은 수운이 "指目(지목)을 避(피)하야 湖南(호남)"[16]으로 옮겨 남원의 은적암에 숨어 지낼 때 지은 것이라고 이렇게 말하고 있다.

大神師丨 隱寂菴에 留하신지 八個月 道力이 더욱 서시고 道理
가 더욱 밝아감에 스스로 喜悅을 禁치 못하며 또한 志氣의 降化丨
왕성함에 스스로 劍歌를 지으시고 木劍을 잡고 月明風淸한 밤
을 타서 妙高峰上에 獨上하야 劍歌을 노래하시니[17]

14 미·불·독 등 제국주의 서양인의 선박이 불시에 나타나 통상을 요구하거나, 노략질, 측량 등을 일삼아 불안을 가중시켰다. 이 배를 일러 당시 '이양선'이라 불렀다.
15 경신년(1860) 음 4월 5일 사시巳時에 각도하고 「용담가」, 「교훈가」, 「안심가」 등의 노래를 지었으며, 그 이듬해인 신유년(1861)에 검가를 지은 것으로 간주하는 데 연구자들의 일치된 의견을 보여준다. 『수운행록』의 다음과 같은 기록도 역시 마찬가지다.

先生遂以食飮 自此以後 修心正氣 幾至一歲 修而煙之 無不自然 乃作龍潭歌, 又作處士歌, 敎訓歌 及 安心歌(並出一)以作呪文二件 一件先生讀之 一件傳授於子姪 又作降靈之文 又作劍訣 又作告字呪文 是乃白衣童 靑衣童也(『아세아연구』 제7권 제1호, 1964). p.179.

그러나 단호한 혁명성의 내용으로 보아 후기에 와서 첨삭된 것이 아닌가 한다. 이 점은 더 면밀한 고찰을 요한다.
16 이돈화, 『천도교창건사』, 천도교중앙종리원, 1933, p.29.
17 위의 책 p.32.
오지영의 『동학사東學史』에도 "경주부근읍에는 비록 점사店舍의 부녀나 산

비록 나무칼이지만 "용천검 드는 칼은 아니 쓰고 어쩌리" 운운의 노래 내용 때문에 당국은 위협을 느끼고 더욱 가혹한 탄압을 자행하였다는 점에서 이 노래의 동학가요상 차지하는 혁명성의 비중을 족히 이해하고도 남음이 있다.

2. 검가의 원문과 그 분석

검가의 원문은 전하는 문헌마다 조금씩 차이를 보여준다. 내용상 큰 차이는 없으나 노래의 앞부분의 유무와 한자표기 등에 있어서로 일치하지 않는 부분이 있다.

소전 문헌 가운데에 가장 믿을 만한 것은 『천도교경전』의 것이라고 판단되는데, 그것을 옮겨 보면 다음과 같다.[18]

㉮ 靑衣長衫	龍虎將이	
如此如此	又如此라	
㉯ 日爾	東方子弟들아	
너도 得道	나도 得意	
㉰ 時乎時乎	이내 時乎	
不在來之	時乎로다	

속의 아동까지도 시천주를 염송치 않는 자가 없으며 그 학에 드는 자는 접신, 거병, 면화를 한다 하며 또 검가가 있어 기가其歌를 염송한 즉등공일장여則騰空一丈餘나 하는데"(p.20.) 운운하여 신도들 간에 널리 불릴 뿐 아니라 "등공일장여騰空一丈餘의 기적이 일어남을 보여주고 있다.

18 『천도교경전』, 천도교중앙총부, 1961, p.127.

㉑	萬世一之	丈夫로서
	五萬年之	時乎로다
㉒	龍泉劍	드는 칼을
	아니 쓰고	무엇하리
㉓	舞袖長衫	떨처입고
	이칼저칼	넌즛들어
㉔	浩浩茫茫	넓은 天地
	一身으로	비껴서서
㉕	칼노래	한 曲調를
	時乎時乎	불러 내니
㉖	龍泉劍	날랜 칼은
	日月을	戲弄하고
㉗	게으른	舞袖長衫
	宇宙에	덮여있네.
㉘	萬古名將	어데 있나
	丈夫當前	無壯士라
㉙	좋을시고	좋을시고
	이내 身命	좋을시고[19]

(앞의 번호는 필자)

---

19 이돈화의 『천도교창건사』, pp.32~33에는 ㉑, ㉒가 없으며 ㉓의 2행이 또한 없고, 그 2행이 ㉖와 ㉕ 사이에 끼어 있다. ㉖의 '있네'도 '있다'로 되어있고, ㉙의 신명身命(또는 신명神明)이 '時乎(시호)'라고 되어 있는데 이것은 착오임이 분명하다. ㉓, ㉖의 舞袖長衫(무수장삼)을 無神長衫(부신상심)으로, ㉙의 身命(신명)을 神明(신명)으로 표기한 것도 있다.

위 노래의 ㉮와 ㉯는 이돈화李敦化의 『천도교창건사天道教創建史』에는 물론 오지영吳知泳의 『동학사東學史』 백세명白世明의 『동학경전해의東學經典解義』에도 빠져 있으며, ㉰이하 ㉷까지는 대체로 동일하다. 다만, 오지영의 『동학사』의 것은 ㉲의 '龍(용)'이 '湧(용)'으로, 이돈화의 것과 마찬가지로 ㉲에 ㉳의 2행이 이어지며, ㉶의 '萬古(만고)'가 '自古(자고)'로 되어있다. ㉷는 완전히 달라서,

時乎時乎　　좋을시고
丈夫時乎　　좋을시고

로 되어있다. 아마 이것은 『일성록日省錄』의 기록[20]에 의거한 때문이라 판단된다.

위에 든 『천도교경전』에 실린 것을 텍스트로 해도 크게 틀린 것으로 생각하지 않기 때문에 이것에 준거하여 논의하고자 한다.

이 노래는 가사의 조구造句 형식대로 ① ㉮~㉯, ② ㉰~㉱, ③ ㉲~㉳, ④ ㉴~㉵, ⑤ ㉶~㉷, ⑥ ㉶~㉷의 여섯으로 나눌 수 있다. 그러나 내용 전개는 그것과 꼭 일치하는 것은 아니다.

㉮~㉯와 ㉰~㉱, ㉲~㉳~㉴~㉵~㉶~㉷, 그리고 ㉶~㉷의 넷으

20 『일성록日省錄』(고종원년 갑자 2월 29일 조)에 이렇게 한역되어 있다.

福戌所謂劍歌曰 時乎時乎 是吾時乎 龍泉利劍 不用何爲 萬世一之丈夫 五萬年之時乎 龍泉利劍 不用何爲 舞袖長衫拂着 此劍彼劍橫執 浩浩茫茫廣天地 一身倚立 龍泉利劍歌一曲 時乎時乎 唱出 龍泉利劍 閃弄日月 瀨袖長衫 覆在宇宙 自古名將安在哉 丈夫當前無壯士 時乎時乎好矣 是吾時乎好矣

'龍泉利劍 不用何爲(용천이검 불용하위)'의 중출은 위기심의 노정이라 할 수 있다.

로 내용상 단락 지을 수 있을 것이다.

㉮~㉯를 A, ㉰~㉱를 B, ㉲~㉳를 C, ㉮~㉴를 D라고 한다면 그 구조는 이렇게 나타낼 수 있다.

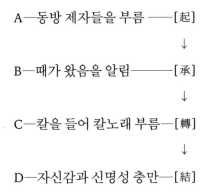

A—동방 제자들을 부름 ——[起]

↓

B—때가 왔음을 알림———[承]

↓

C—칼을 들어 칼노래 부름—[轉]

↓

D—자신감과 신명성 충만—[結]

그러니까 A → B → C → D의 전개는 전통적인 의미전개 양식인 기승전결법을 쓰고 있는 셈인데 D 이전의 C에서 점층적으로 긴장감을 고조시킴으로써 칼노래의 흥(신명성)과 그 날카로운 즉흥적 의미를 부각시키고 있다. 이런 점에서 잘 짜인 노래라 할 수 있다.

이 노래에 대한 선학의 해석이 전무하기 때문에 주석적인 접근이 우선 요구된다.

A단락 │ 서양에 대해서 동양의 젊은이들을 일깨우며 또한 자신감을 갖도록 하는 도입부다.

"靑衣長衫 龍虎將(청의장삼 용호장)"은 글자 그대로 푸른 장삼을 입은, 용 같고 호랑이 같은 장사(군)로서, '東方弟子(동방제자)'의 용기와 패기를 무武의 입장에서 미화美化한 표현이나. 그린데 그'상 간과해서 안 될 것은 '동방東方'과 '자제子弟'의 함축적 의미이다. '조선'이라고 좁혀 구체적으로 갈파하지 않고 '동방'이라고 한 의도는 '서학'의 '서방'에 대한 조·중의 대응을 연대적으로 해야함에 있다. 또 '자제'라 함도 '자식'이 아니라 이미 부패한 기성세대보다 새로 성장하는 새세대에의 기대를 내포하는 말이다. 그다음에 이어지는 "如此如此 又如此(여차여차 우여차)"는 그의 「흥비가」 말미에도 보이며 여타 동학가요[21]에 빈번히 나타나는 것인데, 이것에는 세 가지 의미가 내포되어 있는 것 같다. 하나는 뜻 그대로 "이와 같이 이와 같이 또 이와 같이"로서 다음에 전개될 내용을 가리키는 것이며, 둘째는 동학가요에 자주 원용됨을 보건대, 무위이화無爲而化의 순리를 뜻한다고 할 수 있다. 다시 말하면 시운에 따라 자연스럽게 운행되는 만유(역사)의 현상을 지칭한다고 판단된다. 셋째는 공동으로 일할 때의 조흥구와 유사한 기능이 있다는 것이다. 『용담유사』 또는 그 밖의 동학가요 중에 '次次次(차차차)' 등의 표현을 쉽게 발견하게 되는바 역시 시간의 자연스러운 순환과 함께 시니피앙이 주는 박자로서의 흥이 곁들여 있는 것이다.

⑭는 '曰爾(왈이)' 곧 '가로되 너'인데, '曰(왈)'은 '東方子弟(동방자제)'의 강조로 쓰이고 있으며, '나'와 '너'의 각도와 그 각도에 따른 힘찬 낙관적 전망을 제시해 준다.

B단락 | ⑭는 '때여 때여 이 나의 때여 다시 오지 않는 때로다.' 이렇게 풀이할 수 있다. 그러나 '時'는 단순한 '때'가 아니라, 시운을 가리킨다. 네 번이나 반복되는 '時乎(시호)'는 절박한 호흡만큼 역

---

21 한국정신문화연구원, 『동학가사東學歌辭』 I · II, 1979의 많은 곳에서 산견된다.

사의 결단을 촉구하고 있다. '칼'과 함께 이 노래의 핵이다. '時'의 문제는 그 중요성에 비추어 항을 달리하여 서술하고자 한다.

㉱는 만세나 되는 길고 긴 기간 동안에 한 번밖에 태어나지 못하는 장부로서 오만 년에 한 번 있을까 말까한 때를 맞았다는 것으로 풀이할 수 있다. 백세명은

> 두 번 다시 오지 못하는 나의 개체생명 – 억만고를 통해서
> 한 번밖에 태어나지 못하는 내 몸이지만 도를 닦아서 장생의
> 원리를 깨닫기만 하면 무궁한 이 울 속에 무궁한 나로서 오만
> 년 무궁토록 영원히 살아갈 것이라고 말씀하신 것이다.[22]

라고 하여, 생명의 시간성에 따른 존귀성과 각도 후의 시간적 영원성을 뜻한다고 풀이하면서, 윤회전생의 부당함을 역설하고 있는데,[23] 이것은 사회적인 위기를 간과한 종교 일변도의 해석이라 할 수밖에 없다.

C단락 | 이 단락은 다시 ① ㉱·㉮, ② ㉯·㉰, ③ ㉲·㉳의 셋으로 구분된다. ㉱·㉮는 칼의 쓰임을, ㉯·㉰는 칼의 씀과 때의 맞음을,

---

22 백세명, 『동학경전해의東學經典解義』, 한국사상연구회, 1963, p.316.
23 위의 책, pp.315~316.
　　"옛날 사람들은 무슨 환도 이생을 하느니 악한 사람은 다음 세상에 태어날 때에 짐승으로 태어나느니, 착한 사람은 부귀한 사람으로 태어나느니, 했지만 이런 이야기는 모두 천도교리에는 부합되지 않는 이야긴 것이다."
　　비록 시대정신은 간과하고 있지만 불교의 인과응보설을 비판한 현실주의가 주목된다.

㉗·㉘는 칼의 위용과 사회의 부패를 각각 담고 있다.

㉕·㉖의 첫 마디는 '칼'을 써야 할 당위성을 노래하되, 갑자기 튀어나온 칼(용천검)의 당위적 씀을 단호하게 ㉕로써 전제하고 그것을 무수장삼으로 호도하면서, 동작으로 들어가고 있다. 앞의 ㉓와 ㉔가 '時'를 강조한 반복이라면 ㉕는 그 '時'의 예각적인 중요성 위에 '칼'을 오버랩시킴으로써 '칼'의 이미지를 증폭시키고 있다. 특히 ㉕ 그 자체로서 끝나는 단호한 내용의 문장이 그런 사실을 증거해 준다.

"용천이라는 날카로운 보검을 아니 쓰고 무엇하리"의 '씀'에 대한 강조는 무엇을 의미하는 것일까? 칼을 쓴다는 것은 싸운다는 것이요. 척결한다는 것이요, 결딴을 낸다는 것이다. 무엇을 상대로 싸우고, 무엇을 결딴내겠다는 것인가? 그것은 두말할 나위 없이 당대 팽배하였던 외세, 부패와 불의임이 분명하다. 이런 점에서 '용천검'을 '무극대도'의 비유적 표현으로 보는 것은[24] 반드시 옳은 견해가 아니다. 물론, 의암義菴의

勇拔天賜劍	하늘이 내려준 칼 번쩍 들어
一斬萬魔頭	온갖 마귀 머리 베이리라
魔頭秋落葉	가을바람에 잎 떨어지듯 마귀 머리 떨어지니
枝上月精神	달빛만 빈 가지 위에 빛나는 것을

(윗점 필자)

이러한 시에서 마귀머리[魔頭]를 베는 것으로서의 '칼'을 제시

---

24 앞의 책, p.316.

함으로써 도심道心에 대한 마심魔心의 척결을 의미하는 종교적 측면을 부정할 수 없으나, '時'와 연결해 볼 때 이것은 단순히 형이상학적 의미 범주에만 속해 있지 않음을 확인할 수 있다. '칼'의 복합적인 상징성에 관해서도 그 중요성에 비추어 항을 달리하여 뒤에 서술하려 한다.

㉗의 '舞袖長衫(무수장삼)'을 두고 필자는 앞에서 '호도' 운운했는데, 이러한 해석에 대하여 단견이라는 지적이 가능하다. 왜냐하면, 무적巫的 요소로서의 칼과 춤이 직결되어 때문이다. 물론 그런 사실을 전적으로 부정하기는 어려운 점이 많다. 하지만 ㉛에서의 '舞袖長衫(무수장삼)'을 동일한 것이라고 본다면 '호도' 운운이 합리적임을 알게 된다. 특히 ㉗의 둘째 행 '넌즛들어'의 '넌즛'은 그러한 사실을 분명하게 드러내 준다. '넌즛'은 '겉으로 드러내지 않고 가만히 또는 슬그머니'의 뜻으로서 칼을 도는 결단의 동작에 조심성을 부여해주고 있기 때문이다. '넌즛'을 '가볍게'라고 해석할 수도 있으나 그렇다 해도 역시 마찬가지다. 다시 말하면 '무수장삼'의 입음을 힘있게 '떨쳐'라고 함으로써 짐짓 칼의 혁명적 예각성을 무적武的인 춤으로 이해하도록 해주고 있는 것이다.

㉕·㉗의 칼 씀의 당위성에 잇대어 ㉙·㉚에서는 칼을 쓰는 당당한 행위가 '時'와 연결되면서 나타난다. ㉛가 주는 비장감은 천지의 광막함에서 오는 진자앙陳子昻류의 '念天地之悠悠 獨愴然而涕下(염천지지유유 독창연이체하)'가 아니라, 거대한 사회의 불의와 싸우는 한 의인의 결단에서 말미암는 것이요,[25] '天地(천지)'와 '一

---

25 백세명의 "무궁한 이 울(호호망망한 넓은 천지) 속에 무궁한 나(일신으로 비껴서서)이신 당신의 신명을 말씀하신 것"이라는 풀이는 지나치게 사회

身(일신)'의 대비는 결단의 엄숙함과 그 고독을 나타내고자 하는
데에 있는 것처럼 보인다. ㉑의 '時乎時乎(시호시호)'는 이 노래를
모두冒頭에서 시작한 운세의 확인으로써, 칼로 그것의 획득을 힘있
게 강조하고 있다. 그 2행의 '불러내니'라는 '한 곡조'에 연결되면
서 동시에 '時乎(시호)'의 '乎(호)'에 상응되어 '칼노래'의 과감성
과 능동성을 보여 준다.

㉒·㉓는 호연지기에 따른 칼노래의 위엄스러운 현상과 무자각
한 사회현상을 담고 있다. ㉒는 용천검의 날래고 용맹스러움을 일
월日月을 가져옴으로써 우주적으로 극대화하고 있으며, ㉓에서는
'舞袖長衫(무수장삼)'의 게으름과 그것이 온 천지에 미만해 있음
을 칼과 대비하여 노래하고 있다.[26]

마지막으로 **D단락** | ㉑·㉕는 결사인데, 확고한 자신감과 신명
성을 영탄조로 확인해 준다. '칼'을 쥔 자로서의 당당한 패기가 ㉑

성을 배제한 종교적 입장의 것이다(같은 책, p.317).
26 같은 책에서(p.318), 백세명은,

도의 위대성을 말씀하신 것인데 「용천검 빛난 칼은 일월을 희롱하고」 하
신 것은 도의 빛깔이 일월과 같이 빛난다는 말씀이오. 「게으른 무수장삼 우
주에 덮여있네」 이것은 도의 폭幅이 우주와 같이 넓고 크다는 것을 말씀하
신 것이다.

이렇게 쓰고 있는데, 이런 식으로 해석하면 '게으른'이란 관형어의 뜻을
헤아릴 길이 없게 된다.

혹자는 舞袖(무수: 춤추는 긴소매의 옷)를 無袖(무수: 소매 없는 옷)로 보
고, '게으른'을 '氣乙은'으로 표기하여 '氣'에 허사 '乙'이 연결된 것으로 해
석하기도 하는데 이것은 동학의 분파인 천진교에서 그렇게 보는 바, (김기
선,『용담유사』, 자농, 1991, p.322, p.394) 보편적인 현상이 아니다.
1부 동학가요연구의 각주 188과 192 참고

에 극명하게 드러나 있다. 내 앞에 어디 장사가 있으면 나와 보라는 그런 투다. 이러한 팽만한 자신감은 ㉣의 흥겨움과 희열로 이어져 끝을 맺는다. 그러나 끝이 아니라, 그 神明(身命이 아니라)에서 혁명의 과업은 시작되는 것이다.

이상의 '검가(결)'에 대한 해석을 다음과 같이 요약·정리할 수 있을 것이다.

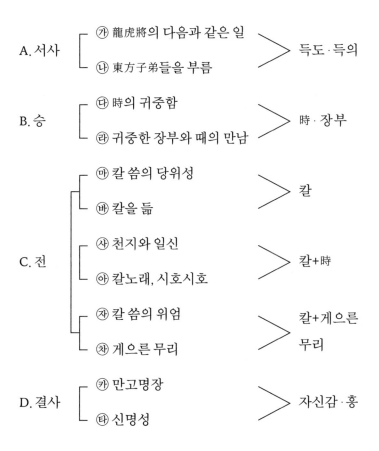

이것을 다시 상호 연결로 보아 이렇게 나타낼 수 있을 것이다.

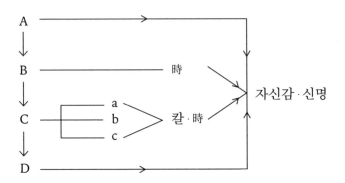

실상 이 노래는 A 부분의 서사가 생략되어 불린 것임이 분명하
다고 할 때에,

時의 확인 → 칼로서 획득 → 그런 결의와 자신감

이렇게 그 진행구조를 단순화시킬 수 있을 것이다.

따라서 이 노래의 키워드는 '時'와 '劍'에 있음을 확인할 수 있다.

III. 검가의 배경적 고찰

검가는 동학운동으로서의 동학가요에 있어서 그 중심에 위치하는 것으로 판단된다. 주문과 영부 그리고 「검가」는 동학교도의 의식에 늘 따라다니는 것으로서 동학의 한 징표라고 해도 지나친 말이 아니기 때문이다. 따라서 검가의 이해는 동학의 형성 요인의 접근이 그 첩경이라 할 수 있다. 특히 「검가」를 「검결」이라고도 부르는 이유와 이 노래 속에 키워드로 작용하는 '時'와 '劍'의 심층적 의미를 해명하는 데 있어서 그러하다.

1. 역사 · 사회적 배경

동학은 우리 한국의 근대사가 낳은 계급 및 민족 모순이 불가피한 산물이다. 국내의 부패와 국외의 제국주의적 침탈이 상승작용을 일으킴으로써 위기의 극에 달하자 그 위기에서 벗어나기 위한 민중 속에서의 자연발생적 투쟁의 하나였다.

국내적으로 볼 때 우선 지적할 수 있는 것은 내정의 부패이다. 매관매직은 일상사가 되어 과거의 합격은 물론 대소관직도 재물에 의하여 좌우되었다.

所謂 科擧場中이라고 하는 곳에 들어가 보면 外面으로는 科
擧 글제를 公公然이 내어 걸어 놓았다. 여러 萬名의 지은 글장
을 거두어 試所로 들어갔다. 그 다음 날 榜目이라는 것을 보면
所謂 글자나 한다는 사람의 姓名을 볼 수 없고 다만 돈 많고 富
者의 자식이나 勢力 있는 집 子孫의 姓名만이 걸려 있는 것이
요, 武科라고 하는 것도 또한 그와 같이 활손이나 쏘는 者의 姓
名을 볼 수 없고 돈 있는 놈, 勢力 있는 집 子孫의 姓名만이 걸려
있는 것이며 科擧 以外에 모든 仕官이라는 것도 相當한 人材를
뽑다 하지 아니하고 모두 다 私情으로 하며 請囑으로 하여
官職選擇하는 것은 마치 市場에서 物件 賣買하듯이 하였다.[27]

오지영의 이러한 기록이 보여주는 부패는 공공연한 것이었다.[28]
공명첩空名帖의 발매와 원납전願納錢에 따른 품직品職 수령·제수는
버젓한 관행이었다.[29] 이렇게 하여 관직에 오른 자는 민중의 고혈

---

27 오지영, 같은 책, pp.97~98.
28 수운의 부친 최옥崔鋈도 경주의 선비로 소문난 학자였으나 번번히 과거 응
    시에 낙방하여 한강에서 빨래하는 아낙네들의 노래 속에까지 동정하는 내
    용이 담겨 있었다고 한다. 수운의 『용담유사』에서도 그러한 아버지의 불운
    이 시대의 부패에 기인함에 대하여 분노를 보여 준다.
29 한우근, 『동학과 농민봉기』, 일조각, 1989, p.48.
    공명첩은 사찰의 수용이나 중건을 위해서 적지 않게 발급되었다. 혹은 삼남
    의 진자를 위해서 환향을 정퇴하고 3도에 각각 별획전·내탕전을 획급한 위에
    공명첩 수백 장씩을 성급했는가 하면, 북한행궁과 각처의 공해·사찰·군경의
    수선을 위하여도 공명첩을 성급하였으나 그 경비가 부족할 지경이었다.

을 착취하기에 여념이 없었다. 그것은 삼정三政의 극에 달한 문란으로 나타났다. 두루 아는 바와 같이 삼정은 전정田政, 군정軍政, 환곡還穀이다.

전정은 임진왜란의 참화를 거치면서 더욱 문란해졌다. 전란 때문에 많은 땅이 황폐해진 데다가 둔전, 궁방전 등의 면세지와 양반·토호들이 불법으로 조작한 은결隱結의 증가에 따라 자연히 생겨나는 국고의 수입 격감은 무력한 농민에게 그 부담을 떠안겨 놓게 되었다. 그리하여 농민은 땅 1결에 전세田稅 4두斗에다가 삼수미三手米 2말 2되, 대동미大同米 12말, 결작結作 두말 등을 내야 했다. 그뿐만 아니라 거기다가 부가세, 수수료 등을 바쳐야 했으며 공지에도 백지징세白地徵稅라 하여 세금을 거두어들였다.[30]

군정도 역시 문란한 것은 마찬가지였다. 장정이 직접 병역을 수행하는 대신으로 군포軍布를 내던 이른바 군정은 매우 혹독하였다. 양반, 아전, 관노는 원래 병역이 면제되어 있었지만, 일부 농민들도 세력가에 돈으로 빌붙어 군역을 기피하는 바람에 선량한 농민들에게 부과된 군포는 가중될 수밖에 없었다. 죽은 사람에게도 세금을 부과하는 백골징포白骨徵布와 어린애가 태어나자마자 성인 취급을 하여 부과하는 황구첨정黃口簽丁은 그런 예의 하나였다. 정다산丁茶山의 다음과 같은 「애절양哀絶陽」이라는 작품은 황구첨정의 비참함을 증거해 준다.

갈밭마을 젊은 여인 울음도 서러워라.
縣門 향해 울부짖다 하늘 보고 호소하네.

---

30 이홍직,『국사대사전』, 지문각, 1962, p.680.

군인 남편 못 돌아옴은 있을 법도 한 일이나
예부터 男絶陽은 들어보지 못했노라.

시아버지 죽어서 이미 상복 입었고
갓 난 아인 베넷 물도 안 말랐는데
三代의 이름이 군적에 실리다니.

달려가서 억울함을 호소하려도
범 같은 문지기 버티어 있고,
里正이 호통하여 단벌 소만 끌려갔네.

남편 문득 칼을 갈아 방안으로 뛰어들자
붉은 피 자리에 낭자하구나
스스로 한탄하네. "아이 낳은 죄로구나"

蠶室宮刑이 또한 지나친 형벌이고,
閩땅 자식 거세함도 가엾은 일이거든.

자식 낳고 사는 것 하늘이 내린 이치
하늘 땅 어울려서 아들 되고 땅 되는 것

말·돼지 거세함도 가엾다 이르는데
하물며 뒤를 잇는 사람에 있어서랴.

부자들은 한평생 풍악이나 즐기면서

한 알 쌀 한치 베도 바치는 일 없으니,

다 같이 백성인데 이다지 불공한고.

객창에서 거듭거듭 鳲鳩篇을 읊노라.[31]

  그의 『목민심서』의 다른 기록에서도[32] 얼마나 가혹하게 군포를
징세한 사실을 기술하고 있다.

  전정과 군정보다 더 농민을 약탈한 것은 환곡이었다. 원래 환곡
은 가난한 농민에게 곡식을 꾸어주었다가 농사철에 이자를 붙여

---

31 『다산』(송재소 역), 『다산시선』, 창작과 비평사, 1981, pp.238~240.
  다산은 그의 목민심서 권8 첨정에서 이 시를 짓게 된 동기를 이렇게 말했다.
  '이것은 嘉慶 癸亥年 가을 내가 강진에 있으면서 지은 것인데, 蘆田에 사는
  어느 백성이 아이를 낳은 지 사흘 만에 軍保에 등록되어 里丁이 소를 빼앗아
  가니 그 백성이 칼을 뽑아 자기의 생식기를 스스로 베면서 이르되, 내가 이
  것 때문에 액을 당한다고 했다. 그의 아내가 그 피 흘리는 절단된 생식기를
  관가에 가지고 가 관가에 호소했으나, 문지기가 막아 버렸다.'
    原詩는 이렇다.
    哀絶陽
    蘆田小婦哭聲長   哭向縣門號穹蒼
    夫征不復尙可有   自古未聞男絶陽
    舅喪已縞兒未澡   三代名簽在軍保
    薄言往愬虎守閽   里正咆哮牛去皁
    磨刀入房血滿席   自恨生兒遭窘厄
    蠶室淫刑豈有辜   閩閣去勢恨亦慽
    生生之理天所予   乾道成男坤道女
    騸馬豶豕猶云悲   況乃生民思繼序
    豪家終歲奏管弦   粒米寸帛無所損
    均吾赤子何厚薄   客窓重誦鳲鳩篇
32 앞의 책, p.241.

거두어들였던 빈민구제 정책의 하나였으나 점차 고리대로 바뀌어 농민 수탈의 목적으로 탈바꿈하였다.

이리하여 필연적으로 나타나는 것은 민중의 봉기, 이른바 민란이었다. 주로 농민들이 밀집해 있는 남도에서 민란이 빈번하게 일어났다. 우병사 백낙신의 탐학에 저항하기 위해 일어난 진주민란을 비롯하여 연달아 익산과 개령, 함평, 회덕, 공주, 은진, 연산 등지에서 농민들이 봉기하였으며 청주, 회인, 문의, 순련, 장흥, 선산, 상주, 거창 등지에 서도 잇달아 민란이 일어나 삼남三南은 혼돈의 소용돌이 속에 휩싸이게 되었다.[33] 참고로 고종 시 일어난 민란을 들어보면 울산민란(1875), 장연민란(1880), 동래민란(1883), 성주민란(1883), 가리포민란(1884), 토산민란(1885), 여주민란(1885), 원주민란(1885), 고산민요(1888) 등 43군데가 넘는다.[34]

여기에다가 설상가상으로 전염병이 유행하여 많은 희생자를 내었다. 철종 10년부터는 콜레라가 크게 유행하여 13년까지 4년간 휩쓸어 한양에서만 사망자가 13만이나 되었다. 의술이 개발되지 않은 당시의 '괴질'의 위력은 대단한 것이었으며 그 원인은 천도를 잃었기 때문에 귀신이 노발한 것으로 이해되었다. 그리하여 민심은 더욱 흉흉해질 수밖에 없었고 무슨 자구책을 찾지 않으면 안 되는 막다른 곳에 와 있었다.

이러한 국내의 위기상황을 시시각각으로 극대화시킨 것은 한반도의 국제적인 주변 상황이었다. 서구 자본주의가 낳은 제국주의적 침탈의 각축장으로서의 아시아는 한반도에서 절정을 이루었

---

33 졸고, 「동학가요의 배경적 연구」, 『공주사대논문집』 19, 1981, p.37.
34 한우근, 『동학란 기인에 관한 연구』, 한국문화연구소, 1971, pp.74~77.

다. 이것을 국가에 따라 둘로 나누어 살펴볼 수 있을 것이다. 하나는 서구 열강의 상품교역을 강요하는 침탈이요, 다른 하나는 우리보다 개항이 앞선 왜의 침략이다.

수공업에서 기계공업으로 바뀜으로써 자본주의의 궤도에 본격적으로 들어선 유럽 열강 등은 항해술을 이용하여 서세동점의 정책을 썼다. 대량의 상품을 고가로 강매하고 공산품의 원료를 헐값으로 수탈해갈 뿐 아니라, 개국과 개항을 강력히 요구하면서 불법적으로 남의 나라 땅을 측량하는 등 야만적 침략행위를 자행하였다. 1842년 남경조약 이후 중국이 영국의 손아귀에 들어가는 한편 또한 프랑스, 미국 등 서구 자본국가의 식민지화가 이루어지게 되었고 우리나라에서도 불, 미, 소, 영들의 군함이 삼면의 바다에 끊임없이 출몰하였다.[35] 헌종, 철종, 고종년 간에 삼면의 바다를 이용, 유럽인들의 침탈 상황을 간추리면 다음과 같다.[36]

헌종	12년 6월 (1846)	홍주(현 홍성) 외연도에 불佛의 동양함대 Jean Baptist Thomas Cecil 제독이 3척의 군함을 이끌고 출동, 세 선교사의 살해에 대한 문책
	13년 6월 (1847)	전라도 고군산열도 해협에서 좌초, 신치도에 결막, 두 척의 불국 군함을 해군 대령 Lapierre가 지휘, 600여 명의 군인 탑승
	14년(1848)	경상, 전라, 황해, 강원, 함경 5도 해역에 빈번히 출몰
철종	1년(1850)	울진에 출몰, 우리 문정선에 발포 2명 사망, 3명 부상

35 졸고, 앞의 논문, p.40.
36 국사편찬위원회, 『한국사』 16, 탐구당, 1975, pp.33~52.

3년(1852)	불佛 Lapierre 대령이 고군산도에 내항, 미국 포경 선의 동래 용당포에 표착
5년(1854)	소蘇의 Pallado호가 덕원부 용성진에 나타나 포 민 살상
6년(1855)	강원 통천에 미국 포경선 난파, 영국의 Honet호 가 동해에 출동, 불의 군함 Virginie호가 동해안 일대를 측량
7년(1866)	상기 불佛의 군함이 홍주목 장고도에서 난파
10년(1859)	영선英船 수서아말호 동래부 용당포에 표착, 영선 2쌍 동래부 신초량에 표도
11년(1860)	영 상선 영암 추자도에 표착, 영 상선 남백로 호 동 래부 신초량에 표착
고종 3년(1866)	영선 Rona호, 공충도 평신진 이도면 오도 전양에 나타났다가 곧 해미현 조금진 후양에 도박
	영선 The Empero호, 해미현 조금진 전양에 나타 남, 그 뒤에 교동부 서면 두산리 전양 등지에 표박 (Rona, The Empero호에 탑승했던 Oppert는 고 종 5년 덕산의 남연군묘를 도굴하다가 미수) 미선 Surprize호가 선산부 선천포 선암리 연안에 표착
	미선 General Sherman호가 대동강 통항 중 화공 을 당함

　　이러한 사실을 18세기 말과 19세기 중엽으로 국한시켜 지도상 으로 표시해 보면 다음과 같다.[37]

37　진단학회, 『한국사(근세후기편)』, 을유문화사, 1966³, p.127.

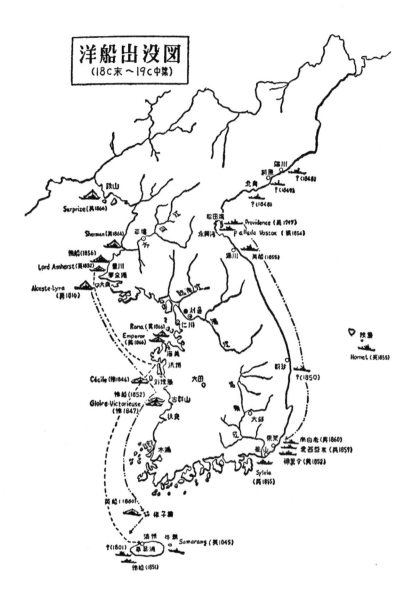

洋船出没図
(18C末〜19C中葉)

鉄山
Surprize (英1866)

Sherman (英1866)
平壌

偁船 (1856)
Lord Amherst (英1832)
竜川
平金浦
Alceste-Lyra
(英1816)
大鹿

端川
北角
?(1848)
?(1849)
?(1848)

松田浦　Providence (英1747)
永興湾
Pallada Vostok (露1854)

通川　英船 (1855)

Rona (英1866)
Emperor
(英1866)
海美
洪州
列嶼島

Cécile (佛1846)
偁船 (1852)
Gloire-Victorieuse
(佛1847)
古群山
扶安

木浦

漢江
서울
仁川

鬱島
Hornet (英1855)

蔚珍
?(1850)

大田

大邱

栄楽
釜山
南白老 (英1860)
愛西亜来 (英1859)
禅栗介 (英1852)

Sylvia
(英1855)

英船 (1860)
楸子島

済州　牛鳥
?(1801)　草梁浦　Samarang (英1845)
偁船 (1851)

이와 같이 유럽 및 미국의 제국주의적 침탈의 각축장으로 변하면서 국내에는 말세론의 흉흉한 풍조가 지배하게 되었다. 이양선의 빈번한 출몰은 양인洋人들에 의해 한국이 멸망하는 위기를 극도로 고조시켰다. 사대의 나라인 중국의 암운을 풍문으로 접한 사대부들의 불안도 증폭되었다. 거기에다가 임진왜란으로 막대한 피해를 준 일본이 그들의 숙원인 정한론征韓論을 바탕으로 식민지지배를 위한 마수를 뻗치고 있었다. 일본의 강압적인 위협에 의하여 맺어진 병자수호조약(1876)은 일제의 손아귀로 들어가는 하나의 신호였다.

이리하여 우리나라는 개항(국)과 수호 사이에서 점차 외세에 의존할 수밖에 없는 역사의 비운을 맞아야 했던 것이다.

2. 종교적 배경

종교는 한 사회의 안정과 화평의 축에 존재한다. 다시 말하면 종교에 의하여 한 사회 질서의 축은 이루어진다. 종교가 고급종교든 원시종교든 간에 사회를 상호 간에 응집력을 형성하면서 지배적인 가치 척도로 작용한다.

따라서 사회가 불안하면 종교도 흔들리기 마련이며, 불안정한 풍토에 따라 불안의 위기를 관리하기 위한 새로운 종교가 다수 나타나게 된다. 이른바 신흥종교의 출현이다. 그러니까, 기존의 가치 체계가 흔들리면서 극도의 아노미 현상을 노정할 때, 대중의 보편적인 갈구가 다른 특정 소속원의 카리스마적 욕구와 일치함으로써 새로운 종교가 탄생하게 되는 것인데, 동학도 그런 맥락에서 이해된다. 당대의 혼란과 민중의 욕구에 수운의 카리스마가 자연스럽게 맞아떨어진 것이다.

그런데, 거개의 신흥종교가 다 그런 것처럼 동학도 기존 종교의 여러 국면을 조금은 무질서하게 습합하고 있다. 수운水雲이 40세의 탄신일을 맞은 기념의 자리에서 해월海月에게,

> 吾道는 元來 儒도 아니며 佛도 아니며 仙도 아니다. 그러나 吾道는 儒佛仙 合一이 아니라, 卽 天道 儒佛仙이 아니되 儒佛仙은 天道의 한 부분이니라, 儒는 倫理와 佛의 覺性과 仙의 養氣는 사람의 自然한 品 賦이며 天道의 固有한 部分이니 吾道는 그 無極大源을 잡은 자이라, 後에 道를 用하는 者 이를 誤解하지 말도록 指導하라.[38]

이렇게 지시했는데, 만약 그의 견해대로라면

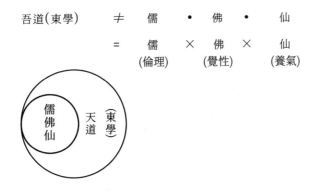

吾道(東學)　　≠　　儒　·　佛　·　仙
　　　　　　　=　　儒　×　佛　×　仙
　　　　　　　　（倫理）　（覺性）　（養氣）

38   이돈화, 『천도교창건사』, 대동인쇄소, 1933, p.47.

이와 같이[39] 되지만, 『용담유사』와 『동경대전』을 분석해 보면 반드시 그렇지 아니하다.

동학은 유교 문화의 주된 향수자가 보여 준 무능과 부패에 따라 그 통제의 기제를 상실함으로써 가치이동으로 인하여 생긴 것인 바, 기존의 유불선을 습합은 물론[40] 더 나아가서 그것들과의 분리를 도모함으로써 독창적인 종교적 노선을 제시해 주고 있다 할 것이다. 그러나

君不君 臣不臣과

父不父 子不子를

주소간 탄식하니

우울한 그 회포를

흉중에 가득하되[41]

라거나, 그 밖의 곳에서 빈번하게 나타나고 있는 그의 언명을 보건대, 유교의 범주에서 크게 벗어나 있지 못하다. 그것을 황선명은[42]

---

39 졸고, 「동학가요의 배경적 연구」, p.43.
40 동양 특히 우리나라의 신흥민족종교는 예외 없이 기독교를 거부하는 한편, 유, 불, 선의 종합을 내세우고 있는 게 그 특징의 하나이다. 유교, 불교, 도교의 특장만 선택하였기 때문에 종교로서 완벽하다는 것인데, 어느 종교에로의 결단을 내리기 어려운 일반 대중에게 이러한 점은 매력적인 유인체가 되고 있다.
41 『용담유사』 중의 「몽중노소문답가」
    춘추전국시대의 혼란을 正名(정명)으로 바로 잡고자 한 공구孔丘의 사상으로서 당대의 혼란을 수운도 그렇게 보고 있다.
42 황선명, 『조선종교사회사연구』, 일지사, 1985, p.347.

첫째, 그가 서자 출신[43]이라는 점에서 차별대우를 받았음에도 사족士族의 후예라는 점을 과시하여 신분 사회에서 선택된 계층임을 자랑하고 있는 점. 둘째, 『용담유사』와 『동경대전』의 서술 내용에 유교의 경전에 담긴 정신이 그대로 수용되어 있다는 사실. 셋째, 용담龍潭의 경주 일원이 우리나라 유교 문화의 중심지로 추로지향鄒魯之鄕이라는 데에 자부심을 갖고 천주교 같은 외래종교의 오염을 걱정했다는 것. 넷째, 당대의 사회적 모순이나 비리에 대해서 불만은 가지고 있었지만, 보수 지향적이라서 혁명적인 방안을 제시하지 못하고 있다는 점 그리고 현실지향이 강하다는 점을 들어 유교를 닮고 있는 것을 강조하고 있다. 그렇다고 유교의 영역에 구속되어 있는 것은 결코 아니다. 당대 부유들의 형태를 거부하고 유자들의 허위에 찬 문필까지를 거부한 그의 혁명정신[44]은 충·효는 계승하되, 구원의 혁명적인 활로를 힘차게 열어 보여 주고 있기 때문이다.

불교는 유교에 비해 많은 영향을 주지 않은 것처럼 보이나, 선종의 각覺에 이르는 수행과 각의 경지인 해탈 곧 득도에 있어 유사하다는 점에서 그 영향을 받고 있음이 분명하다. 당대 현실의 압박 때문에 입산한 승려가 적지 않았을 것이고, 또 그런 승려 간에는 억불숭유로 인한 차별대우의 불만 못지않게 현실거부와 미래사회에의 기

---

43 그가 첩의 소생이 아니란 점에서 반드시 서자라고 볼 수는 없을 것이다. 62세의 부 최옥이 과수댁 한씨 부인을 만나 혼례도 없이 동거하여 수운이 태어났을 때에 이미 삼촌이 양자로 와 있었다.

44 그의 도道를 이은 해월의 말이지만, "우리 道를 覺할 者는 호미를 들고 지게를 지고 다니는 사람 속에서 많이 나오리라"는 것이나 "富한 사람과 貴한 사람과 글 잘하는 사람은 道를 通하기 어렵다"(오지영, 『동학사東學史』, p.42)라는 언급은 계급모순을 갈파한 것으로서 그의 이상이 어디에 있었느냐 하는 점을 극명하게 보여 준다.

대가 컸을 것이다. 수운이 남원에 있는 은적암 등 사찰을 찾아다니며 은둔과 수행을 지속한 것도 그런 사정과 무관하지 않을 것이다.

불교보다 더 큰 영향을 받은 것은 도교다. 도교는 난세에 있어서 피지배계층 간에 널리 유포되는 도교사의 보편적 현상처럼 동학의 경우에도 양생養生, 조화造化, 신선神仙 등 폭넓게 나타나고 있다. 영부靈符, 선약仙藥은 말할 나위 없고, 무위이화無爲而化의 조화원리는 그대로 도교에 접맥되어 있다.

이 밖에 샤머니즘과의 습합을 간과할 수 없다. 이것은 당대 민중신앙의 기저로서, 어떠한 신앙과도 습합이 용이한 속성 때문에 자연스럽게 민중종교인 동학에 나타나게 된 것이다. 수운의 각도과정이 그러하며[45] 강신降神의 양식이 또한 그러하다. 이러한 것은 도참서로서 위력을 발휘한 바 있던 『정감록』과의 관계에서도 잘 드러난다.

위에서 서술한 종교 못지않게 중요한 것은 천주교의 충격이다.

앞에서 살펴본 유·불·선 그리고 샤머니즘이 하나의 복합요소로서 수용된 것이라고 한다면 동학에 있어서 천주교는 가히 충격이라 해도 지나친 말이 아니다.

이양선에는 천주교의 전파를 위해 신부가 탑승한 일이 많았으며, 또 청의 중국 대륙에 정착, 한반도의 관서 등 서도와 그 서해안 지역에 적잖이 전교되고 있었다.[46] 그리하여 정조 시의 신해박해, 을묘박해, 순조 시 신유대박해, 헌종 시의 을해박해 등이 잇달아

---

45 이돈화, 앞의 책. pp.7~17.
    그리고 『동경대전東經大全』과 『용담유사』의 곳곳에서 수운 자신이 구체적으로 그 접신 상황을 쓰고 있다.
46 졸고, 앞의 논문, p.40.

일어나는 종교적 참극이 발생하였다. 이러한 이른바 서학의 급속한 전파에 따라 생겨난 충격을 동학으로서 대응하려 하였다. 수운도 바이블을 읽고 천주학을 그 나름으로 관찰한 흔적이 보인다. 서학(천주학)에 대응하는 동학을 세우면서 대립항의 천주학을 그 나름으로 살핀 과정이 발견된다. 말에 올바른 차례가 없다든가, 뚜렷한 조리條理가 없다거나, 하나님을 위하는 실속이 없고 제사를 지내지 않으며 제 몸만 위한다거나, 몸과 영기가 합일하는 영험이 없다는 등등을 들어[47] 비판을 가하고 있다. 그러나 이러한 비판과 배척[48]에도 불구하고 하느님에 대한 한울님의 설정 그리고 포교의 조직과 방법에 있어서 영향을 받은 바 크다고 판단된다.

  아무튼 앞에서 살펴본 바와 같이 국내외의 급변하는 시대적 상황과 그에 대응하는 아노미 현상 속에서 새로운 가치이동이 일어나지 않으면 안 되는 시점에 동학의 발생이 위치하고 있음을 다시금 확인할 수 있다.

---

47 『동경대전東經大全』 중의 「논학문」
  西人 言無次第 書無卓白 而頓無爲天主之端 呪祝自爲身之誤 身無氣化之神 學爲天主之敎 有形無迹如思無呪 道近虛無 學非天主 豈可謂無異者乎
48 「권학가」
  우습다 저 사람은/저의 부모 죽은 후에/신도 없다 이름하고/제사조차 안 지내네/오륜에서 벗어나서/유원속사 무슨 일고

  제사를 지내지 않는 등 오륜에서 벗어남을 비판하고 있다. 또 「안심가安心歌」에서는,

  요망한 서양적이/중국을 침범해서/천주당 높이 세워/거소위하는 도를/천하에 편만하니/가소 궐정 아닐런가

  이렇게 식민지화에 대해서 노골적인 적대감을 노출하고 있다.

IV. 검가의 사상적 고찰

검가의 내용을 앞의 2장에서 분석하였거니와 이 가운데 핵심을 이루는 것은 '時'와 '劍'의 사상이다. 시時와 검劍이 각각 어떠한 상징적 의미를 내포하고 있는가를 살피는 것이 이 노래의 비밀을 해명하는 지름길이 된다.

1. 歌(가)와 訣(결)의 문제

검가劍歌는 검결劍訣이라고도 불러 가류歌類에서 제외되는 경우가 많다. 『용담유사』도 「용담가龍潭歌」, 「안심가安心歌」, 「교훈가敎訓歌」, 「도덕가道德歌」, 「근학가勤學歌」, 「몽중로소문답가夢中老少問答歌」, 「도수가道修歌」, 「흥비가興比歌」 등 8편만을 담고 있다. 위의 8편 외에 「처사가處士歌」라는 작품도 있다고 하나[49] 현존하지 않으며 검가는 결訣이라 하여 『용담유사』 속에 넣지 않은 듯하다. 그러나 2장

---

49 『도원기서道源記書』에도 '幾至一歲 修而煉之 無不自然 乃作龍潭歌 又作 處士歌 而敎訓歌及安心歌'의 기록이 보이며 이돈화의 『천도교창건사』, p.17, 『수운행록』에도 나타난다.

에서 고찰한 바와 같이 검가는 비록 짧다고 하나 가사로서의 완벽한 논리 구조와 리듬을 형성하고 있어서 歌에서 제외시킨다는 것은 부당한 일이다.

필자의 생각으로는 의식상 검가의 중요성 때문에 여타의 가歌와는 구별을 한 것이 아닌가 한다.

예로부터 시詩는 언지言志요 가歌는 영언永言[50]이라 하였다. 시詩라고 하여 '志(지)'만 의미하는 것이 아님은 『시경詩經』의 시詩가 시악詩樂임에서도 아는 바이지만, 시詩에 비하여 가歌는 요적謠的 요소가 훨씬 강하게 드러나기 마련이다.

동학의 「용담가」, 「안심가」 등이 강신降神에 의하여 쓰인 것임을 수운 자신 고백하고 있는데, 그러한 것들은 거의가 교훈적인 포교의 내용을 담고 있다. 이러한 노래에 대하여 「검가」는 단호한 결단을 요구하는 예언적 내용을 보여 준다. '訣'이라고도 부르는 이유이다.

訣 一日法也   「설문신부說文新附」[51]

결訣을 법法이라는 뜻으로도 쓰되, 비결秘訣 또는 『정감록』 중의 감결鑑訣 등에서처럼 방술方術, 비법秘法 등으로 널리 사용하고 있다. 따라서 검가의 결訣은 검劍의 노래와 춤을 통하여 미래의 일을

---

50 『서경書經』의 순전舜典에 나오는 말인데 영언永言의 영永은 영咏과 통通하는 글자다.

51 『中文大辭典』 8, 中華學術院, 1982[6], p.900. 『經籍纂詁』 권98, p.96(台北, 影印, 1967). 訣은 일반적으로 別, 死別 등의 의미로 쓰인다.

성취하는 비밀이 예언되어 있다는 뜻으로 파악된다. 검가의 이러한
힘은 종교성에 힘입어 더욱 경건함과 확신감을 갖게 하였을 것이다.
종교의 의식에서 '以猪麵倂果(이저면병과)로 入山祭山(입산제산)[52]
時, '舞劍騰空(무검등공)[53]의 노래라고 한다면 '持木刀 或舞或歌(지
목도 혹무혹가)[54]가 '此非本心 狂氣忽發(차비본심 광기홀발)[55]로 비칠
것은 당연한 일이다.

제의등과 직접적인 관련을 맺고 있다는 점에서 엑스터시로서의
황홀뿐만 아니라 기적을 낳는 종교적 위력으로서의 이 노래는 의
미심장한 바가 있다.

2. '劍(검)'의 전통적 의미와 그 상징성

「검가」의 경우, 검劍의 함축하는 의미가 매우 중요함은 앞에서
이미 말 한 바와 같다. 「검가」는 칼을 노래한 칼노래이며, 칼[木刀]
을 짚거나 휘두르며 부르는 칼춤의 노래이다. 칼을 부분적으로 담
은 시가로서 우리는 김종서의 헌걸찬 시조나 남이의 시조 또는 노
계의 태평사太平詞를 떠 올릴 수 있을 것이다. 그러나 칼 하나만을
대상으로 한 것은 찾기 어렵다. 이런 점에서도 칼이라는 면에서 볼
때 검가는 주목할 만한 노래임이 분명하다.

---

52 『일성록日省錄』 고종원년 갑자 2월 29일 경자조庚子條.
53 위와 같음.
54 위와 같음.
55 위와 같음.

세계문화사에 있어서 검가보다는 검무가 훨씬 오래되었음을 보여 준다. 그것은 벽화 등 고고학적 유물에 의존하여 전해 오기 때문에 당연한 일로 여겨진다. 중국의 산동山東 기남沂南에서 발견된 한묘漢墓가 보여 주는 것이라든가[56] 요녕遼寧요양遼陽의 백희도百戲圖 가운데에 보이는 것[57] 역시 한대漢代의 것으로서, 산동 가상현嘉祥縣에서 출토된 한漢의 쌍인기격무도雙人技擊舞蹈[58], 강소江蘇 동산현銅山縣의 것[59]들을 보면 검무의 기원이 매우 유구함을 알 수 있다. 청동의 시대에 칼이 만들어져 적어도 양한시대兩漢時代에는 이미 상당히 성행하였다.

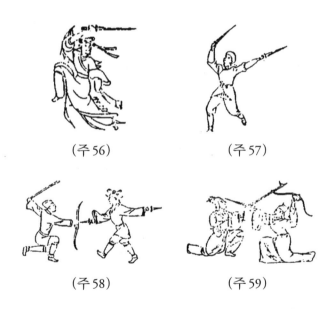

(주 56)   (주 57)

(주 58)   (주 59)

56 孫景琛·吳曼英,『中國歷代舞姿(中國舞蹈形象史)』,蘭亭書店, 1985, 台北, p.58.
57 위와 같음.
58 위와 같음.
59 위와 같음.

우리나라의 경우는 고구려의 팔청리 고분, 약수리 고분, 미천왕 (美川王, 300~330년) 고분, 수산리 고분 등 벽화가 보여 주는 잡극 가운데에 칼싸움하는 모습을 찾을 수 있어[60] 역시 그 연원이 깊음을 알겠으나, 검무가 기록으로 나타난 것은 그보다 훨씬 뒤인 신라 시대 황창랑黃倡郎의 칼춤이 그 효시이다.

黃倡郎은 신라인이다. 속설에 전하되 나이 일곱에 백제의 시중에 들어가 칼춤을 추어 구경하는 사람이 삥 담처럼 둘렀다. 백제왕이 이 소문을 듣고서 倡을 불러다가 마루에 올라 칼춤을 추게 하였다. 倡은 기회를 틈타 왕을 찔렀다. 그러자 백제인들이 그를 죽였다. 신라인들이 이를 슬피 여겨 그의 모습을 본떠서 만들어 쓰고 칼춤을 추었는데 그것이 지금도 전한다.[61]

백제왕을 살해하기 위해 칼춤을 위장하여 백제의 도읍에 들어갔다가 결국 실패하고 죽은 이 이야기는 『삼국사기』나, 『삼국유사』에는 비록 전하지 않지만, 『무예도보통지武藝圖譜通志』의 기록[62]이라든가 『신증동국여지승람新增東國輿地勝覽』의 여러 곳[63]에 전하는 것을

60 장사훈, 『한국전통무용연구』, 일지사, 1990, pp.21~22.
    같은 이의 『한국무용개론』, 대광문화사, 1984, pp.190~191.
61 『신증동국여지승람新增東國輿地勝覽』경주부慶州府 무검지희조舞劍之戲條
    黃倡郎 新羅人也 諺傳季七歲入百濟市中舞劍觀者如堵 百濟王聞之名 觀命升堂舞劍
    倡郎 因刺王 國人殺之 羅人哀之 像其容爲假面 作舞劍之狀 至今傳之
62 이덕무·박제가, 『무예도보통지』권3
    新羅降於倭國 則其舞劍器必有相傳之
63 주61과 같음.
    李詹辯曰 乙丑冬 客于雞林府 尹襄公設鄕樂以勞之 有假面童子 舞劍於庭 問之云 羅

볼 때 신라시 검무劍舞가 있었음을 확인할 수 있다.

실상 검무는 양洋의 동서東西를 가릴 것 없이 아마 가장 원초적인 것으로 간주할 수 있을 것이다. 인류가 원시시대에 수렵을 통해 생활을 영위하였다면 무기의 발명과 그 사용은 필연적이며 그것을 춤으로 나타내게 되는 것은 또한 자연스러운 일이 아닐 수 없다.

인류가 지구상에 출현하면서 원시 공동의 생활로 수렵에 종사하기 위하여 도구(무기)를 발명, 개발하면서 한편 부락상호간에 끊임없이 싸움(전쟁)을 벌여온 것은 역사가 보여 주는 사실이다. 칼도 일찍이 돌로 만든 돌화살촉, 돌도끼 등과 함께 돌칼을 만들어 사용하였으며 그것의 사용이 따르는 전쟁은 삶의 전부였다고 해도 지나친 말이 아닐 것이다. 따라서 전쟁을 담은 시가는 중국의 경우에 있어서도 일찍이 『역경易經』에 보이는

充如其來如
焚如死如棄如[64]

代有黃倡者年 可十五六歲 … 獨見注錡與昌耳 議論謬誤不可不辨爲見舞昌者辨之 且制爲讀史者爲考異云
이첨李詹은 황창랑을 관창으로 보고 있으며, 같은 책에서 서거정도 '黃慷慨報君菟'이라하여 황창을 이야기하고 있다. 역시 같은 곳에서 김종직도 시칠영詩七詠 가운데에,
若有人兮纔離齔　身末三尺何雄驍
平生汪錡我所師　爲國雪恥心無慘
劍鐔擬頸段不戰　劍鍔指心目不搖
功成脫然罷舞去　狹山北海猶可超
라고, 황창랑의 고사를 읊고 있다.

64 『역경易經』리離, 94.
이것을 楊蔭瀏는 그의 『中國古代音樂史稿』, 丹青圖書有限公司, 1986³, p.17에

라든가,

得敵 或鼓 或罷

或泣 或歌⁶⁵

라는 단편적인 시구에 극명하게 나타난다.

　노래와 춤도 현실에 뿌리를 둔 삶의 표현이라 한다면 이러한 전
쟁의 묘사를 담은 것들은 당대 사회의 직접적인 반영이라 할 것이
다.⁶⁶ 따라서 검무(검가를 포함해서)의 연원은 인류의 수렵 생활과
그 궤를 같이한다고 판단된다.

　검의 전통적인 의미는 두말할 나위 없이 무武로서의 지배와 그
힘이라 할 수 있다. 이것은 춤의 발전단계와 맥을 함께 한다.

　　원시의 춤은 특정한 발달단계에서 武와 舞는 본래 서로 나

　　서 敵人突然地來了! 燒阿! 殺啊! 抱棄屍体啊!(적이 갑자기 쳐들어 왔구나, 태
　　워버렸구나, 죽였구나, 시체를 버리고 달아났구나.) 이렇게 풀이 했다.
65　위 책, 같은 곳 易經(역경) · 中孚(중부), 63.
　　俘獲敵人 有擊大鼓的 也有擊小鼓的 有哭泣的 也有歌唱的
66　王克芬은 그의 『中國古代舞蹈史話』, 蘭亭書店, 1985, 台北, p.4에서 그러한 사
　　정을 이렇게 말하고 있다.
　　原始時代各氏族之間, 有時也會發生戰爭, 有了戰爭生活 就會有反映戰爭的舞蹈, 相
　　傳舜時, 有苗不服, 禹率人去討伐, 和有苗打了三十天的戰爭, 沒有能够征服有苗, 禹
　　按照舜的指示, 收兵回來, 拿著了和羽舞了七十天, 有苗被懾子. 拿著舞器舞是練兵
　　含有威懾的意思. 拿著羽毛舞是了表示「文德」即和平友好的意思, 舜用了這兩手, 使
　　有苗歸順了. (우서虞書 · 대우모大禹謨)
　　이러한 말은 춤이 단순히 연병만이 아니고 화해의 의미도 있어, 공격과 하
　　해라는 양면성, 특히 덕치로서의 후자에 역점이 놓인다.

누기 어렵다.[67]

　‘武(무)’는 ‘舞(무)’이면서, 순舜이 보여 준 양수兩手로서의 주술적 힘[68]은 ‘舞(무)’가 곧 ‘巫(무)’로 이동되기 마련이다.

　‘舞(무)’의 처음 문자는 ‘巫(무)’자였다고 한다.[69] 갑골문 중에 ‘舞(무)’와 ‘巫(무)’는 두 글자 모두 ‘夾(협)’ 또는 ‘爽(상)’자로 썼는데, 신神을 숭앙하는 가무를 잘하는 자는 전문인이 되어 ‘巫(무)’가 되었다. ‘劍(검)’도 ‘舞(무)’가 되고 그것은 다시 ‘巫(무)’가 되어 주술적인 힘을 갖게 되었다. 이것은 ‘劍(검)’을 소유하는 자가 지배자이기 때문에, 더욱더 마력적인 힘의 상징으로 작용하였다.

　우리나라에서 자고로 무당이 굿거리에서 언월도偃月刀라든가 대신 칼등을 쓴다거나, 칼춤을 추는 것은 척사斥邪로서의 힘 때문이다.[70] 하찮은 동토조차도 잡귀를 몰아내기 위해 바가지와 식칼을 쓰는 것도 역시 척사의 위력을 믿어서이다.

　「검가」의 경우에 검劍은 그러한 전통적인 무속으로서의 주술적인 힘에 닿아 있다. 수운의 득도 과정에서 보여 준 신비한 종교적 체험이나, 영부靈符를 태워 그 재를 영약靈藥으로 마시는 방법 등이 샤머니즘의 맥락에 있음을 이미 말한 바 같거니와, 본디 춤(칼춤)에서 오는 엑스터시와 칼은 같은 성질의 것으로 파악된다.

67　손경침·오만영, 앞의 책, p.10.
　　原始舞蹈在特定的發展階段,「武」和「舞」原難絕然相分.
68　常任俠, 『中國舞蹈史』, 蘭亭書店, 台北, p.12.
69　같은 이의 『中國舞蹈史話』 明文書局, 1985, p.14.
70　김태곤, 『한국무속연구』, 집문당, 1981, pp.47~48, p.73, p.134, p.390 등에 보인다.

이러한 무속에 보이는 칼의 위력은 칼이 지닌 절단切斷과 제거除去라는 데에[71] 있지, '武(무)' → '舞(무)' → '巫(무)'의 맥락에 반드시 닿아 있는 것은 아닐 것이다.

이제 검劍이 지닌 일반적인 상징을 개관해 보고 이것이 검가와 어떻게 연결되는가를 살펴볼 차례가 되었다.

첫째로, 검劍의 상징은 지배와 영광이다. 원시 공동사회에서 지배자는 대체로 무인이었으며, 그의 사용무기 가운데에 가장 중요한 것은 '칼'이었을 것이다. 그러므로 칼을 지배한 자가 한 무리의 지배자가 되었을 것은 뻔하다. 따라서 칼이 지배자의 권위나, 사법적(통치권적)인 힘의 상징으로 나타나는 것은 자연스러운 일이다. 다음과 같은 견해는 그 대표적인 예가 될 것이다.

As the instrument or symbol of penal justice; hence,
the authority of a ruler or magistrate to punish offenders;
more generally, power of government, executive power,

---

71 '칼'의 15세기어는 '골'이며, 이것은 '나눈다, 갈라놓는다, 자른다' 등의 뜻을 지닌다. 江의 '가람'도 '골'에서 나왔으며 '갈다'도 역시 '골'에 그 뿌리를 두고 있다. '칼'이 잡귀 또는 不義 등을 제거하는 의미로 쓰이는 것은 그러한 데에서 말미암는다.

J. E. Cirlot은 그의 *A Dictionary of Symbols*, New York, 1962, Sword 條에서 Sword를 blade와 guard의 양면을 지닌 것으로 보아 '結合(결합)'의 상징이라고,

The word is in essence composed of a blade and a guard: it is therefore a symbol of "Conjunction", especially when, in the Middle Ages, it takes on the form of a cross.

이렇게 말하면서, 특히 중세에 십자형十字形으로 나타났다고 했다. 이러한 견해는 얼른 납득하기 어렵다.

authority, jurisdiction; also, the office of an executive governor or magistrate.[72]

　뿐만 아니라 칼은 지배에서 오는 승리의 상징이 되었으며, 승리가 가지고 오는 영광의 다른 이름으로 바뀌게 되었다.

　둘째로, 칼에 의해 지배에 따르는 신성성이다. 칼이 가진 지배의 힘과 위력은 피지배자의 경우 공포이었을 것이며 승리자에게 있어서는 영광의 상징이었을 것이다. 이런 공포와 영광은 칼로 하여금 절대의 신성성을 갖도록 하였다. 도홍경陶弘景(梁)의 『도검록刀劍錄』이 보여주는 다음과 같은 기록들은 그러한 사정을 분명하게 드러내 준다.

- 夏禹子帝啓 在位十年 以庚戌八年 鑄一銅劍 長三尺九寸 後藏之 望山腹上 刻二十宿 文有背面 面之爲星辰 背記山川日月
- 武帝徹在位五十四年 以元光五年 歲次乙巳 鑄八劍 長三尺六寸 銘 日八服小篆書 崤膏恒霍華泰山 五嶽 皆埋之
- 魏武帝曹操 以建安二十年 于幽谷得一劍 長三尺六寸 上有 金字銘 日 孟德王 常服之

(윗점 필자)

　이상의 기록 중 칼을 산에 묻는다는 사실에 주목하고자 한다. 그리고 칼에 있는 각刻과 명銘에도 주의할 필요가 있다. 이것은 천天과 지地의 신성神性 부여로서 사람이 만든 '칼[劍]' 이상의 것을 의

72　*The Oxford English dictionary* Vol. 10, 1978, p.349.

미한다. 그러니까 칼은 인간의 힘으로 어쩌지 못하는 천도天道의 그것이며 모든 것은 그 힘에 복속服屬되어야 한다.

이와 유사한 기록은 우리의 『삼국사기』, 『삼국유사』 등에서 자주 산견散見할 수 있다. 그 가운데 삼국유사 김유신 조에 보이는 "修劍得術爲國仙(수검득술위국선)"은 시사하는 바 자못 크다. 검劍을 쓰는 훈련을 거쳐야만 조화술을 얻을 수 있고 술術을 얻어야 비로소 국선國仙이 된다고 풀이할 수 있는 이 구절은 검劍이 선仙이 되는, 곧 劍(검) → 仙(선)의 직결되는 과정을 보여 준다. 그러니까 검劍은 신선神仙 곧 신성을 획득하고 있는 셈이다. 삼국사기 고구려 본기 제일 유리명왕조가 보여 주는,

就而見之 礎石有七陵 乃搜於柱下 得斷劍一段 遂持之興屋智句鄒
都祖等二人 行至 卒本 見父王 以斷劍奉之 王出己所 有斷劍合之 連
者一劍 王悅之 立爲太子 至是繼位

이런 기록 속의 검劍도 역시 신성의 징표다. 아버지 주몽이 부여를 떠날 때에 그의 어머니 찰씨札氏에 신표로 남기고 간 물건은 부러진 한쪽의 칼로서 땅에 몰래 묻어 두었다. 그것을 어렵게 찾아 가지고 먼 길을 걸어 부왕父王과 만나 맞추어 보니 완전한 한 자루의 검이 되었다. 그리하여 유리는 태자가 되어 위位를 이었다. 이런 내용의 검은 왕권의 상징이면서 주술적 신성성을 내포하고 있다.[73]

73 이것은 무기로서의 단호함 곧 生(생)과 死(사)의 갈림길, 다른 말로 勝敗(승패)의 확연한 결단 때문에 생겨난 것이다. J. E. Cirlot가 앞에서 보인 그의 저서에서 "대부분의 원시인들은 칼을 숭배의 대상으로 삼았는데 예컨대 스키타이인들은 전쟁신이라고 믿었던 검의 날카로운 칼로 일곱마리 말의

셋째로, 종교적인 기능으로서의 주술적인 힘magic power을 가리
킨다. 이것은 바로 앞에서 이야기한 '신성성'과 표리의 관계를 맺
으며 이 점은 전통적 의미를 검토하는 대목에서 이미 살펴본 바 있
다. 병의 잡귀라든가 악령evil spirit을 물리치는 데에 칼은 더 없는
힘이 되는데 이것은 칼劍이 지닌 정화purification와 무관하지 않다.[74]
칼은 불이며 불꽃이므로 마귀를 쫓아 내쫓고, 어둠의 세력을 추방
할 수 있다. 그리하여 결국 '깨끗하게' 만든다. 이런 점에서 칼은 영
성靈性의 상징이다. 중국이나 우리나라 고대의 황제들이 늘 칼을
차고 있었던 것은 그런 주술적 힘에 주로 근거를 두고 있다. 여기에
서 우리는 Bayley가 영어의 Sword와 Word라는 두 단어의 관계에
대하여 주목한 사실을 상기할 필요가 있다.[75] 암흑을 격퇴하는 빛

목을 쳐 해마다 희생물로 제사를 드렸다"고 했다. 비슷하게 "로마인들도
악령을 물리칠 능력이 있는 軍神(군신, Mars)과 불가분리인 鐵(철, iron)을
숭배하였다"고 했다.
(Among many primitive peoples it was the object of much veneration.
The Scythians used to make an annual sacrifice of several horses to the
blade of a sword which they considered as a god of war. Similarly, the
Romans believed that iron, because of its association with Mars, was
capable of warding off evil spirits.) A Dictionary of Symbols, p.307.(1971
판 p. 323)

74 위의 책. p.308.
But the fact is that in rites at the dawning of history and in folklore
even today, the sword plays a similar role, with the magic power
to fight off the dark powers personified in the 'malevolent dead'
which is why it always figures in apotropaic dances, when it apears in
association with fire and flames-which correspond to it in shape and
resplendence-it symbolizes purification.

75 위의 책, 같은 곳.
In this connexion, Bayley draws attention to the interesting

으로서의 말(씀)은 로고스이며 이것은 요한복음 첫머리에서 이야기하고 있는, 곧 "太初(태초)에 말씀이 있었다."라는 바로 그 말씀과 같다. 따라서 말씀으로서의 Word와 마귀를 몰아내는 빛으로서의 무기, 곧 Sword는 사실상 빛과 동일한 의미망을 갖는다고 할 수 있다.[76]

relationship between the English words sword and word. There can be no doubt that there is a sociological factor in sword-symbolism, since the sword is an instrument proper to the knight, who is the defender of the forces of light against the forces of darkness.

76 J. Chevalier/A. Gheerbrant, *Dictionnaire des Symboles*, Seghers, 1974의 épée조條(p.270).

검은 또한 빛과 번개의 상징이다. 칼날은 빛나는데, 십자군이 말했듯이 그것은 번개의 한 조각이다. 일본의 신성한 검은 번개를 유도한다. 베다 제사장의 검. 그것은 Indra(vajra에서 그것을 확인할 수 있는데)의 번개이다. 따라서 그것은 불이다. 즉 천국의 아담을 내쫓는 천사는 불의 검을 들고 있었다. 연금술사의 말에 의하면 연금술사의 검은 모진 시련의 불이다. 보살은 아수라(asura)의 세계에서 타오르는 검을 말하고 있다. 그것은 지각의 쟁취와 욕망의 해방을 위한 전쟁의 상징이다. 다시 말해서 검은 무지의 암흑 또는 굴레의 매듭을 자르는 것이다. 마찬가지로 타오르는 검의 하나인 Vishnu의 검은 순수한 의식의 상징이며 무지의 파괴의 상징이다. 칼집은 무지와 암흑의 상징이다. 즉 자리이족의 sadet du feu의 신성한 검이 별 어려움 없이 한 속인에 의해 칼집으로부터 뽑혀질 수 없다는 행위와 연결해야 한다. 순수한 상징으로써 이 위험은 실명과 또한 화상과 파편으로 표현되거나 검의 불이 단지 자격 있는 개인에 의해서만 견디어낼 수 있기 때문이다.

만약 검이 번개와 불이라고 한다면 그것은 또한 태양의 한 광선으로 볼 수 있는데, 검이 나오는 요한묵시록에서의 모습은 태양처럼 빛나고 있다고 쓰고 있다.(그것은 사실상 빛의 원천이다.) 중국에서는 태양과 번개와 검에 해당하는 세 개의 머리글자 '리'가 있다.

L'épée, c'est aussi la lumière et l'éclair: La lame brille; elle est, disaient les Croisés, un fragment de la Croix de Lumière. L'épée sacrée japonaise dérive de l'éclair. L'épée du sacrificateur védique,

빛으로서의 검劍은 어둠과 악귀를 내쫓는 종교적 힘을 획득하며 그것은 마력에 의하여 모든 병귀가 퇴치되고 또한 고통의 매듭이 순조롭게 풀린다. 이것이 필연적으로 칼에 대한 신앙으로 나타난다.

넷째로, 불의를 척결하는 정의의 상징이다. 칼劍은 싸움의 도구이며 그것은 정의의 편이다. 사악한 것은 칼에 의하여 베어지고 제거된다. 기독교에서 저울이나 칼로 공평과 정의를 나타내는 것은 그 때문이다. 마호메트의 검도 같은 맥락에서 이해된다.

그것은 평화와 정의를 이루고 유지한다. 이 모든 상징은 문자 그대로 劍에 알맞으며, 그것이 왕(일본인들, 크메르족, Chans의 신성한 劍, Chans은 오늘날 자라이족의 Sadet du

c'est ta foudre d'Indra(ce qui l'déifié au vajra). Elle est donc je feu; les anges qui chassèrent Adam du Paradis portaient des épées de feu. En termes d'alchimie, l'épée des philosophes est le feu du creuset. Le Bodhisattva pôrte l'épée flamboyante dans le monde d'asura: c'est le symbole du combat pour la conquête de la connaissance et la libération des désirs; l'épée tranche l'obscurité de l'ignorance ou le nœud des enchevêtrements(Govinda). Semblablement, l'épée de Vishnu, qui est une épée flamboyante, est le symbole de la pure connaissance et de la destruction de l'ignorance. Le fourreau est la nescience et l'obscurité: ce qu'on ne peut sans doute séparer du fait que l'épée sacrée du Sadet du feu jarai ne peut être tirée du fourreau par un profane, sous peine des pires dangers. En symbolique pure, ces dangers devraient s'exprimer par l'aveuglement ou la brûlure, l'éclat ou le feu de l'épée ne pouvant être suportés que par les individue qualifiés. Si l'épée est l'éclair et le feu, elle est encore un rayon du soleil: le visage apocalyptique d'où sort l'épée est brillant comme le soleil(c'est effectivement la source de la lumière). En Chine, le trigramme li, qui correspond au soleil, correspond aussi à l'éclair et à l'épée.

feu에 의해 보존되어 온다.)의 상징일 때 적당하다. 비교해 보
면 그것은 특히 정의에 더 적당하다. 곧 그것은 선을 악으로
부터 떼어놓으며, 범죄자를 벌한다[77]

　이러한 사전의 진술은 용기를 수반하는 정의로서의 상징을 가
리키는데, 이때의 검劍은 부패와 도덕적 타락이 극에 달했을 때 그
위기로부터 구제해 주는 힘의 원천이기도 하다. 이것은 고대보다
도 사회가 복잡하게 분화된 근대에 있어서 더욱 그 의미를 획득하
게 된다.
　다섯째로, 검劍이 갖는 시니피앙이 신(神)의 '劍(금)'과 동일하다
는 것인데, 여기에서 자연히 '劍(검)'을 곰 토템의 '熊(곰|감|검)'과
일치, 무의식중에 전통적인 신성으로 볼 수 있다는 점이다. 劍(검)
의 우리말은 칼이다. 그러나 의미에 있어서 劍(검)과 칼은 구분된
다. '칼'이라는 말에는 일상생활에서 사용하는 손칼, 과일칼, 식칼
등의 칼과 무기로서의 칼이 포괄된다. 하지만 흔히 쓰이는 의미는
일상으로 쓰는 도구로서의 그것이다. 여기에 대하여 劍(검)은 의
미가 한정되어 있다. 싸움에 쓰이는 무기로서의 칼을 일러 우리는
劍(검)이라고 한다. 따라서 劍(검)은 전쟁과 긴장, 생사와 승패 등

77　위의 책, 같은 곳.
　　Elle établit et maintient la paix et la justice. Tous ces symboles
　　conviennent littéralement à l'épée, lorsqu'elle est l'emblème royal (épée
　　sacrée des Japonais, des Khmers, des Chans, cette dernière aujourd'hui
　　conservée par le Sadet du Feu de la tribu Jara) Associée à la balance*,
　　elle se raporte plus spécialement à la justice: elle sépare le bien du mal,
　　elle frape le coupable.

넓은 의미망을 가지고 있다. 장자가 말하는[78] 최상의 검劍도 칼이 아니라 검劍이며 그것은 오행을 따르며 덕으로 다스려야 되는 것이다. 이러한 점에서 검劍의 상징은 형이상학적이다.

이상으로 검劍의 일반적인 상징성을 다섯 가지로 나누어 살펴보았다.

「검가」의 검劍이 갖는 의미를 어떻게 파악해야 하는가 하는 최후의 문제가 이제 우리 앞에 놓여 있다.

산제山祭나 천제天祭를 올리면서 목검木劍으로 춤을 출 때 불렀다거나, 또는 행군시行軍時에 합창으로 불렀으며 그러할 적에는 제정신이 아니었다는 기록에 의거할 때, 검劍의 첫째 의미는 전통적인 것으로서 주술의 힘이라 할 수 있다. 당시 괴질鬼疾이 몇 년간 경향 각지를 휩쓸며 한양에서만 13만 명의 사망자를 내었다는 사실을 미루어 병마퇴치의 기능도 했으리라 판단된다.

그러나 이러한 해석보다는 검劍의 사회적 기능을 중시할 필요가 있다. 우리 근대사회의 각종 모순이 극대화하여 그것을 극복하기 위해 주로 기층민중 속에서 동학은 탄생되었기 때문이다. 삼정의 문란으로 인하여 민중의 생활은 나락으로 떨어지고, 서구 자본주의 열강들은 중국을 거쳐 한반도에까지 제국주의의 마수를 뻗치기 시작하였다. 이러한 말기적 상황 속에서 외세에 의존하려는 세

---

78 장자莊子는 이백李白과 마찬가지로 검술劍術에 능통하였던 철인哲人으로 알려지고 있다. 그의 남화경 잡편삼십 설검에는 세 가지 검劍을 들어 이야기하고 있는데, 하나는 천자의 검으로서 땅으로 근본을 삼고 오행에 따르는 것이고, 다른 하나는 제후의 검으로 지용智勇이 겸비한 자를 칼끝으로 하고 청렴한 자를 칼끝으로 하는 청렴한 자를 칼날로 삼는다. 마지막으로 서인庶人의 검劍은 사람 죽이는 칼싸움 놀이라 하였다.

력과 그것을 거부하는 척화파의 갈등이 지배계층 간에 야기되었
다. 혼란이 극에 달하여 가치이동이 일어날 수밖에 없는 전통적 유
교 사회는 서서히 붕괴되어 갔다. 동학은 유불선의 종합을 표방하
면서 당시 은밀하게 번졌던 천주학에 대응하였다. 따라서 이런 사
회적 문맥에서 만들어진 「검가」는 문약文弱한 부유腐儒의 횡포와
서구 자본주의 제국의 침탈을 척결하려는 데에 궁극적인 목적을
두고 있다. 음陰의 서학西學을 제압하기 위하여 양陽의 칼을 사용한
다는 것은 그런 점에서 이해된다.

　「검가」에 있어서 검劍은 미래의 바람직한 세상을 가져오게 하는
결訣로서의 예언적, 혁명적 결단의 상징이다. 또한, 위기의 상황에
서 백척간두 진일보하는 용기의 표상이라 할 수 있다.

3. '時(시)'의 역학적 의미

　동학가요에는 時(또는 時運)에 관한 구절이 유난히 많이 눈에
띈다. 수운의 「화결시和訣詩」에 나타난 "時云時云覺者(시운시운각
자)", 「수도사修道詞」에 보이는 "時乎 時乎(시호 시호) 그때 오면 도
덕성립 아닐런가" 등인데, 이런 것은 역시 그의 「용담가」, 「몽중노
소문답가」 등의 노래에서도 찾을 수 있다. 그밖에 동학 각 종파에
서 불리는 노래 속에는 '時'의 문제가 더 심각하고 간절하게 나타
난다.[79] 그러나 이 '時(시)'의 원류가 되는 강렬한 노래는 아무래도

79　몇 곳만 들어 보면 다음과 같다.
　　시호시호 그씨와서 태평군왕 만넉거든 「ㅈ고비금쟝」

240

본고의 연구대상인 검가이다.

이러한 사실은 동학의 창도자 수운 또는 그 뒤를 잇는 지도자들과 교도들 간에 '時'가 얼마나 중요한 문제였던가를 반증하는 것이다. 2대 교주 해월의 원래 이름은 최경상崔慶翔인데, 수운이 그랬던 것처럼 그도 이름을 시형時亨이라고 바꾼 것은 과연 무엇을 뜻하는가에 대하여 주목한 필요가 있다.

그것은 동양의 우주 철학이자 생활의 지표인 주역의 강한 영향 때문이라고 생각한다. 귀인이든 천인이든, 지위의 고하를 막론하고 사고와 행위의 원리를 제공한 것은 역사상易思想이며, 어느 면에서 동양 문물의 모든 산물은 역易의 구속에서 벗어날 수 없다는 게 필자의 판단이다.

『주역周易』은 다 알다시피 주周 때 정리된 역易으로서 모든 역易을 대표하는 지위를 부여받고 있는데, 이것은 여타의 역易과 마찬가지로 농본사회를 바탕으로 한 만유萬有, 곧 천天·지地운행의 원리와 그 속에서 삶을 누리는 인人의 윤리적 질서를 제시해 주고 있다. 『주역전의대전周易傳義大全』의 역서易序에서,

與天地 合其德 與日月 合其明 與四時 合其序 與神 合其吉凶 然後

時乎時乎 그씨와셔 神仙行次 行호 디도「신심시경가」
時乎時乎 말호씨도 信心者의 時乎로다 (위와 같음)
오는運 씨를싸라 道德仁義 光華門이「신화가」
時運時變 모르고셔 處卜할줄 모른 디도「창화가」
元亨利貞 다모르고 如干아는 그걸밋고「오행시격권농가」
輪廻時運 맑은기운 次次次次 싸라가면「인선수덕가」
時乎時乎 씨오거든 사롬사롬 敎育하과「연시가」
時乎時乎 씨가되면 無爲而化 그가온 디 (위와 같음)

라, 한 것도 그런 사정을 말한 것이다.

역易사상의 중심은 만유萬有의 역동적力動的인 변화와 그 질서에 있다. 64괘卦의 384효爻로 나타나는 다양한 상황은 변화의 틀로서, 기복을 무궁히 반복하는 무수한 상황을 상징적으로 포괄한다. 동動과 정靜 또는 음陰과 양陽이 갈등과 화해가 보여 주는 변화는 운동이며[80] 이것은 시時의 여하에 따라 상황은 달라지게 되므로 시는 변화의 성격을 지배하게 된다. 역易에서 '時'가 핵심에 놓이는 까닭이 여기에 있는 것이다. 계사전繫辭傳이나 역전易傳에 時(시) 또는 時(시)에 연관된 어휘들이 빈번하게 나타나는 것도[81] 그런 데에 연유한다.

괘사의 해석인 『단전彖傳』에는 "時義大矣哉(시의대의재)", "時用大矣哉(시용대의재)"등을 말하고 있는 곳이 64괘 중 12괘나 된다는[82] 점을 미루어 보아 역에서 차지하는 시의 중요성을 짐작할 만하다.

이와 같은 역易에 있어서 시時의 중요성을 검가는 그대로 반영하고 있다. 그런데 시時의 종류-시용時用, 시중時中, 수시隨時, 대시待時, 시발時發 등 가운데에서 '시중時中'이 그 핵으로 작용하고 있음을 알 수 있다.

---

80 易變易也 隨時變易 以從道也(『주역전의대전周易傳義大全』·『역전易傳』서序)
81 곽신한, 『주역의 이해』, 서광사, 1990, p.241.
    及時(〈乾·文言〉), 時發(〈坤·彖〉), 時中(〈蒙·彖〉), 與時偕行(〈損·彖〉), 隨時(〈隨·彖〉), 失時(〈節·彖〉), 對時(〈無妄·彖〉), 有時(〈損·彖〉), 趣時(〈繫辭傳〉下), 待時(〈繫辭傳〉下) 등 時가 많이 나타나고 있다.
82 위의 책, p.244.

時乎時乎 이내時乎

不在來之 時乎로다.

萬世一之 丈夫로서

五萬年之 時乎로다.

검가의 첫머리에 보이는 이러한 시時의 단호함은 그런 사실을
극명하게 드러내 준다. 4구에 5번이나 반복되는 '時(시)'는 감탄적
인 호격으로 나타나고 있어 더욱 강한 느낌을 갖게 한다. 1894 갑오
년 무렵에 민간에서 널리 불리웠다는,

가보세 가보세

을미적 을미적

병신되면 못 가 보리

등도 동음이의의 펀pun을 이용하여 '時中(시중)'을 청유형으로 전
파하고 있다.
'時中(시중)'은 '때의 맞춤'이란 뜻으로서,

艮止也 時止則止 時行則行 動靜不失其時 其道光明[83]

(윗점 필자)

그칠 때는 그치고 행할 때는 행하여, 움직임과 머무름이 그 때를
놓치지 않는 것, 그것이 '時中(시중)'이다.

---

83 周易傳義大全,〈艮·象〉

자사子思가 그의 『중용中庸』에서 일찍이 "君子之中庸也 君子而時中 (군자지중용야 군자이시중)"(윗점 필자)이라 말한바 시중時中이 그것으로서, '時(시)'는 대시待時, 시행時行, 시성時成, 시변時變, 시용 時用, 시의時義, 시발時發, 시사時舍, 시극時極의 시時요, '中(중)'은 중 정中正, 정중正中, 대중大中, 중차中此, 중행中行, 행중行中, 롱중弄中, 유 중柔中 등의 중中이다.[84]

검가에 있어 '時中(시중)'으로서의 '時(시)'는 부패가 극한 사회 의 타락과 변혁이 혁명이 아니라 순리(천도)에 따라 '때'가 온 것 임을 함축하고 있다. 이러한 '時(시)'의 내포된 의미는 세 가지 측 면으로의 이해가 가능하다. 첫째는 변화로서의 시중時中이다. 검가 가 보여 주는 시時는 '앞으로 다시 볼 수 없는 오만 년만'의 '운수'이 며, '장부'도 만세에나 만나는 기적의 형세이다.

이 세상에 고정되어 있는 것은 없다. 항상 순리에 따라 변화하기 마련이다. 권세도 마찬가지다. 권세가 묵어 타락하게 되면 새로운 세력이 그것을 극복하기 위해서 나타나게 된다. 당대 사회 풍조의 말기적 현상에 대한 진단은 극히 합리적이다. 당대 민중의 정서를 폭넓게 지배하게 된 이러한 논리는 혁명의 대중역량을 집결하는 바탕이 되었다.

둘째는 시時의 도달에 대한 확인이요, 실시失時에 대한 엄중한 경 계이다. 이것은 혁명의 결정적인 시기를 단호하게 선언한 것으로 서 사생결단의 용기를 환기시키고 있는바, 새로운 시기의 도래를 알리는 긴장의 정점에 서서 선지자의 외치는 절규로 이해된다.

셋째로 후천개벽後天開闢의 사상이다. 수운은 상원갑上元甲, 하원

84　韋政通, 『中國哲學辭典』, 大林出版社(台北), 1978, p.513.

갑下元甲으로 타락한 구舊사회와, 평등과 천도의 도덕으로 화평을 이루는 신시대를 각각 구분하였다. 선천先天의 시대는 시운時運에 따라 이제 지나가고 이상향의 후천개벽이 도래함을 힘차게 선포하고 있다. 이 후천개벽의 세상은 눌려 지낸 약한 자의 지상낙원이며, 복락福樂이 넘치는 현세이다. 지상천국을 대망待望하는 민중의 염원과 일치하여,

십이제국 괴질운수 다시 개벽 아닐런가 「몽중로소문답가」

어화 세상 사람들아 무극지운 닥친 줄을
너희 어찌 알까보냐   「용담가龍潭歌」

쇠운이 지극하면 성운이 오지마는   「권락가勸樂歌」

이러한 노래는 피지배계층 속으로 급속하게 퍼지게 되었으며, 검가에 와서 그 결정을 이루고 있다.

V. 검가의 동학가요상 위상과 그 국문학사적 위치

「검가」는 신유년에 씌어진 것으로 학계에서는 일치된 견해를 보여 준다. 신유년은 1861년으로서 수운이 각도한 경신년(1860)의 그 이듬해가 된다. 경신년에 「용담가」, 「교훈가」, 「안심가」, 「처사가」[85] 등을 강서降書[86]로 짓고, 그 다음 해에 도덕의 뜻을 굳혀 수도절차를 정한 다음 「검가」를 지은 것이라고 한다. 이러한 내용은 『천도교창건사天道敎創建史』나 『동학사東學史』 등 천도교 자료를 종합해 볼 때 거의 일치된 견해이다. 위의 견해가 정확하다고 한다면 검가는 『용담유사』 가운데에도 초기에 속하는 것이 된다.

필자의 생각으로는 이 노래는 더욱 일찍 불린 것으로 보며 또 그의 사후 잇따른 민란과 1894년 농민전쟁 전후 다소 수정된 것으로 판단된다. 전자의 근거로서는 수운이 일찍이 양자로 들어온 그의 삼촌 최림의 영향을 받아 병서를 공부하고 육도삼략 같은 것에도 깊은 관심을 가졌던 점을 들 수 있으며,[87] 또한 평소 말을 즐겨 타고

---

85 「처사가處土歌」는 전하지 않는다.
86 신의 계시에 의하여, 자기의 의지와는 관계없이 씌어지는 글을 가리킨다. 종교적인 엑스타시의 절정에서 단숨에 나오는 경우가 자주 나타난다.
87 조동일, 『동학성립과 이야기』, 홍성사, 1981, p.220.

다녔다든가, 활쏘기를 즐겼다든가 하는 그런 일련의 사실들을 놓고 볼 때, 전통적으로 이어져 온 칼춤에 자연스럽게 습합되어, 화랑식의 심신단련 시 불렸었을 가능성이 큰 것이다. 후자의 근거로는 현전하는 검가의 내용상 서사에 속하는[88] 앞부분이 거개 빠지고 "時乎時乎(시호시호)"로 직핍하고 있다는 것이다. 뿐만 아니라 이 노래는 빈번한 의식에서 쓰였고, 집회 등에서 합창 형식으로 불렸기 때문에 극히 작은 부분이겠지만 바뀌었을 가능성을 배제할 수 없다.

「검가」를 검결이라고 흔히 부르는 것은 가歌로서의 노래뿐만 아니고 결訣로서의 예언적 주술성을 중시하는 데에 말미암는다. 따라서 「용담가」, 「안심가」, 「교훈가」, 「몽중로소문답가」 등이 수운의 가계나 득도 과정 또는 수도의 필연성 및 방법 등을 가사 조에 얹혀 풀어쓴 것이라 한다면, 검가(결)는 노래 그 자체에 힘과 주력呪力(magic power)을 가진 것으로 믿었던 신도 모두의 합창곡이며 행진곡이요, 내일(미래)을 바람직하게 개벽하는 말의 무기였던 셈이다. 이런 점에서 동학가요상 차지하는 검가의 의미는 자못 크다고 하지 않을 수 없다.

검가가 차지하는 위치가 동학상 또는 동학가요상 중요하다는 점이 국문학사적으로 그대로 연장되는 것은 아닐 터이다. 무슨 장르의 효시라든가, 뛰어난 대표작일 때 갖게 되는 그런 사적 자리매김을 가능하게 하지 않기 때문이다. 그러나 개화기가사에 있어서 동학가사(요)[89]가 차지하는 국문학사적 의미는 다시금 검토할 필

---

88 靑衣長衫/龍虎將이//如此如此 又如此라
    曰爾/東方子弟들아//너도 得道 나도 得道
89 필자가 동학가요라 하여 요謠를 고집하는 것은 거개의 가사가 다 그런 것처

요가 있다. 왜냐하면, 종래 대부분의 문학사에서 간과되기 일쑤였던 까닭이다.

　동학가사의 국문학사, 좁혀 말해 시가문학사적 의미에 관해 주목한 학자가 전혀 없었던 것은 아니다. 가령 김학동의,

　　　東學敎主 崔水雲의 「龍潭遺詞」는 조선 말기에 전통시가의 형식으로 이루어졌으나, 한국시가에서 그 변화의 징후를 보인 점에서 매우 중요한 의미를 갖는다. 3·4 내지 4·4조의 음수율을 기조로 전통 사상의 모순성을 혁파하고 무엇인가 '새로움'을 창조하려는 강렬한 의욕이 표상되어져 있는 것이다.[90] (윗점 필자)

라든가, 조동일의

　　　그의 가사는 전대의 것과 형식상으로는 다를 바 없으나 내용에 있어서는 획기적인 차이가 있어 개화기의 중심적인 문제를 정면에서 다루기에는 개화기 가사의 첫 작품이며 개화기 문학의 시발로 크게 중요시 할 필요가 있다.[91] (윗점 필자)

럼 노래로 불리웠기 때문이다. 정규로서의 음의 고저, 장단 또는 강약에 따른 리드미컬한 것이었다기보다는 시경류의 음송(영)으로서 불리웠으며 특히 동학가요의 경우는 포교의 의도와 포교 대상자들의 지적 수준을 상도할 때 더욱더 "요"의 성격을 갖지 않을 수 없었던 것이다. 필자는 근자에도 동학을 표방하는 종단 내에서 단조로운 곡으로 음영하는 것을 녹음한 일이 있다.

90　김학동, 『한국개화기시가연구』, 시문학사, 1981, p.40.
91　조동일, 「개화기의 우국가사」, 『개화기의 우국문학』, 신구문화사, 1974, p.68.

이러한 평가가 그러한 예에 속한다. 그러나 한국시가 문학사상, 넓혀서 한국문학사상 그 차지하는 의미를 심도 있게 접근한 논저를 발견하기는 어렵다. 단순히 포교로서의 종교가사로 보는 것이 고작이었다.[92]

동학가요(사)는 조동일의 지적대로 개화기 가사의 첫 작품이라는 점도 있지만, 그보다 폭넓은 피지배층 곧 농민들 사이에서 불리웠을 뿐만 아니라 당대 현실의 여러 모순들 이를테면 민족 및 계급 모순과 정면으로 대결하여 민족적 활로를 제시하였다는 점에서 보다 더 큰 의미부여가 가능하다. 전통사회의 모순이 외세와 결합하여 말기적 중상을 보여 줌에 따라 그것을 척결하기 위한 포교로서의 동학가사는 비록 예술성이 부족하다 하더라도 국문학사상 중요한 위치를 점하지 않으면 안 될 것이다. 불교, 천주교 등 여타의 종교가사와 구별되는 점은 물론 반봉건적인 저항정신에도 주목해야 하지만 그보다 못지않게 평가해야 할 것은 수용자 계층의 특수성과 폭넓음에 있다.

동학가요 중에서도 「검가」는 그 극에 달한 단호함이 '시호 시호'의 스타카토와 힘찬 합창 풍의 행진에 긴밀하게 연결되어 주술적인 힘을 환기시켜 준다는 점에서 더욱 가치부여를 해야 할 노래이다.

요컨대, 검가(결)는 여타 동학가요의 핵에 위치하며, 동학가요(『용담유사』)는 개화기가사의 첫 작품으로서의 문학사적 의미뿐 아니라, 역사적 현상타파의 저항정신이 민중 사이에서 폭넓게 수용된 노래라는 점에서 민족문학으로서의 그 가치를 높이 평가해야 옳다.

---

92 최근에 나온 윤석창의 『가사문학론』, 깊은 샘, 1991, pp.135~137, pp.144~145에서도 불교, 천주교와 함께 교훈성의 포교가사로만 보고 있다.

VI. 결론

위에서 「검가」 한 편에 초점을 맞추어 검가의 몇 가지 의미를 추적하였다. 이전의 동학에 관한 연구는 최수운이나 전봉준 등 개인 연구거나, 1894년 농민전쟁을 대상으로 한 것이 거의 전부였다고 해도 지나친 말이 아니다. 1970·80년대 민족주의에 관한 사회적 관심이 높아감에 따라 동학 및 갑오농민전쟁에 관한 연구도 비례하였으나, 북한에서의 연구와의 접점 등 한계 때문에 조심스러운 접근을 보여 준 게 사실이다. 그리고 연구의 대부분은 정치적 측면이나 사회적 측면 또는 종교적 측면의 그것이었다.

『용담유사』가 차지하는 국문학상의 위상, 좁혀 말하여 우리 가사문학사상 점하는 가치에 관해서 언급되기 시작한 것은 겨우 30년밖에 되지 않을뿐더러, 연구자의 수도 2·3인에 한정되었고 또 연구업적도 엉성하기 짝이 없는 실정인 것이다. 『용담유사』의 편편에 대한 독립적인 심층 분석은 현재까지 전무하다.

필자는 『용담유사』의 8편 중에 빠지기 일쑤인 「검가」를 주목하여 그 중요성을 살핀 다음 원문의 구조와 미시적인 해석을 시도하였다.

그리고 검가가 태어나게 된 동기를 국내·외의 역사·사회적 배경과 종교적 맥락에서 고찰하였다.

당대, 국내는 미증유의 계급모순에 휩싸여 혼란을 거듭하였다. 그것은 내정의 부패에서 왔다. 매관매직이 공공연히 횡행하였을 뿐 아니라 전정田政, 군정軍政, 환곡還穀 등 삼정三政이 문란할 대로 문란하여 민중 특히 농민은 생존의 위기를 느끼게 되었다. 그리하여 주로 삼남의 각처에서 민중봉기가 잇달아 일어났다. 거기다가 현재에도 해명이 안된 괴질이 수년간 유행하는 바람에 한양에서만도 13만의 사망자가 생겨나게 되었다.

국외로는, 일찍이 자본주의에 진입한 불, 소, 영, 미 등 서구 제국주의 국가의 침탈이 빈번하게 나타나는 등, 한반도는 그 각축장으로 변하고 말았다. 삼면의 바다에 상품과 최신무기 또는 신부를 태운 이양선이 밤낮으로 출몰, 국내의 민심을 더욱 흉흉하게 만들었다.

이런 상황에서 기존의 종교인 유교가 갖는 사회조정 기능은 상실된 수밖에 없었다. 그리하여 민중의 갈구를 종합한 종교적인 카리스마 수운에 의하여 동학은 출현하게 되었던 것이다. 가치 이동으로서의 동학은 유교를 바탕으로 하는 보수적 경향의 한계를 보이면서 불교, 도교, 샤머니즘 등을 조심스럽게 습합시켰으며 이것을 포包, 접接 등의 조직을 통해 포교하였다. 이러한 조직의 활용은 천주교에서 영향을 받았음이 분명한데, 천주교와 마찬가지로 당시 당국의 박해에도 불구하고 동학의 신도는 급속하게 증가하였다.

이러한 상황에서 「검가劍歌」는 태어났으며, 여타의 동학가요 (사)와는 달리 단호한 결의와 힘찬 선동성을 보여줌으로써 동학의식의 중요한 과정이 되었다. 산제 또는 천제를 올릴 때에는 물론, 우금티싸움 등 행군시에 이 노래를 합창하였다는 것은 저간의 사정을 극명하게 드러낸 준다. 「검가劍歌」를 흔히 '가'라 부르지 않고 특별히 '결'이라고 호칭하는 것도 그 때문이다. 이 노래는 단순히 포교를 위한 교화적 내용을 담고 있는 것이 아니라 미래에의 예언을 담고 있는 것이다. 그것은 이 가歌(결訣) 속의 '시時'와 '검劍'에 응축되어 있다. 시時는 무위이화 無爲而化의 자연과 필연성 곧 후천개벽後天開闢의 시기가 도래되었음을 의미하는 것인데, 언뜻 보아 혁명적 관점에서 볼 때 소극적이요, 때로는 외피로 비칠 수도 있다. 그러나 농본사회를 지배하는 천리로서의 주역의 영향이며 또한 말세적 풍조 속에 살던 당대 신도들(주로 농민들)의 평화적인 신앙이었다. '시時'의 노래에 대한 확신은 바로 바라는 바 열망의 성취 그것이었다. 이런 '시時'가 형이상적적 천리에 근거를 두고 있다면, 시時와 더불어 중요한 함의를 내포하고 있는 '검劍'은 형이하적 현실과 전통에 기대고 있다. 검劍은 그대로 칼로서 압제와 불의를 척결하는 무武의 도구이며, 또한 척사斥邪의 전통적 의미를 아울러 가지는 상징이다. 이 노래를 더욱 힘 있게 하고, 긴장감을 고조시키는 것은 그런 의미의 '검劍'이기 때문이다.

「검가劍歌」는 예언성과 혁명성 뿐 아니라, 우리 시가사상 중요한 위치를 차지한다. 「검가劍歌」가 속하는 국문학의 장르 – 가사는 율문 형식과 산문 내용의 복합요소로서의 중국의 초사나 사부 형식을 많이 닮았는데, 숙명적으로 세상 일깨움의 교술적인 의도가 바탕을 이루고 있다. 이러한 점은 초기보다 후기의 장편기행가사로 바뀌면서 더욱 두드러지게 나타난다. 그러나, 국문학의 시가사적 입장에서 볼때 후기가사의 기행가사들은 특수체험을 바탕으로 새로운 풍물을 담고 있기 때문에 역시 작자의 계급적 한계가 그대로 투영된다. 여기에 대하여 개화기에 보여준 가사들은 시대의 도전에 대응하는 양식으로서 우국이라는 공감대를 형성해 준다. 대한매일신보大韓每日申報의 사회등社會燈 난에 실린 이른바 우국경시가憂國警時歌는 그 대표적 예라 할 수 있다. 「검가劍歌」를 포함한 천도교의 가사는 포교와 함께 창의倡義로서 척왜양斥倭洋의 사상과 시대적 경각심을 날카롭게 불러 일으켰다는 점에서 천주교 가사와 사뭇 구별된다. 특히 양반가사로서의 유한성이나 개인성에 머문게 아니고, 당대 광범위한 피지배계층의 농민들 간에 확산되었다는 면에서 그 의의를 찾아야 할 것이다. 이런 점에서 「검가劍歌」를 포함한 동학가요는 민족이 위기에 처했을 때 그것을 극복하기 위하여 태어난 민족문학의 위대한 자산이라 할 수 있다.

　그러나 「검가劍歌」 뿐 아니라 여타의 것들, 이를테면 『용담유사』의 8편과 그 밖의 아직 제대로 수집·정리되지 않은 동학가요의 심층적 연구는 사실상 금후의 문제이다.

참고 문헌

1. 강재언, 『韓國近代史硏究』, 1986².

2. 김용덕, 『朝鮮後期思想史硏究』, 을유문화사, 1977.

3. 한우근, 『東學과 農民蜂起』, 일조각, 1989².

4. 신복룡, 『東學思想과 甲午農民革命』, 평민사, 1985.

5. 김태곤, 『韓國巫俗硏究』, 집문당, 1981.

6. 황선명, 『민중종교운동사』, 종로서적, 1980.

7. ────, 『朝鮮宗教社會史硏究』, 일지사, 1985.

8. 장사훈, 『韓國傳統舞踊硏究』, 일지사, 1990⁶.

9. ────, 『韓國舞踊槪論』, 대광문화사, 1984.

10. 常任俠, 『中國舞蹈史話』, 明文書局(台北), 1985.

11. 歐陽予情 外, 『中國舞蹈史』, 蘭亭書店(台北), 1985.

12. 何志活, 『中國舞蹈史』, 中華大典, 1970.

13. 楊蔭瀏, 『中國古代音樂史稿』1, 丹靑圖書(台北) 1986³.

14. 方東美, 『方東美先生全集』, 成均出版社(台北) 1984.

15. 백세명, 『東學經典解義』, 한국사상연구회, 1963.

16. 류정기, 『東洋思想事典』, 우문당, 1965².

17. 가노·나오키, 『中國哲學史』(吳二換 역) 을유문화사, 1991⁵.

18. 다까다 아쓰시, 『周易이란 무엇인가』(이기동 역), 여강출판사, 1991.

19. 한동석, 『宇宙變化의 原理』, 행림, 1980.

20. 곽신한, 『주역의 이해』, 서광사, 1990.

21. 아지자 외, 『문학의 상징 · 주제 사전』, 청하, 1989.

22. 韋政通, 『中國哲學事典』, 大林出版社(台北), 1978.

23. 安濟承, 『韓國舞踊史』, 慶熙大, 1986.

24. E. C. Brewer, *Dictionary of Phrase and Fable*, New York, 1943.

25. Y. Inoue, *A Dictionary of English-American phrase and Fable*, 부산방, 1963.

26. J. E. Cirlot, *A Ditionary of Symbols*, New York, 1962.

27. J. Chevalier, *Dictionaire des Symboles*, Paris. 1974.

3부

동학 관련 논문

| 차례 |

제3부 동학 관련 논문

Ⅰ. 우금티 동학농민전쟁의 역사적 의의

1. 머리말

올해는 동학농민전쟁이 들불처럼 일어났던 1894년으로부터 꼭 100년이 된다. 이를 기념하기 위하여 학술회의라든가 추모 행사를 곳곳에서 벌여 왔다. 고부를 비롯하여 전주, 광주 그리고 상주 등지의 행사가 바로 그런 것들이었다. 우리 공주지역에서도 10월 29일부터 30일, 양일간 우금티를 중심으로 추모 위령제를 벌인다. 이 행사는 두 가지 면에서 주목된다. 하나는 그 동안에 있었던 행사의 마감이자 동시에 그 총화라는 점이다. 갑오년의 동학농민전쟁이 고부 쪽에서 북상하여 우금티에서 일단 형식적인 마감을 보인 사실과 일치한다. 이런 점에서 이번의 행사는 거국적인 성격을 지니게 된다. 다른 하나는 우금티라는 공간이 갖는 민족사의 상징성이 막중하다는 사실이다. 공주지역에서는 20여일, 우금티에서는 나흘간 사·오십 차례의 전진과 후퇴를 거듭하는 격렬한 탈환작전을 보여줌으로써 수많은 동학농민군들이 목숨을 빼앗겼다. 쓰러진 주검들이 산을 이루고 흘린 피가 강물이 되어 산하를 붉게 물들였다. 말하자면 우금티는 패배와 좌절이 엉킨 원한의 장소다. 그러나 오늘의 역사는 이 '끝'에서 해원과 화합을 통하여 참다운 민족의 진로를 다시 모색하고 또 '시작'하여야 하는 사명을 우리에게 요구하고 있다.

이미 1973년 말 천도교측에서 우금티에 위령탑을 세운 바 있으나 비문 중 일부 문제되는 부분이 있고 또 탑 주변에 주유소 설치의 인가가 있어, 작년(93년) 2월 이 고장 뜻있는 분들이 힘을 모아 '우금티동학혁명전적지성역화추진회'를 출범시켜 금년 3월에 국가지정 문화재로서 사적지 지정을 받기에 이르렀다. 이어 '우금티동학농민전쟁 100주년기념사업회'를 창립, 이 모임에서 이번 행사를 마련하게 된 것이다.

이런 계제에 우금티를 중심으로 공주 일원에서 벌어졌던 당시의 전투 전개 양상을 대충 살피고 그 역사적 의미를 찾아 보는 것도 의미있는 일이라 생각된다.

2. 우금티전쟁의 전개

두루 알다시피 우금티동학농민전쟁은 동학농민전쟁에 있어서 2차 기병에 해당된다. 19세기말 조선 봉건왕조는 내부적인 경제 체제의 붕괴와 함께 첨예한 모순을 드러내었으며, 밖으로도 일찌기 자본주의경제체제에 진입한 제국주의의 침탈이 갈수록 심화됨으로써 민족모순을 보여주었다. 질병이 전국을 휩쓸고 민란이 끊임없이 일어났다. 이런 아수라의 혼란 속에서 수운이 창도한 동학은 한가닥 구원의 빛이었다. 7·8할이 넘었던 당시의 농민들은 동학에 직접 참여하거나 또는 동조하였다

착취와 수탈이 극에 달했던 삼남지방 특히 전라도에서 반봉건과 반외세를 외치며 무장 기포, 전주성을 함락하기에 이르렀다. 농민 군의 폐정개혁 요구를 수락한다는 이른바 전주화약을 맺고 농민군 은 자치적으로 집강소를 설치, 그들의 꿈을 펴나가기 시작하였다.

그러나 민씨 조정이 청나라에 원병을 요청, 파병하자 재빨리 일 본군도 상륙, 경복궁을 점령한 뒤 김홍집을 수반으로 하는 친일괴 뢰정권을 수립했다. 그리하여 청일전쟁이 일어나고 일본군은 승 리를 거두었다. 미·영·불·독 등 제국도 통상을 앞세워 서로 침탈 의 각축전을 벌였다. 그리하여 조선의 운명은 바람 앞의 등불이었 다. 바로 이때에 척양척왜를 기치로 내걸고 일어난 것이 2차 동학 농민전쟁이다. 이전의 여러 집회 이를테면 공주, 삼례, 보은 등의 모임에서도 교조의 신원과 함께 탐관오리의 척결을 내세우는 한 편 척왜양창의를 표방하기는 하였으나 이 때만큼 척왜의 반외세 정신이 치열하지는 않았다.

전봉준은 떨쳐 일어나 삼례집결의 통문을 내어 모병을 한 뒤 논 산 쪽으로 진격 했다. 여산, 은진을 지나 강경을 거쳐 논산 풋개에 이른 것은 음력 10월 초순경이었다. 공주 창의소의 이유상도 군사 2백 명, 포사 5천 명을 거느리고 합류하였다. 전봉준의 간절한 설득 에 의하여 손병희 등의 북접군도 도착, 합류했다.

충청도 내포지방 태안, 서산, 해미, 당진, 면천, 신례원 홍주 등지 에서도 박인호를 중심으로 기포하여 공주 쪽으로 진격했다. 한편, 이두황을 우선봉으로 하는 관군 3천여 명이 동학농민군의 토벌에 나섰다. 목천 세성산싸움에서 그들한테 농민군은 대패했고, 나머 지는 충청도 해안지방의 농민군과 함께 서쪽의 유구로 모여들었다. 강(금강)북의 동쪽으로는 청주·청산을 출발한 북접군이 옥천, 영동, 연기를 거쳐 장기 한다리(대교)에 진을 치고 서울서 내려 오는 관군을 막는 한편 공주목으로 들어갈 통로를 뚫고자 했다. 강남의 동쪽 경천점에 진을 친 전봉준군은 므네미(판치), 소개(효포), 능치를 공략하고, 서쪽에는 북접의 농민군이 이인을 거점으로 대치했다. 이에 당황한 충청감사 박제순은 각지에 지원병을 급파하도록 요청했다. 경비군을 이끈 성하영군과 왜군들이 속속 입성했다. 23일(11월) 새벽 순영병 4분대를 거느린 구완희, 경비병 1소대를 성하영은 스스끼 소위의 지휘를 받으며 이인으로 출진했고 홍운섭·구상조는 소개(효포)로 나가 진을 쳤다. 우영장 이기동과 경리청 대관 백낙완도 장깃대나루와 산성 모퉁이를 지켰다.

드디어 그날 낮 이인에서 접전이 벌어졌다. 최전방에 배치된 왜군은 북쪽 월성산에 올라가 농민군을 향해 포를 쏘아대고 성하영군은 산 남쪽에서 포격을 가했다. 구완희군도 남월촌을 통해 진격했다. 농민군은 취병산에 올라가 이인역을 차지한 관군을 향해 포탄을 날렸다. 이날 밤, 소개를 지키던 홍운섭·구상조군은 금강을 건너 한다리 쪽으로 가 그곳에 집결해 있던 농민군을 격파했다. 경천에 유진한 농민군은 비어있는 효포를 점거하고, 성하영·백낙완의 관군은 소개 뒷산에서 그들을 향해 포격을 가했다. 이 날, 본진을 이끈 이규태와 왜군 백여명을 이끈 모리대위가 장깃대나루를 건너 들어와 납다리(소학리) 뒷산에다가 진을 쳤다. 소개(효포)의 건너, 동쪽 시화산에 주둔한 농민군은 많은 피해를 입고 경천점으로 회군하였다가 다시 논산으로 철수했다. 이것이 공주 1차접전이었다. 논산 풋개(초포)에서 잠시 쉰 농민군은 전열을 다시 가다듬어 음력 시월초 노성과 경천에 유진한 뒤 장기전에 대비했다. 초겨울비가 내리는 8일 경에는 일제히 진격을 가해, 동쪽으로는 경천에서 효포지역을 에워쌌고, 서쪽으로는 두리봉(주봉), 곰나루를 향했다. 또 남쪽으로는 이인 외각을 점령, 우금티로 진격했다. 유구에 집결했던 농민군은 이미 이두황이 이끄는 관군에 패배하였으나 잔류자들은 고마나루를 건너 장꾼을 가장하고 하고개를 넘어 공주목을 향하다가 무더기로 잡혀 그 자리에서 처형을 당하기도 했다.

이날(8일) 밤, 우금티 둘레에는 농민군이 이쪽으로 집중 공략한다는 정보를 받고 많은 병력을 배치했다. 우금티 동쪽의 높은 봉우리에는 모리대위의 일본군이, 서쪽의 얕으막한 봉우리 개줏배기(견준봉)에는 백낙완군이, 고개 바로 밑에는 성하영군이, 그리고 감영이 있는 봉황산 뒤쪽의 두리봉에는 공주영장 이기동군이 그리고 봉황산에는 민보군, 진막골(금학동) 뱁새울에는 오창성군이 각각 진을 치고 있었다. 동쪽의 능치와 효포, 봉수대(월성산)는 홍운섭, 구상조군과 장용진이 지켰다.

다음날(9일) 아침 동쪽의 므네미에서 서쪽의 두리봉기슭까지 둘러싼 동학농민군은 포위망을 좁혀 갔다. 마침내 접전, 정오 무렵 왜군은 산봉우리에서 농민군이 있는 아래쪽을 향해 포탄을 퍼부었다. 새재와 견준봉을 타고 농민군이 몰려들자 또 총격을 가했다. 농민군은 "시호시호 이내시호 부재래지 시호로다. 만세일지 장부로서 오만세지 시호로다. 용천검 드는 칼을 아니쓰고 무엇하리" 이런 칼노래를 부르면서 목숨을 걸고 힘차게 진격했다. 그리하여 일진일퇴를 거듭하기 4·50차례, 그러나 왜군과 관군의 신식 무기 앞에 죽음을 건 용맹도 하는 수가 없었다. 20만이나 되는 농민군의 시체가 우금티에는 산처럼 싸이고 까마귀 떼가 그 위를 까맣게 맴돌았다. 4·50리에 뻗쳐 북을 치며 깃발을 휘날리던 농민군들은 12일쯤 흩어져 노성 쪽으로 퇴각하지 않을 수 없었다. 피로 물들인 나흘간의 싸움이었다.

3. 우금티 동학농민전쟁의 역사적 의미

우금티가 차지하는 우리 근·현대사의 역사적 의미는 매우 크다. 핏자욱이 깊이 배어 있는 우금티에는 계급모순과 민족모순이 첨예하게 새겨져 있으며 이 통한의 〈각인〉을 통하여 올바른 민족사를 전개해야 하기 때문이다. 이런 점에서 〈우금티〉는 한 지역의 고유명사가 아니라 민족성지로서의 크낙한 상징이다.

동학혁명운동은 함경도를 제외한 한반도 전역에서 일어났으며 여기에 참여한 인원은 기록을 종합해 볼 때 대략 3백만 명으로 추정되고 있다. 당시의 인구를 천만 안팎으로 보고 그 가운데 부녀자와 유약자를 빼면 거의 대부분의 청장년이 관여했다는 결론을 얻게 된다. 거족적 변혁 운동이었음을 쉽게 알 수 있다.

이러한 동학농민혁명운동의 총화이자 최후의 격전지인 우금티 전투는 두 가지 면에서 민족사적 의미를 지닌다.

첫째, 외세인 왜군과의 싸움이라는 사실이다. 척양척왜는 동학이 추구하는 민족자존의 한 축이었다. 서구 자본주의의 침탈에 대응해 〈동학〉을 창도한 것도 그런 맥락에 닿아 있다. 일본은 간교한 방법으로 그들의 오랜 숙원인 「정한론征韓論」을 실행에 옮겼다. 경복궁 구데타를 일으켜 친일괴뢰정권을 만들고 뒤에서 마음대로 주물렀다. 우금티전투도 왜군과 관군이 합세한 싸움이라고 하지만 기실은 왜군의 지휘 아래 관군이 움직였던 것이다.

일제 아래 대부분의 권력계층이 무릎을 꿇을 때, 동학농민군은 분연히 떨쳐 일어나 목숨을 걸고 우금티에서 싸웠다. 이것은 치열한 민족주의의 발현이다.

둘째, 남·북접이 연합전선을 보여주었다는 점이다. 호남의 남접이 진보적이며 과격한 행동을 보인 반면 호중의 북접은 온건하고 종교적이었다. 따라서 서로 쉽게 조화되기 어려운 실정이었다. 2대 교주가 있는 북접은 포교에 주력하면서 남접의 전투성을 경계하였고 남접은 남접대로 북접의 비진취적 은둔성을 비판했다. 1·2차 봉기를 북접은 불편하게 생각했다. 그리하여 내전이 일어날 수 있는 위기를 맞기도 했다. 그러나 전봉준의 끈질긴 설득에 따라 연합전선을 펴는 데에 성공한 것이다. 이를테면 후천개벽의 대동세상을 건설한다는 공동목표의 확인을 함께 보여준 셈이다. 이것은 김개남의 소영웅심과 비교할 때 그 의미가 돋보인다.

동학농민전쟁의 역사적 사실은 우리의 나라와 겨레가 일제의 수중에 장악되면서 그 뿌리채 뽑힘을 당했고, 을유 해방이 되었어도 친일세력을 배후로 한 이승만정권은 여전히 불온시했다. 그것은 6·70년대는 물론, 80년대에도 지속되어 동학농민전쟁을 자유롭게 연구하는 데에 보이지 않는 어려움이 따라 다녔다.

그러나 동학과 동학농민전쟁이 준 정신적 뿌리는 우리 역사상 끊임없이 나타났다. 손병희(동학 3대교주)를 민족대표로 하는 1919 기미독립운동은 뚜렷한 그 하나다. 1960년의 4·19혁명도 그런 맥락에서 파악되며, 1980년 광주민중항쟁과 1987년 6월 민주항쟁도 역시 같은 뿌리에 닿아있다.

계급모순과 민족모순이 해결되지 않는 한 동학과 동학농민전쟁은 우리에게 늘 살아 있는 역사적 현재다.

4. 맺음말

우금티 동학농민전쟁은 동학사와 민족사의 맥락에서 살펴야 한다. 자료가 한정되었을 뿐 아니라 전하는 것은 예외없이 관변기록이기 때문에 정확하다고 할 수 없다. 불과 백 년전의 사실임에도 그렇다는 것은 얼마나 지배계층의 보복이 심했나를 반증하는 것이다. 사실은 근자에도 동학에 관해서 이야기하는 것을 꺼리는 사람이 적지 않음을 볼 수 있다. 특히 현장에 가서 조사를 할 때 그러하다. 어느 동학의 모임에서 만난 동학농민전쟁의 유족 한 분은 본적을 타도로 옮겨 지금껏 숨어 살아왔다고 했다.

1950년대 중반, 필자는 우금티를 넘다가 밭에서 일하던 노인 한 분 한테서, 호미와 쇠스랑 끝에 사람뼈가 가끔 걸려 나온다는 말을 들은 적이 있다. 그러면서 그 노인은 불안한 듯 둘레를 돌아보았다. 그런 세월이었다.

우리는 우금티의 피맺힌 사연을 역사 앞에 당당히 세워야 한다. 무명농민군들의 죽음에 떠도는 넋도 천도하고 그분들의 희생에 옷깃을 여며야 한다. 민족정기의 한 줄기가 여기에서 비롯되어야 하는 까닭이다.

Ⅱ. 우금티의 씻김굿

아직 우금티가 구체적으로 어디에 있다거나 또는 거기에 얽힌 피맺힌 사연을 잘 모르는 사람이 우리 둘레에 더러 있는 것 같다. 우금티는 공주시내에서 부여 쪽으로 오 리쯤 가다 보면 나타나는 작은 언덕의 고개다. 이십여 년 전만 해도 좁다란 고갯길이 S자 형으로 구불거려 대낮에도 으스스한 느낌을 주었다. 소(牛, '우')만 한 '금[金·鐵]'이 어딘가에 묻혀 있어서 그런 이름이 나왔다든가, 공주 장날에는 예외 없이 도둑이 출몰한다든가 하는, 그런 이야기가 심심찮게 떠들곤 했다. 그 고개이름은 '우[上]곰티[熊]'에서 나온 말인 듯한데, 바로 여기에서 지금으로부터 꼭 백 년전 동학농민 전쟁이 치열하게 벌어져, 관군과 왜군의 신식무기 앞에 조련되지 않은 구식무기의 농민군이 수없이 쓰러짐으로써 시체의 산을 이루고 피의 강물이 산하를 적셨던 것이다. 우금티에서 나흘간, 뱁새울·개좆배기·새재·두리봉[周峯] 등지의 우금티를 중심으로 한 지역에서 사오십 차례 서로 진퇴를 거듭하는 공방전을 벌렸다는 사실을 여러 기록들(공산초비, 남정록, 오하기문 등)은 증언해 주고 있다. 그게 11월 8일부터니까 날씨도 좋을 리 없었다. 이인, 경천, 효포, 대교, 유구 등지의 싸움이 10월 23일부터 시작되어 다음 달 12일

동학농민군의 주력부대가 노성으로 물러갔으므로 공주는 근 이십일간 그야말로 사생결단의 격전지가 되었다. 동쪽의 장기 한다리(대교), 서쪽의 유구로부터 남쪽의 공주목 쪽으로 공략하고, 남쪽에서는 남동쪽의 경천점에 전봉준군의 남접이, 남서쪽의 이인에 손병희군의 북접이 웅거하여, 북쪽의 공주목 쪽으로 공략하려는 포위의 작전을 짜 전투에 임했으나 북쪽의 패전으로 인하여 소기의 목적을 달성할 수가 없었다. 그리하여 결국 수천의 사상자를 남기고 동학농민군의 최후의 전투를 이곳 우금티에서 패배로 끝막음하게 되었다.

동학농민전쟁의 사상적(또는 종교적) 거점은 동학에 있으며, 그 담지계층은 착취와 수탈 속에서 간신히 생존을 유지해야 하는 농민들이었다. 벼슬아치를 돈으로 사고 팔고하는 것은 예사요, 세금의 착취도 가혹하여 살아가는 것보다는 차라리 죽음을 택하는 것이 나을 지경이었다. 양반들은 그들의 소유지를 토지대장에서 몰래 빼어 세금을 포탈하고, 가난한 농민들의 척박한 묵정밭에는 심한 세를 물도록 했다.

이런 전정田政뿐 아니라 군정軍政, 환곡還穀도 문란할 대로 문란해 있었다. 사내 어린애만 나면 곧장 군역의 대장에 올려 돈이나 물품을 뜯어내고 심지어는 죽은 사람한테서도 그랬다. 거기다가 괴질(怪疾·콜레라)이 돌아 동네마다 주검이 쌓이고 삼면의 바다에는 이양선이 떠 우리나라를 삼키려고 으르렁거렸다. 일찌기 자본주의에 진입한 제국주의 미국, 프랑스, 독일, 일본 등이 바로 그들이었다. 이런 아노미현상 속에서 민란은 전국 곳곳에서 연일 일어나니 후천개벽의 활로를 찾지 않을 수 없었다.

최수운의 등장은 바로 이런 점에서 하나의 구원이었다. '사람 섬기기를 하늘처럼 한다[事人如天]'의 '사람은 곧 하늘[人乃天]'이라는 동학의 기치 아래 소외된 자, 핍박을 받는 자, 농민들은 몰려들었다. 그리하여 포·접을 또 집강소 등을 만들어 조직을 강화해 갔다. 이것을 보고 겁을 먹은 집권자는 처음에는 천주학도 사교라 하며 둘 다 배척하다가 나중에는 미·영·불 등의 압력에 따라 천주학은 인정하고 동학만은 끝내 가혹하게 탄압했다.

동학농민전쟁은 한마디로 요약하여 계급모순과 민족모순의 갈등에서 태어난 필연적 산물이다. 우리는 이제 민족의 정기를 바로 잡아 민족사의 진로를 열 역사적 요청 앞에 서 있다. 백년이 지나도록 우금티에서 산화한 무명농민군의 원혼을 해원하지 않고 어떻게 민족화합이니, 통일이니 이야기할 자격이 있는가. 씻김굿을 통하여 허공 중에 떠도는 중음신들을 천도하려는 까닭이 여기에 있다. 오는 29일, 30일 이틀간 우금티를 중심으로 벌이는 위령제에 전국의 뜻있는 분들이 빠짐없이 참여하기를 기대해 마지않는다.

조재훈 문학선집 제3권
동학가요연구

1판 1쇄 인쇄	2018년 8월 27일
1판 1쇄 발행	2018년 9월 17일

지은이	조재훈
펴낸이	임양묵
펴낸곳	솔출판사

편집	조소연 이신아
디자인	오주희 박민지
경영 및 마케팅	김형열
재무관리	이혜미 김용렬

주소	서울시 마포구 와우산로29가길 80(서교동) 4층
전화	02-332-1526
팩시밀리	02-332-1529
홈페이지	www.solbook.co.kr
이메일	solbook@solbook.co.kr
출판등록	1990년 9월 15일 제10-420호

© 조재훈, 2018

ISBN	979-11-6020-058-4 (04810)
	979-11-6020-055-3 (세트)

• 이 도서의 국립중앙도서관 출판예정도서목록(CIP)은 서지정보유통지원시스템
 홈페이지(http://seoji.nl.go.kr)와 국가자료공동목록시스템(http://www.nl.go.kr/kolisnet)
 에서 이용하실 수 있습니다. (CIP제어번호:CIP2018024133)
• 잘못된 책은 구입한 곳에서 바꿔드립니다.
• 책값은 뒤표지에 표시되어 있습니다.